谨以此书献给

每一个在梦想身上,咬出了牙印的人。

中国故事

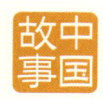

我从熊猫老家来

“CHINA罗”丝路单骑法兰西

陈果 著

四川人民出版社

邓池沟

四川省雅安市宝兴县蜂桶寨乡下辖村,位于夹金山南麓,四川大熊猫栖息地世界自然遗产核心区。1869年,法国生物学家阿尔芒·戴维在邓池沟发现了学术界首只活体大熊猫,席卷全球的"熊猫热"由此发轫。

埃斯佩莱特(Ville Espelette)

地名,阿尔芒·戴维故乡,在法国大西洋岸比利牛斯省巴约讷市附近。

"CHINA 罗"

本名罗维孝。退伍老兵,国家电网四川雅安电力(集团)股份有限公司退休职工。2014年3月18日,64岁的罗维孝从邓池沟出发,沿着丝绸之路,历时115天,骑行30000里路,穿越8个国家,回访阿尔芒·戴维故乡,传播大熊猫文化,在地中海畔的法兰西掀起中国旋风。此次西行,罗维孝自称"CHINA 罗",意在向西方世界展示当今中国的崭新形象、中国草根的精神与力量。小学肄业的他著有"骑行三部曲"。

目录

楔 子 / 001

我年轻得很，我才74岁。

上集 出国记 / 007

我要按自己的想法活着，而不是像一匹拴着缰绳的马。

1　向自己出发　/ 009
2　起点：邓池沟，1869　/ 020
3　以漫长的沉默，话别　/ 030
4　第四天　/ 042
5　签证，签证　/ 049
6　"贝多芬只有一个"　/ 057
7　两难之选　/ 068
8　从乌鲁木齐到乌鲁木齐　/ 078
9　天降"伴侣"　/ 084
10　不如见一面　/ 091
11　枪声并未响起　/ 101

罗维孝西行散记（之一）　/ 110

中 集 向西，向西 / 125

我想让西方重新认识东方，我要用我这个中国人的一把老骨头，在那边敲出点动静。

12	手"哑"了 / 127
13	来不及道别 / 135
14	"值班电话" / 144
15	惊动大使馆 / 153
16	"姓潘的"帮了大忙 / 162
17	进退之间 / 171
18	"主场"，红场 / 182
19	繁华荒野 / 190
20	峰回路转 / 199
21	一级离谱 / 208

罗维孝西行散记（之二） / 216

下 集 银铃奏响 / 229

我哪是什么英雄，我只是不能容忍自己活得太过平庸。

22	远方的家 / 231
23	抉择 / 243
24	面面俱到 / 249

罗维孝西行散记（之三） / 261

尾 声　归来仍是少年　/ 267

一个人只会随波逐流，就永远不可能成为自己、成就自己。

后 记　也无风雨也无晴　/ 275

罗维孝像一个路标，指引了一条不甘平庸勇逐梦想的路。

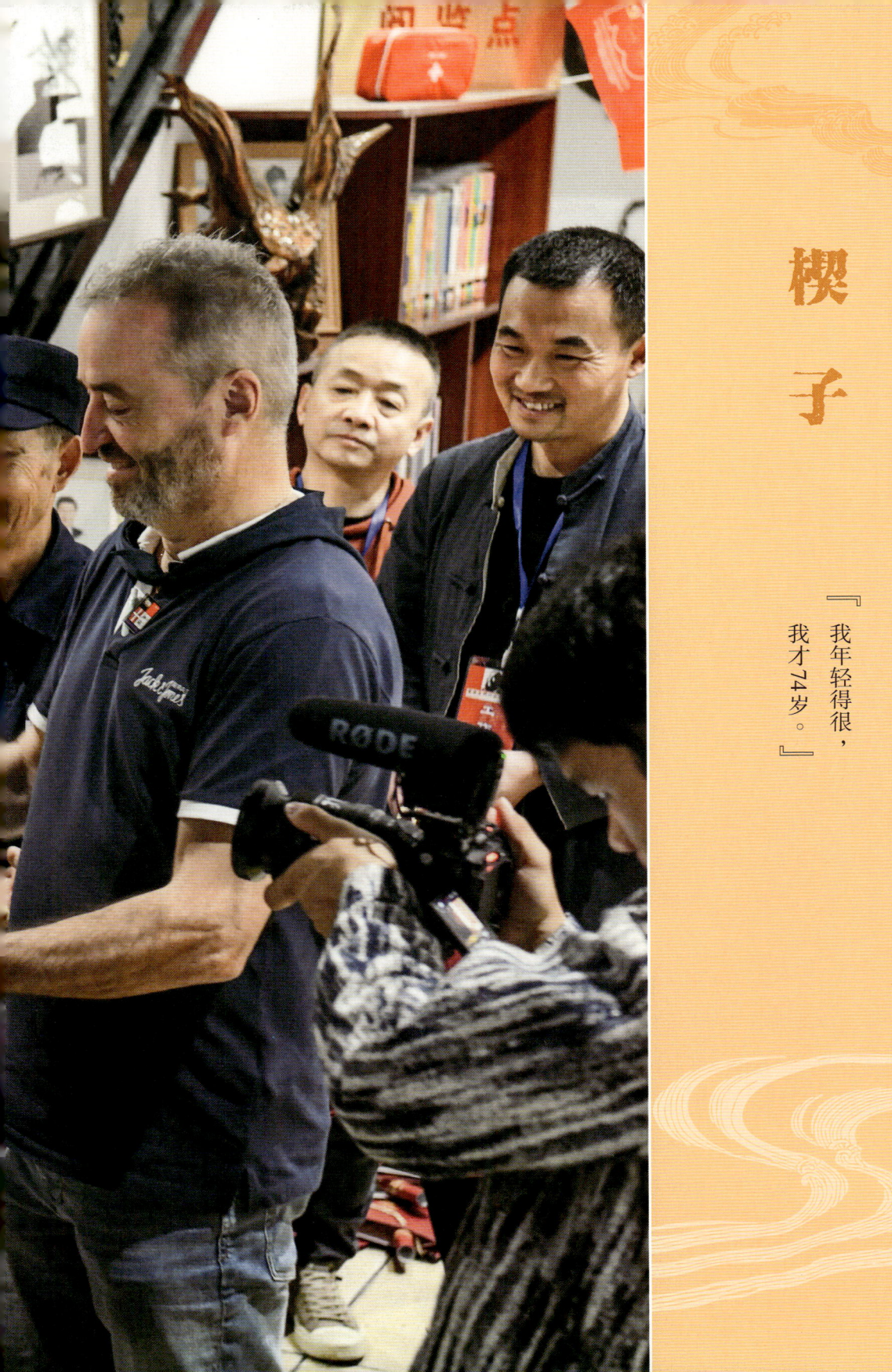

樱子

「我年轻得很,我才74岁。」

雨城多日不下雨了。

下午3时，小雨淅淅沥沥从天而降，罗维孝先是感到意外，继而心有灵犀：好雨知时节，老天留这一手，是为远方来客洗去一路风尘。

客从法国来。大西洋岸比利牛斯省议会副主席安尼-玛丽·布鲁特女士、埃斯佩莱特市荣誉市长拉夏格-亨利先生、埃斯佩莱特市前议员迪拉萨·潘皮先生，埃斯佩莱特市前任市长戴海杜的遗孀戴海杜·米歇尔女士、儿子戴海杜·奥古斯特先生、儿媳戴海杜·伊莎贝尔女士、女儿戴海杜·潘西卡女士……

客人一共24位。其中多数，罗维孝并不认识，但是他们中的每一位，对罗维孝都不陌生。

——家在四川雅安青衣江边的退休工人罗维孝，乃是埃斯佩莱特市"荣誉市民"。

这一天，2023年10月11日，是罗维孝用10个年头盼望来的节日。

离约定的4时还有一刻钟，罗维孝已在门口站定。他的身后，"罗维孝骑行游历博物馆"10个大字，被细密的雨丝擦拭得闪闪发亮。

来了，终于来了！

拉夏格-亨利和罗维孝同时张开双臂，给了对方结实的拥抱。

每个人都是热情洋溢，就连初次见面的，和罗维孝拥抱或握手，也似久别重逢。

中国·雅安·宝兴

接下来的交流忙坏了翻译：

"终于盼到你们了！"

"中国这句老话说得好——来而不往非礼也。罗先生还是那么精神！"

"我还年轻嘛，我才74岁。中国这句老话，今天拿出来说也很应景：国之交在于民相亲，民相亲在于心相通。"

"我们这次来，就是想用行动，在后面添一个句子：心相通在于常往来……"

……

罗维孝为这一天做足了准备。《用生命镌刻的欧亚骑行轨迹》电视短片、同题展览，中法文同步解说；《罗维孝骑行游历纪实摄影》画册，中英文双语出版；为每一位客人准备的画册上，他提前盖好了当日邮戳，亲笔写下"大熊猫从宝兴走向世界"，落下姓名、日期……

当客人静坐在电视机前悄悄抹泪，当客人观看展览时对他交口称赞，当客人接过他赠送的画册，笑容在脸上层层荡开，罗维孝心底暖流升腾。

罗维孝知道，这份感动和满足，是来自大洋彼岸的法兰西客人带给他的，是他站立的伟大时代、强大祖国赋予他的，也是作为14亿中国人中毫不起眼的一个退休老头的自己，以勇毅、智慧和九死一生的经历，兑换来的。

如果不是迪拉萨·潘皮制造的插曲，罗维孝会滔滔不绝道出心声。但是太突然了，迪拉萨·潘皮的话抢在了前面："尊敬的罗维孝先生，我们也有礼物要赠送给您……"

一张照片、两本书，都有米格尔先生签名——"西班牙籍人士米格尔先生作为连续5届环法自行车赛冠军，和戴维先生一样，是我们巴斯克人的骄傲。他让我们转赠礼物，并表达对您——一个中国骑行界英雄、大熊猫文化传播者的由衷敬意……"

尽管翻译近在眼前，罗维孝还是以为自己听错了。环法自行车赛始于1903年，是欧洲历史最悠久、水准最高的自行车赛事，每一年都有数亿观众为之着迷。连续5届环法自行车赛冠军给予如此礼遇，我罗维孝何德何能……

迪拉萨·潘皮如果参加自行车赛，一定经常抢跑。他再一次比罗维孝抢先开口："米格尔先生还让我们带来了他亲笔签名的冠军衫！"

终于到了罗维孝说话的时候。可是，他却突然不会张口了。直到迪拉萨·潘皮和戴海杜·奥古斯特将那件象征胜利和荣耀的黄色战袍为他穿在身上，罗维孝才如梦初醒般将紧握的双拳举过肩头，重重向下一顿，发出有如狮吼的一声"呀——"

美好的时光总是短暂。最重要的话，安尼-玛丽·布鲁特留到最后来说："2026年，是戴维先生诞辰200周年。我们诚挚希望，到时候在法国和您再次相见……"

邓池沟，宝兴县——埃斯佩莱特市缔结友好县市20周年庆祝活动等着客人。而邓池沟，也是罗维孝和法国朋友缘分的纽带和起点。客人的背影渐渐模糊，罗维孝眼前，10年前的往事，如云开雾散后的远山，清晰、生动起来……

宝兴，大熊猫文化之旅"0公里处"

上集

出国记

「我要按自己的想法活着，而不是像一匹拴着缰绳的马。」

1

向自己出发

雨从头夜下过来,很有些死缠烂打的意思。李兆先蜷坐在沙发上,眼睛大概受了潮,雾蒙蒙的。光线穿过重重雨幕,似乎是再往前一步的力气都没有了。这使得她和临窗而立的老头子,成了明暗相对的两个世界。

老头子把一张脸留给她,另一张对着汤汤江水。玻璃窗开着一道缝,风呼啦啦涌进来,摇晃着他花白的山羊胡子和垂到肩头的同样花白的发丝。

"不去,不行吗?"终于,她开了腔。

"当然不行!"他的声音,和个头一样,不高,但是硬实。

"咋个不行?去与不去,还不是你说了算。"

"等了四年签证都不说了,'英雄帖'一发,相当于下了战书。临阵脱逃,祖宗八代的皮都要臊完。"

"英雄帖"如一根弦绷在心上。话出口,罗维孝隐约觉得,有人伸出手指,在弦上拨了一下。

罗维孝起意骑行法兰西,是在五年前。在此之前的10年间,他已骑着自行车走遍祖国的大江南北,在中国骑行界赢得"骨灰级精神教父"美名。

罗维孝要的不是一个光环——虽然对于光环,他并不排斥,而是当成初心得偿的额外奖赏。

他的初心又是什么呢？

强健体魄。这是罗维孝和自行车结下不解之缘的原始起点。罗维孝曾是一个工程兵。当兵六年，五年从事铀矿井下开采工作，罗维孝的白细胞不足正常人的一半。白细胞数量降至正常水平以下会危及免疫系统，难怪很长一段时期里，罗维孝总感觉后背上像贴着一块冰，遇到降温，衣服加得稍慢一点儿，或是晚上睡觉时胳膊露在被子外面，就会感冒发烧。长期感冒发烧极易导致"肺空洞"，罗维孝的一个战友，因此英年早逝。还在部队服役，罗维孝的牙齿就开始松动脱落，到如今已是满口假牙，也是放射性物质惹的祸。罗维孝没有自乱阵脚，而是展开了坚定还击。听说雪水能促进体内骨髓再生，增加白细胞数量，罗维孝从1992年起开始冬泳，20多年不曾间断。"自虐式"的自行车户外骑游也自那时开始，作为"身体保卫战"的一部分。

野蛮精神。"人是要有一点精神的。"对于这句话的领悟，罗维孝自认比别人深出一层。"生命不息，奋斗不止"，多数人对"精神"的认识止步于此。而罗维孝的理解，更往前迈出了一步："一辈子总要干几件事，让它们证明，你没白活一回。"

罗维孝希望把余生作为证据，证明自己到世上走这一遭，有价值，有意义。因而，每做一件事，他都有一个前提：不是"没事找事"，而是"事出有因"。譬如四进西藏，因为雅安乃川西咽喉、西藏门户，且是曾经的西康省省会，西康西藏，你中有我，我中有你；譬如在汶川特大地震一周年之际横跨琼州海峡，向海南人民献上一杯产自家乡的蒙顶甘露，只因海南省当年援建宝兴县，他想让情深义重的施恩者，听到受恩者心灵的回响。

骑行法兰西，如果以为他只是为了在巴黎圣母院前、埃菲尔铁塔下

中国·雅安·宝兴

或者香榭丽舍大道上发一条"罗维孝到此一游"的朋友圈，为了积累吃茶扯闲条时自吹自擂的资本，那是天大的误会。罗维孝只读过小学三年级，但是学习，他当成一辈子的事。

一个班的战友贺之波，陕西人，是个高中生。入伍时，贺之波带了三箱书，当中有《世界史》《资本论》《共产党宣言》《胡雪岩》《曾国藩》，还有很多文学书籍。得了空，贺之波都在看书。罗维孝见他爱书如命，大惑不解。贺之波说："阅读使人充实，讨论使人机敏，写作使人严谨——培根说的。"

培根说得在理，因为贺之波确实是过得比谁都舒心的样子，明显比别人健谈，比别人做事有条理。就是这个人，就是这句话，就是这三箱书，在罗维孝心里埋下了读书的种子。当他从一个拿着字典学认字，拿树枝或者手指头在渤海湾的沙滩上学写字的"半文盲"成长为校外辅导员，成长为辽宁省军区先代会代表，自己写下发言稿，赢得满堂彩，他就知道，自己已进入"宁可碗无肉，不可手无书"的那类人的序列。

读书看报是学习，上网冲浪是学习，两只车轮行天下，目的意图的谱系里，当然包含学习——"读万卷书、行万里路，就是一对亲兄弟"。

学习的尽头是思考，"下一站"为何是法兰西，而非别的地方，罗维孝自有斟酌。

一是国内能去的省份，都去过了。世界有多大，心就该有多大。

二是2014年，中法建交50周年。法国不是第一个与中国建交的国家，但是1964年1月27日，中法两国政府打破冷战坚冰、跨越阵营鸿沟，建立大使级外交关系，终结了新中国成立十五年，依旧没有和任何一个西方大国建交的历史，这在当时世界的冷战格局下，无异于一次"外交核爆"。50年来，无论国际关系如何风云变幻，中法两国始终致力于平等交流、文明互鉴，为世界和平稳定发展做出了积极贡献。不管是作为一个曾经的士兵，对打破美国讹诈，为中法建交做出重大贡献的"持剑将军"戴高乐的景仰，还是作为一个读书人，对于"国之交在于民相亲，民相亲在于心相通"的领悟、认同，此行都不可或缺，意义非凡。

三是2014年新中国将迎来65周年华诞。这个时候走出去，让西方人看看今日中国人的精气神，看看一个普通中国公民背后站立着怎样的国度，这是他献给祖国母亲的一份心意。

四是2014年为大熊猫科学发现145周年。雅安境内的邓池沟是第一只大熊猫模式标本产地，而科学发现大熊猫的阿尔芒·戴维，来自法兰西的大西洋岸比利牛斯省。如果说当年阿尔芒·戴维走进邓池沟是单向奔赴，雅安人回访戴维的故乡，就是投桃报李。

决心下了，方向有了，大概的时间表也有了。接下来需要锁定路线。世界地图在眼前摊开，一条蜿蜒30000里的长路，在罗维孝心间生成：丝绸之路上，潇洒走一回！

天下大事必作于细。罗维孝心中，这件一辈子只能干一次、必须干一次的事，对他来说也是天大的事。

须得从"细"考量者，无非四个方面：签证、装备、体能、伴。

伴，志同道合的同行者。

想到这里，那份挂在网上，承载着希望、失落、沮丧的"英雄帖"，弹到了罗维孝的眼前。

中国·雅安·宝兴

一路骑行横跨亚欧奔向法兰西，回访戴维故里
—— 在全国范围诚邀有意参与者加盟此次骑行

中国四川雅安是"动物活化石""国宝"大熊猫的故乡，是世界上第一只大熊猫的发现地和模式标本制作地，是当之无愧的世界大熊猫文化策源地、大熊猫文化风暴中心地带。

皮埃尔·阿尔芒·戴维作为一名神职人员，1869年从法国来到中国穆坪（明、清时期，今四川省雅安市宝兴县所辖的穆坪镇为董卜韩胡宣慰使司衙署驻地，穆坪土司鼎盛时期，统治区域包括今天的四川省宝兴、康定、天全、丹巴、小金、汶川等县）邓池沟。戴维在邓池沟发现、命名了大熊猫这个新物种，将中国才有的这种珍稀动物介绍到了西方，在西方世界掀起"大熊猫热潮"。被戴维从宝兴邓池沟带回法国的大熊猫模式标本，成为法国国家自然历史博物馆的"镇馆之宝"。

皮埃尔·阿尔芒·戴维是一名独具慧眼的博物学家。他不仅在夹金山麓发现并命名了大熊猫，还在这里发现、命名了69种动植物，其中包括川金丝猴、珙桐（鸽子树）等稀有物种。蜜蜂的本意是采蜜，但它却在无意中传播了花粉。在宝兴邓池沟的一系列发现，让戴维在自然科学界傲视群雄，名垂青史！

本人姓罗名维孝，是一个具有献身精神的自行车户外运动骑游达人，是一个敢于挑战自我，勇于追逐梦想，充满狂野个性的"骑士"。我崇尚绿色、低碳、环保的骑游健身理念，秉持着对生命的热爱和对信念的追求，骑着心仪的"洋马儿"奔走于华夏大地。陪我骑行30000多公里的自行车，被雅安市博物馆永久收藏。

多年来，我靠信念支撑，靠生命中固有的活力、激情和顽强的生命意志力，战胜种种磨难，先后骑车穿越了川藏公路、青藏公路、滇藏公路和新藏公路。我骑着自行车几乎跑遍了全中国，青藏高原、川西高原、云贵高原、帕米尔高原、黄土高原和内蒙古高原都留下了我骑行穿越的印迹。

一个人只有想得远、看得远，才能走得更远。我接下来的骑行目的地选在法国，因为法国大西洋岸比利牛斯省是皮埃尔·阿尔芒·戴维的故乡。

2014年恰逢中法建交50周年，一路骑行横跨亚欧大陆，到阿尔芒·戴维的故乡做一次回访，将大熊猫这个最具中国元素的文化符号展示给西方世界，一定能增进中法两国人民的友谊，更进一步加深世人对大熊猫的关注与关爱。

如能将出国签证顺利办妥，我将于2014年3月初从邓池沟出发，翻越夹金山，途经金川、马尔康、红原、甘南、兰州、乌鲁木齐，经新疆霍尔果斯口岸出关，途经哈萨克斯坦、俄罗斯、白俄罗斯、波兰、德国等抵达法国比利牛斯省。

由于骑行途中要路过8个国家，语言交流不便，我思考再三，决定组成骑行团队，共同完成此次跨国骑行，故而在全国范围诚邀1—2名有意参与者加盟。报名者须满足以下条件：

一、具备国家观念、民族意识、德行修养。

二、具有团队意识、合作精神。

三、具有良好体质、充沛体能和过硬心理素质，有一定骑行经验，因为在大约16000公里行程中，预计每天都需骑行100公

中国·雅安·宝兴

里以上。

　　四、最好掌握英语、俄语、法语。

　　五、费用自行解决。全程开支实行AA制。预计每人花费为人民币10万元左右。

　　六、参与者必须签订生死文书，途中出现任何问题概由自己负责。

　　……

　　"还好意思说'英雄帖'！网上挂了50多天，到最后，还不是没人搭理，孤零零一根擀面杖？"李兆先一句话，把罗维孝从回忆中拉回现实。

　　恰似擀面杖杵在心上，妻子的话让罗维孝生起隐痛。他的嘴，却像铁做的："这能说明啥？驱驰有节心有常，进退不随人左右！"

　　"少在我这里冒酸水。说难听点，这叫'不见棺材不落泪'。说好听点，'死要面子活受罪'。"

　　"别说要面子，就算说我不甘寂寞，爱出风头，我也认。但以为我图的就是这些，燕雀焉知鸿鹄志。"

　　"我看你是脑壳进水了。"

　　"好在没进水泥。进了水泥你才难得打整。"

　　李兆先气得不知说啥才好，这当口，咚咚咚，屋外有人敲门。

　　来人李永霖，先前打过电话，赶在老友出征前，来摆几句龙门阵。

　　"八哥（罗维孝排行老八，人称"八哥"），我心里还是癞疙宝吃豇豆——悬吊吊的。八个国家，三万里路云和月，就算你吃得消，自行车未必受得了。"李永霖是来拖后腿的。

　　罗维孝赶紧拿话堵他的嘴："李大诗人最近'走诗'没？趁我还没走，

帮你斧正斧正。"

什么时候了，还有心思开玩笑？李永霖苦笑着摇摇头："你和你的'洋马儿'全国跑遍，哪回我拦过？但这次，不要怪我乌鸦嘴，路途太远，风险太大。别日容易会日难，会日难哪！"

"乌鸦嘴，你自己说的！"罗维孝掩嘴一笑，好像捡了多大便宜。接着，只见他右手肘"嗵"地杵在茶几上，5根手指，张开成一把蒲扇：拿你"二把"轻松，不信"告"一盘（赌一把之意）！

手劲掰"二把"，相当于下象棋让一对车。见罗维孝已是八头牛也拉不回，李永霖摇摇头，拿出一个信封："出门在外，多揣几发'子弹'，也算给自己壮胆。"

"啥子枪啊弹的，搞得那么血腥。"罗维孝边说边把信封往回挡。

李永霖言辞恳切："钱虽不多，好歹是个心意。"

见罗维孝就要着急上火，李兆先站了出来："老李，你这就扯远了。老罗定了规矩，不收一分赞助。移民加拿大的老唐，你认得。他说要赞助两万美金，老罗还不是油盐不进。"

李永霖前脚出门，儿子罗里、儿媳刘夏伊后脚进屋。一起来的，还有罗维孝的二姐。

二姐中气不大足："老八，钢板久了也要弯，六十几岁的人了，咋就不服老呢？"

罗维孝咧嘴笑了："'六〇后'就嫌老，人家'八〇后''九〇后'怎么活呀！"

二姐语气硬起来："还是好好活着最重要！"

罗维孝看着二姐，脸上带笑："二姐你晓得，我不抽烟不喝酒，不打牌不跳舞，活脱脱一个'现代二百五'。歌里都唱了，'不白活一回'。不

趁着能跑能跳板几下,生活就成了清水煮青菜,没盐没味。"

"可是老八,古田的伤疤还没好完,你咋就忘了痛呢!"

"大难不死,必有后福。"说这话时,罗维孝的目光,在二姐脸上打滑。

战机稍纵即逝,罗里乘胜追击:"老爸,命只有一条,不能拿来开玩笑。"

刘夏伊使的,则是缓兵之计:"老爸,您的乖孙女,还没脆生生叫过爷爷呢。实在要去,过两年再说不迟。"

"乖孙女"三个字钻进耳朵,罗维孝心里"咯噔"一下。都说人生无常,而这场前途未卜的征程,更像一场冒险。《江村》是罗维孝顶喜欢的一首诗,他欣赏"老妻画纸作棋局"的安恬,"稚子敲针作钓钩"的清趣,他把"朱门北启新春色"当作人间最美,他视"儿孙绕膝花满堂"为人生至乐。他知道这些都是以家庭完整、出入平安为基石的幸福小时光,他也知道,瞻前顾后从来是勇者的天敌,耽溺一隅之安,一个人就失去了奋斗的动力。

一场以内心为战场的较量尘埃落定,罗维孝的目光,在屋中人脸上缓缓扫过:"你们说的我记住了,生命至上,安全第一。我保证,不出4个月,咋样出去,咋样回来!"

李兆先嘴角抽动两下,两行泪溢出眼眶。罗维孝递去一张纸,柔声说道:"我属虎,与狗同目。狗有九条命,不怕。"

知父莫若子。知道拦不住老爸,罗里便担心起他的装备:"您那车,不过是两千来块的大路货。一分钱一分货,只怕没出国就散架了!"

二姐应声说道:"唐僧西天取经,还有匹白龙马呢!人家老徐好心好意帮你武装一下,你还不领情。"

"红军的小米加步枪,照样干掉了老蒋的飞机加大炮。东西好与不好,要看谁在使唤。"罗维孝话刚出口,电话响了。话筒里的声音酸不溜秋,带着油腻:"罗大侠,我夜观天象,知道有大事发生。掐指一算,必定是老兄要倒骑毛驴。对了,之前说的事,您考虑好了吧?"

脑子里的雷达好一阵扫描,罗维孝才为这半生不熟的声音找到主人——马总,广州某品牌自行车大陆地区销售经理。罗维孝曾骑着自行车走过川藏、滇藏、青藏、新藏4条公路,去过全国31个省、市、自治区。罗维孝第一次骑行西藏归来,马总就派人七弯八拐找上门,请他做"形象大使"。闭门羹连吃几通,马总竟好上这口。一个多月前,看到"英雄帖",他又打电话来,说只要罗维孝和该品牌自行车拍个合照,顺带"它好我也好"地"粉"上两句,这一趟的开支他照单全收。罗维孝虽不领情,话说得也还客气:"最好的广告,是产品本身。东西好不好,消费者最有发言权。"马总当时让他考虑考虑,还说自己的手机,24小时为他开着。

罗维孝后面说的话,马总听着比上次刺耳:"鞋大鞋小脚晓得,我没穿过这鞋,不敢跟电视里有些人一样,睁眼说瞎话。"

"'鞋'还不简单?马上给您送去。至于酬劳,罗大侠您开个价,一切好商量。"

那边说得热情,这边答得平淡:"不好意思,不是钱的事。"

"既不杀人又不放火,钱有什么错?再说了,现如今还有人跟钱过不去,说出去只怕没人信……"

"从今天起你就信了也不一定!"罗维孝的话里,冒出几粒火星。

马总不撞南墙不回头:"要不,等您'出访'归来,我在报纸上搞几个版,风风光光给您做宣传!"

"你有这笔钱,倒不如买几个磨盘。"

中国·雅安·宝兴

"磨盘？"

"对，到底有钱能使鬼推磨，还是有钱能使磨推鬼，不妨做个试验！"

"那我就不明白了，不图名又不为利，跑那么远路，冒那么大险，您图个啥？"

"我图活得自在，活得精彩。我要按自己的想法活着，而不是像一匹拴着缰绳的马。我想去就去，想来就来，不听谁的使唤，不看谁的脸色，不怕半夜鬼敲门，不怕有一天见了阎王爷，他说我在人间欠着人情债！"啪的一声，罗维孝挂了电话。沉默了足足一分钟，对着李兆先，更像是对着自己，罗维孝缓缓说道："每个人都只能活一回，就像一张单程票。要是把想法都丢在路上，就成了掰玉米的猴子。惊天动地也好，精耕细作也好，人活一世，总要拼上一把。只有拼过，到最后，那堆骨头才能给你拼出个'人'字，而不是猫狗猪猴。"

窗外的雨，一阵紧过一阵。

2
起点：邓池沟，1869

邓池沟。

丝路单骑法兰西，起点只能是邓池沟。

邛崃山中段，夹金山南麓，成都平原、青藏高原的过渡地带，这条毫不起眼的小山沟，从天上俯瞰，并无奇特之处。然而，在时间老人的视野里，回顾或者展望，四川省雅安市宝兴县蜂桶寨乡境内的这条夹皮沟，是一个非比寻常的存在。

冯若望、徐德新、罗安伯、艾嘉略、兰耶、杜希……这是一串法国传教士的名字，也是一条后来反复被人们提起，被来自世界各地的大熊猫的拥趸踢断门槛的邓池沟天主教堂缔造、扩修、重建、兴盛的历史脉络。

一座隐藏于大山深处的天主教堂，何以成为大熊猫粉丝们心中的圣地？

阿尔芒·戴维身后，隐藏着全部答案。

罗维孝把邓池沟作为此次骑行不可替代的出发地，也是因为阿尔芒·戴维，因为被这个名字牵引出的全世界人民的心头肉——PANDA。

西出飞仙关就是上坡路。2014年3月17日7时，罗维孝从雅安市区青衣江边的自家楼下出发，向着120公里外的邓池沟挺进。

中国·雅安·宝兴

"廉颇老矣，尚能饭否？"罗维孝向着迎候在邓池沟天主教堂前的战友刘南康喊话、挥手，俨然一个老顽童。

占地5000平方米的教堂坐东向西，中西合璧，气势恢宏，远视为中式民居四合院，走近方知，主体为三层穿斗木结构楼房，圆拱天棚礼堂华丽精致，全木营造。

罗维孝不是天主教徒，不为领略教堂的宏伟精致而来。他是来向戴维告别的。这里是戴维曾经居住、工作的地方，也是大熊猫走向世界的出发地，大熊猫文化热潮向全球扩散的圆心。

厚厚的木门敞开着。大门右侧是十根合抱之木撑起的礼拜堂；对面是有着鲜明哥特式建筑风格的主堂，雄伟中饱含庄严。戴维当年居所、工作室位于主堂一楼，早年间辟为展厅，屋子曾经的主人的气息，附着在实物、图片、文字上，弥漫在时间发酵后的古旧味道中。从回廊移步室内，罗维孝的心猛地跳了一下——相框里的戴维，朝他眨了眨眼，投来会心一笑……

戴维的故事，可以从1826年9月7日讲起。

那一天是他的出生之日。

父亲当过法官和医生，也醉心于生物学研究。这对青少年时期的阿尔芒·戴维是吸引也是启发，色彩缤纷的大自然，成了他兴趣爱好的大本营。别人交给小说、音乐、花前月下的时间，戴维用于猎捕形形色色的飞禽走兽，制作五花八门的动植物标本。

戴维沉迷于动植物世界不能自拔。26岁那年，他在日记本上写下"我始终梦想着去中国"的句子，继而向教会提出申请，"到中国去"。彼时的巴黎是欧洲汉学的中心，有着广袤土地和悠久历史的东方古国，被一部分有缘造访的人描绘成天堂般的王国。

大熊猫科学发现地——深山密林中的邓池沟一隅

教会的回答无懈可击:"实现梦想需要等待。"

戴维被派往阿尔卑斯山脉和地中海之间的港口城市萨沃尔市教书,直到十年之后,才等来他梦寐以求的前往中国的"船票"——法国有关方面同意他到中国传教,帮助巴黎自然历史博物馆(现法国国家自然历史博物馆)采集动植物标本,则是主要任务。

1862年2月24日,马赛港,海风轻柔,汽笛高亢。戴维回望家乡的目光,复杂如他从未有过的很难概括的心绪。

北京、河北一带,戴维一待4年。他在北京蚕池口教堂建起"百鸟堂",展示搜集得来的花卉鸟兽,累计近4000种。此间,他将梅花鹿、马鹿、直隶猕猴等制成标本寄送回国,在法国生物界引起轰动。1866年4月,他将3只麋鹿标本寄回巴黎,这种角似鹿非鹿、脸似马非马、尾似驴非驴、蹄似牛非牛的中国独有物种,由此为世人所知。

戴维在中国进行了三次旅游考察。

内蒙古、辽西一带,是他来到中国后的第一次远行。

第二次远行,戴维先是将视线投向江苏、上海、福建,继而顺着长江水道,一路向西。

1869年1月10日,戴维抵达成都。他迫不及待地拜访四川教区主教平雄,只为得到一个确切回答,这句话是否为真:"在四川,一个叫穆坪的地方,是'上帝的后花园',珍稀动植物遍地都是。那里有一种难得一见的动物,当地人叫它'白熊'。"

半年前,在上海,戴维从一位传教士那里"道听途说"这句话。

平雄教父有过在穆坪修院工作的经历。他没有正面回答戴维,却进一步激发起戴维只争朝夕去穆坪的愿望。

平雄说:"穆坪的森林里,生活着两种羚羊、一种野牛、一种黑白熊。"

中国·雅安·宝兴

"到底是白熊还是黑白熊？"

"还有人叫它竹熊、花熊呢。或许……或许它还有另外的名字也未可知。"

1869年2月22日，戴维出发了。青年传教士库帕与他同行，身后是5个挑夫。从双流到新津到邛崃，取道镇西山到达三汇场（今芦山县大川镇），再翻越海拔2726米的大瓮顶，戴维一路上披霜带露，行色匆匆。

到达穆坪是28日。栖身之地邓池沟天主教堂，又名"灵宝神学院"，建成已有30年。当晚，戴维在起居室里，亮起酒精灯。戴维并不知道，在并不遥远的未来，那翠鸟般跳跃的蓝色光焰，将像聚光灯那样，把"穆坪""邓池沟"恒久照亮。

3月11日，如同之前的那些天，戴维外出考察。

这天的目的地是红山顶。

与李姓教友的相遇是一个意外，也是一个更大意外的开始。

李姓教友邀请戴维去家里做客。客随主便，空瘪瘪的肚子替戴维拿了主意。

几乎是在踏进教友家中的第一秒钟，戴维的目光，似两根铁钉，钉牢在正对大门的墙壁上面。

墙壁上挂着一张兽皮。头和周身雪白，四肢、背部、耳朵，比炭黑。

"黑……白……熊……？！"

在上海时，听人说到"白熊"，戴维想，也许是某只熊得了白化病。此刻，直觉告诉他，皮张上的黑白二色与生俱来，极有可能，这是一个少为人知、有待记录的全新物种。

美好的相遇无声无息。戴维的心，一下子蹿到喉口。

戴维向李姓教友打听白熊的出入之地，对方的回答让他兴奋："河谷地带，或者任何一个地方，它都可能和你相遇，更大的可能是在高山密林里。"

连续几天，戴维在助手陪同下向着"更大的可能"出发。三次迷路的回报是，两次看见白熊粪便。

戴维转而寻求当地猎人帮助，悬赏抓捕白熊。

1869年3月23日，猎人为戴维带来一只幼年白熊。美中不足的是，这是一具尸身。当晚，戴维在日记中写道："信基督教的猎人在离开10天之后，今天回来了。他带给我一只年幼的白熊，捕到时是活的，为了携带方便，它被杀死了。他们以很高的价格把这只白熊卖给了我，它除了四肢、耳朵、眼睛为黑色外，其余全为白色。它的体色同我以前看到的成年个体的毛色是一样的，它一定是熊类中的一个新种。奇特之处不仅仅在于它的毛色，还有那长满了毛的脚掌以及其他一些特征。"

动物分类学有雷打不动的规定：见到皮毛、尸骨，不足以对一个物种做出鉴定，除非活体现身。

"悬赏"仍然有效，猎人前赴后继。

7天后，戴维得到一只白熊，活的。

没有语言能表达心中激动，围着关在笼子里的宝贝，戴维高兴得团团转。

日记本上，戴维另起一行："4月1日。他们又带回一只完全成年的黑白熊，它的毛色同我已经得到的那只幼体完全相同，只是不那么黑白分明。这种动物的头很大，吻短圆，没有熊嘴那么尖长。"

这一天，1869年4月1日，后来被动物学界确定为"科学发现大熊猫纪念日"。

等不及制成标本了，戴维写下一封信，寄至巴黎自然历史博物馆。他

上集 ｜ 出国记

中国·雅安·宝兴

对馆长亨利·米勒·爱德华兹提出不情之请：发表这封信，立刻，马上。

爱德华兹竟然照办了。对于贡献了"戴维鹿"的戴维，对于他认真、细致的工作态度，爱德华兹有着令自己也为之惊讶的信任。于是，读者在当年出版的《巴黎自然历史博物馆之新文档》上，看到了这封从邓池沟寄出的信：

……

Uisus melanoleucus A.D.（拉丁文，意为"黑白熊"），我的猎人是这样说的：体甚大，耳短，尾甚短；体毛较短，四足掌底多毛；色泽白色，耳、眼周、尾端并四肢褐黑；前肢的黑色交于背上成一纵向条带。

我前些天刚刚得到这种熊的一只幼体，也曾见过多只成年个体的残损皮张，其色泽均相同且颜色分布无二。在欧洲标本收藏中，我还从未见过这一物种，它无疑是我所知道的最为漂亮可人的新品种；很可能它是科学上的新种。在过去20天里，我一直请十几位猎人去捕捉这种不寻常的熊类的成年个体。

4月4日——又一只黑白熊雌性成年体纳入我的收藏。它体形适中，皮毛的白色部分泛黄且黑色部分较幼体之色泽更深沉更光亮。

……

当深埋地底的遗骸进入现代文明视野，辛追夫人迎来新生，比前世更为耀眼。同样，1869年10月，当戴维制作的黑白二色的模式标本山一程水一程地来到巴黎，打开箱子的一刻，新任馆长阿尔封斯·米勒·爱德华兹的手，触电般颤抖起来。

以自然科学家的专业、严谨，阿尔封斯对戴维寄回的标本反复比较分析，并将研究成果《中国西藏东部动物的研究》（限于当时的认知条件，包括戴维在内的传教士们，误以为宝兴乃是藏东）发表于《关于哺乳动物自然历史的研究发现》合刊上面。阿尔封斯在文中写道："就其外貌而言，它的确与熊相似，但其骨骼和牙齿的区别十分明显，与小猫熊和浣熊相似。这一定是一个新属。"鉴于这个"新属"与1821年科学发现的"小猫熊"——亦即今天所说的小熊猫——颇有几分相似之处，而其体形更为高大，阿尔封斯·米勒·爱德华兹决定将它命名为"大熊猫"（也有人译为"大猫熊"），它的发现者的名字，一并加入其中：Ailuropoda melanoleuca David。

这便是大熊猫模式标本了，亦即大熊猫作为一个新发现物种得以命名的现实依据。大熊猫，这个存世至少800万年的"活化石"由此惊世现身，在后来的日子里，它成为世界自然基金会形象大使，成为世界生物多样性保护的旗舰性物种，成为全世界圈粉最多的不谢幕的明星。

在穆坪考察的九个月里，戴维还有许多激动人心的发现，譬如川金丝猴，譬如扭角羚、红腹锦鸡、大卫两栖甲虫，譬如被称作"植物大熊猫"的珙桐——戴维以形赋名，赋予它一个振翅欲飞的名字"中国鸽子树"。

告别穆坪，戴维回国休养两年，尔后以法兰西科学院院士身份重返中国，在秦岭、武夷山等地考察一年。三次到中国南方考察，戴维共发现动植物模式标本189种。他带回法国的动植物标本及活体，数量之大，令人叹为观止：植物2919种，昆虫、蜘蛛与甲壳类动物9569种，鸟类1332种，哺乳动物595种……

每一帧画面闪过，历史的现场都有声音传出，震荡着罗维孝无法平

中国·雅安·宝兴

静的内心。在邓池沟与戴维相逢，然后离开邓池沟，骑行法兰西，与戴维再次相逢，他为自己的想法激动，为正在发生和即将发生的一切感动。这仅仅是一次骑行吗？当然不是，这是一次回访，包含了一个人与另一个人的缘分，包含了空间转换、时光流转，包含了超越个体的情感、文化、价值的对话与碰撞。明天就要正式出发了，当大山深处的邓池沟响起自行车的"丁零"声，是否有人想到，这是150年前，马赛港上的一声汽笛，在30000里外发出的回音？

—— 3 ——

以漫长的沉默，话别

　　主堂外的戴维广场上，戴维半身铜像在夕阳下发出柔和的光芒。当罗维孝在铜像前站定，五年前的一幕浮现在他的脑海。

　　那是一个春日，就在此刻站立之地，罗维孝认识了戴海杜——埃斯佩莱特市市长，戴维家乡的"一把手"。

　　罗维孝是孙前费了一番力气"绑架"来的。这之前，两个人打了十年交道。他俩第一次见面，在市旅游局大门口。2004年春，罗维孝决意拉扯一支队伍骑行青藏，为当年在雅安召开的全省旅游发展大会加油助威。考虑到路途遥远，他去市旅游局开具介绍信，以备不时之需。盖了鲜章往外走，罗维孝被人从身后叫住："老罗，听说你要带六个人，骑自行车去西藏。精神虽然可嘉，还是要一百个小心，把人高高兴兴带出去，平平安安带回来。"罗维孝并不知道眼前这位戴金丝眼镜的儒雅男人是何方神圣，直至工作人员介绍，"这是主管旅游的孙市长"。交道打起来就没有尽头，一个退休工人，一个副市长，一月不见，如隔三秋。

　　戴海杜到访邓池沟，孙前约请罗维孝作陪："埃斯佩莱特和宝兴缔结为友好市县，我当年当的红娘。别个市长来了，雅安人的热情不能丢份。"

　　罗维孝懒得去，懒得多说："你们'高端会谈'，我一个平头老百姓凑

中国·雅安·宝兴

啥热闹？"

孙前说："戴维是个旅行家，你在雅安，算得上当代版的徐霞客……"

"打住打住，少给我灌蜂蜜水。我这几天肠胃不舒服，吃不了这一套。"

"人各有志，不勉强。"孙前话锋一转，"还以为你全国走遍，有胆有识，没想到几个外国人，吓得你不敢出门。"

"'官人'都不怕，我怕'洋人'？不过到时候你留意一点，要是我两腿发软，千万伸手扶住。"

孙前"扑哧"笑出了声。

虽说是被孙前生拉硬扯来的，见了戴海杜，想着"有朋自远方来"的句子，写在罗维孝脸上的，乃是"不亦乐乎"。

戴海杜却等不及孙前翻完罗维孝的骑行简历，目光就移向了戴维铜像："在大西洋、印度洋、太平洋上漂泊5个月，戴维才到了上海。从上海到成都再到这地图上找不到的邓池沟，用今天的眼光来看，也称得上是壮举。"

戴维的惊世发现使自己的家乡一举成名天下知，罗维孝对戴维，佩服得五体投地。戴海杜的话并没有让他闻到醋酸，但这位法国市长视他为空气，他心头不爽——说到底，在中国骑行界，我罗维孝不说无人不知，也是大名鼎鼎。

也许只是思维的线头刚好飘到戴维身上，也许只是一个直肠子毫无心机的率性表达，也许本就是上天冥冥之中做出的特别安排，戴海杜的顾左右而言他，挑动了罗维孝与其说是敏感，倒不如说是神秘的某根神经。多年之后，罗维孝仍是笃信，就是那一刻，骑行法兰西的念头，从他心里冒出芽头，在不长的时间里长成大树——"我也可以成为万里挑一的英雄。我要让戴海杜的目光，停稳在我的脸上"。

狂热的血液一旦沸腾，就不能轻易冷却。罗维孝站在当年和戴海杜对话的地方，以漫长的沉默与戴维话别。青年时期的微笑凝固在泛着青铜光泽的戴维的脸上，像是在回应罗维孝终于脱口而出的那一句话："为我加油吧，我的朋友！"

"自行车加哪号油？"一只手落在罗维孝肩上。

罗维孝转过身来，一时难以置信："哎呀，孙市长！您老人家居然真的来了！"

"还煮的呢。我的信用这么差？"

"我是说，堂堂一个'省领导'，专门从成都跑到这山沟沟里头为我送行，面子给得也太大了。"

多年以前，孙前调任四川省旅游厅巡视员，直至退休。罗维孝称他"省领导"，一半是尊称，一半是玩笑。孙前心领神会："又洗我脑壳。下了课的副市长，拿你的话说，升斗小民一个。"

"瘦死的骆驼比马大嘛。不对，酱缸打破了，架子还在！"

"有你这么颠来倒去洗刷（调侃之意）'前领导'的吗？对了，夫人工作做通没？我可听说，你家'管火的'（内当家之意）'换频道'（揪耳朵之意）下手重得很。"

"没有——我敢走呀？在家老婆就是大领导。领导不发话，早晚要挨骂。要想耳根净，最好把话听……"

"行呀，老罗！口口声声只念过小学三年书，结果呢，打个喷嚏，带出一管墨水。"

说到墨水，孙前的话，从玩笑切入正题："出了国门，赶路靠腿，问路靠嘴。你的英语……"

"不瞒你说，英语有好多个（多少个之意）字母，我至今没搞醒豁

（明白之意）。不过放心，我带着翻译！"

孙前惊得合不拢嘴："翻译？！"

"所以说要终身学习。快译通，外语比谁都精通。"诡异笑过后，罗维孝学着电视里的广告腔调说："贴身小秘书，你值得拥有！"

两人聊得正欢，一个人影晃到眼前。定眼一看，高富华，《雅安日报》资深记者，他俩和他，都是无话不谈。

高富华脸上缀着苦瓜。见他吞吞吐吐，欲言又止，所为何事，罗维孝已猜到八分。

自打定下以两个车轮横跨欧亚大陆，罗维孝就在操心签证的事。目的地是法国，申请赴法签证，自然是重中之重。2010年11月26日，罗维孝给法国驻成都总领事馆副领事高宁写了一封信，道明意图。邮箱是从朋友的儿媳那里打听来的，朋友的儿媳在一家法资企业工作，老板认识高宁。

顺着这条线，罗维孝送给高宁签了名的《问道天路》，作为敲门砖。罗维孝打听过了，高宁是山地旅游运动资深人士。同心之言，其臭如兰。罗维孝没觉得这事十拿九稳，而是把握十足。

哪知砖头碰得稀巴烂。

见罗维孝急得嘴角冒泡，朋友给他出主意："欧洲申根，签证一票通吃多个欧洲国家。换个地方拿签证，照样去法国。"

罗维孝答得坚定："我要去得堂堂正正，我不'走后门'！"

雅安这座城，炒份回锅肉，半座城能闻到香。罗维孝的话在朋友圈里传开了，当中十有九个，说他"铁脑壳""一根筋"。站在罗维孝一边的人不多，高富华乃是其一。罗维孝以前的骑行活动，高富华多次报道。对罗维孝和他的这句话，高富华自有见解："非常之人，必有非常之处。这件事不是常人敢想敢为，老罗之所以敢，正因为他有血性有个性。何况说，该换脑筋时，老罗也很干脆——之前申请白俄罗斯签证，得知只能跟着旅行团走，老罗当机立断，将取道白俄罗斯，改为从乌克兰、波兰绕行。"

法国驻成都总领事馆翻译张露佳女士，高富华恰巧认识。虽然和张女士交往不多，高富华还是决定碰碰运气，看她能不能在总领事鲁索先生面前说说好话，看命运在为罗维孝关上一道门之后，能不能为他打开一扇窗。

不等高富华把话说完，张露佳亮明态度："不可能，绝对不可能——年过六旬，一个人，骑自行车走30000里路，而且不懂外语……这样的新闻登在报纸上，谁敢信？"

高富华埋怨自己没有先把罗维孝的"硬核"优势搬出来，亡羊补牢的机会，他抓得很紧："这位老哥子虽说已64岁，身体素质，不比三四十岁的差；尤其精神状态，说是26岁都不过分。不懂外语的短板，他有弥补办法……"

张露佳再次打断了他的话："知道你是好心，但好心未必办好事。如果真出去了，出个什么意外，就算他的家里人不追究，你和我，也会追悔莫及。"

知止不辱，知难而进，高富华都做到了。以后的日子里，只要有机会，电话、短信、QQ上，高富华时不时提起罗维孝，提起他的英雄往事、光荣梦想。

见了黄河总该死心，张露佳指定是这么想的。她给高富华短信留言："让他来一趟总领事馆吧，省得你说了两年还在说。"

2013年7月23日，成都市锦江区红星路三段1号，法国驻成都总领事馆，迎来了罗维孝和他的"白龙马"。

去所经之地邮局加盖邮戳，留下时间的印记，不管早年出差，还是后来骑行，罗维孝的习惯从未改变。此刻，盖在五颜六色的旅行旗上的邮

中国·雅安·宝兴

戳，每一枚都在张口说话，说罗维孝见识过大千世界，说罗维孝经历过风吹雨打，说罗维孝壮行天下的胆识、毅力、韧劲、勇气……

嫌它们说得还不到位，罗维孝做起俯卧撑。二指禅，30个；一指禅，又是10个。这边看得目瞪口呆，罗维孝却是面不改色。

肌肉还没秀完，罗维孝从挎包里拿出一摞《问道天路》，现场签名赠书。鲁索连连叫好，还向罗维孝要了一个拥抱。

鲁索问了罗维孝一个问题："为什么一定要去法国，一定要去埃斯佩莱特？"

罗维孝答："中法两国，交情十分特殊，十分重要。两棵大树并排在一起，树的根须，当然交叉错落，你来我往。"

再没多余的话，鲁索让人去叫签证官，马上给罗维孝办签证。

绿灯一开到底。普通旅游签证，一般期限一个月，最长三个月。法国驻成都总领事馆签给罗维孝的这一本，起止日期为2014年2月18日—2015年2月17日，整整一年！

有了这本签证，与法国同是申根国家的拉脱维亚、立陶宛、波兰、德国，可以畅通无阻。途经国俄罗斯的签证早已到手，最后一关就是哈萨克斯坦了。最后一关也是第一道关，因为罗维孝设计的骑行线路，是从新疆霍尔果斯口岸出关，进入哈萨克斯坦，取道俄罗斯，然后一路向西。哈萨克斯坦的签证委托北京一家中介机构办理，高富华负责跟进。之前的进展并不顺利，就在两天前，高富华还对罗维孝说过，中介方面虽然口口声声说在全力推进，问他们什么时候可以搞定，却是三缄其口。

果然，高富华愁眉苦脸地说："北京传话过来，签证程序走不动了。"

罗维孝皱起眉头："半路上杀出程咬金。"

大约是在来路上，高富华就有了主意："法国签证一年有效，照我说，出发延迟，等到吃下'定心丸'……"

抬头看着天空，罗维孝郁郁说道："但是，中间还有一个俄罗斯。俄罗斯只给了一个月过境时间，拿不到哈萨克斯坦签证就不能按期出国，不能按期入境俄罗斯，往后……也就没有往后了。"

孙前见过的场面多，主意也多："把骑行起点改成霍尔果斯，省下的时间，你守在北京办签证，效果大不一样。捎带着，还能省下两千里力气！"

"咋个要得！"罗维孝瞪他一眼，"'从邓池沟到埃斯佩莱特'，'英雄帖'写得一清二楚。说变就变，除非脸揣进裤兜。"

孙前慧黠一笑："晓得你怕人说偷工减料抄近道。其实，当年戴维来宝兴，搭了轮船坐汽车，才下铁疙瘩，又上高头马。你全程都是烧骨油，难度系数比他高。再说了，从北京出发，也有象征意义。"

罗维孝没有顺着孙前搬来的梯子往下走，他的目光从天空收回，落在戴维脸上。过了几秒钟，罗维孝抬手晃了晃，缓缓说道："狼有狼迹，蛇有蛇踪，我的路线，每一寸都有来头。"

两人这才注意到他手里拿着一本32开小书。把"书"打开，却是1.2米长、0.8米宽的一面旗子。旗子以地球做背景，左上角印着五星红旗。国旗右边，有明黄色楷体印下的两行大字，第一行：一路骑行横跨亚欧奔向法兰西；第二行：回访阿尔芒·戴维故里。下方是罗维孝的签名，再往下，一条蓝色曲线，把一个骑行者的图案和一个大熊猫头像连在一起。罗维孝指着弯弯曲曲的线条说："雅安是南方丝绸之路'桥头堡'，经由'难于上青天'的剑门蜀道，走到敦煌，就和北方丝绸之路接上了头。知道我为啥把翻越夹金山的路线改为从成都方向出川了吧？出发地一变，这一程的意义就打了折扣！"

他这一说，让自以为对他很熟悉的孙前，不由得对他刮目相看："一

中国·雅安·宝兴

辆单车，两条丝路，不光同'一带一路'无缝衔接，还让大熊猫文化借船出海。好你个罗老头，真真正正是'螺蛳有肉在心头'！"

孙前一通"马屁"，将罗维孝的烦忧暂时拍到了一边。得意乘虚而入，占据了他的一整张脸："光是埋头拉磨，我就姓了骡子的'骡'。"

高富华的嘴却噘得能挂稳酱油瓶子："话是好听，护照咋整？"

"这个就靠高老弟了——不是还有黄凯吗？法国签证我白白跑了4年，你一出马，进度像坐了高铁！"罗维孝头也不回就走了，急得高富华只差把脚下青砖跺开道缝来——这家伙啥时候学会了甩锅，甩得还干净利落。

当晚，邓池沟天主教堂主堂二楼，两个房间，两盏灯，像亢奋的双眼难以入眠。

罗维孝、孙前、高富华同居一室。隔壁的司徒华、刘南康，前者致力于大熊猫文化研究，后者是罗维孝的战友，也是雅安市摄影家协会副主席、秘书长。

除了灯、床、床上的人，房间里别无他物。洗脸、上厕所，得下到一楼，走过长长廊道。有关方面在教堂不远处的民宿为孙前安排了民宿，"省领导"死活不依，非来和自己"挤"上一晚不可，罗维孝虽是过意不去，更多的却是感动——孙前退休前曾三次率团访问埃斯佩莱特，今天专程赶来，同自己抵足而眠，一定是为了传经送宝。

然而，这个晚上，孙前并没有"经"和"宝"要传送。他为友谊而来，为"珍重"而来。两个坚硬的字，他婉转成柔软的话："老罗，男子汉大丈夫，既要敢想敢干，也要举重若轻。出门在外，情况瞬息万变，不要勉强自己，不要逞能。这不是非做不可的事，也没有人会觉得，登顶成功的人才是英雄。走不动了，你就买张机票回来，你的家人，还有我们这些朋友，照样为你接风洗尘，照样认为你的选择光荣正确。"

出征前夜，孙前（右）、高富华（左）与罗维孝相谈甚晚

高富华在旁边帮腔："罗哥，留得青山在，不怕没柴烧。就算这次半途而废，也是为下一次出发积累经验，同样可圈可点。"

罗维孝没有急于张口，而是等内心深处的浪潮平定下来，才吐出心声："你们放心，我不会拿生命当儿戏，不会'一根筋'。谋事在人，成事在天，尽到自己最大的努力，我就无怨无悔。不过你们也要相信，只要有一口气，有一线希望，我就不会回头。就是倒，我的头也会朝着前进的方向！"

高富华嘴刚张开，孙前话已出口："你这个人九头牛也拉不住，我跟戴海杜就是这么讲的。"

"戴海杜？"罗维孝不明白孙前为何突然提起他来。

孙前也是这时候才意识到自己说漏了嘴。前些天，他在邮件里向戴海

中国·雅安·宝兴

杜通报了罗维孝即将展开的行程，拜托他在罗维孝抵达时有所照应。戴海杜回复说，自己已卸任市长，但是一定向现任市长通报情况，协助市政府做好工作，欢迎罗维孝到访。同戴海杜的通信，来之前孙前并不打算告诉罗维孝，而是想作为他抵达终点前的惊喜。话已至此，他索性不再隐瞒，把通信内容和盘托出。

提前到来的礼物让罗维孝喜不自禁，他"腾"地从床上蹦起，光着半个身子，旁若无人地手舞足蹈，踩得脚下的木地板吱嘎作响。老夫聊发少年狂的不止罗维孝，孙前也是光着半个身子，舞之蹈之，全无当年从政时的沉稳形象。

"待到你凯旋，再到邓池沟，喝上一碗庆功酒！"两个"老顽童"击掌相约，高富华按下相机快门……

邓池沟教堂前，送行的亲人、战友、"螺蛳"（罗维孝的粉丝自称"螺蛳"）和当地村民早早等在戴维广场。四川省蜂桶寨国家级自然保护区管护中心、四川省大熊猫生态文化研究会等单位也派出代表，前来为罗维孝加油助威。

10时整，"罗维孝万里骑行法兰西壮行仪式"正式举行。

藏族少女向罗维孝献上了象征吉祥如意的哈达。

好友司徒华献上量身定制的书法作品："雄风万里"。

法文版《大熊猫文化笔记》，作者孙前以前就馈赠过罗维孝。这一次，他请罗维孝带一本到戴维的故乡，作为老朋友新鲜的问候。

罗维孝也是有备而来。《问道天路》一书，他一一赠给送行的朋友，一一签上姓名、日期。

10时20分，刘南康替罗维孝、李兆先、罗里拍了一张合影。快门响过，罗维孝笑吟吟地冲李兆先说："等我回来，再来这儿'咔嚓'一声。"

李兆先记住了这个日子：2014年3月18日。

　　罗里记得，老爸南征北战整整10年，自己第一次到现场送行。

　　罗维孝记住了妻子眼里的泪，记住了罗里担忧中夹杂着信任、鼓励的眼神。

　　有人记起的是《易水歌》："风萧萧兮易水寒……"

　　10时30分，罗维孝出发了。"丁零"声中，罗维孝左手扶住车把，右手握拳，大喊一声："法兰西，我来了！"

　　那一声喊豪气干云。

上集 | 出国记

中国·雅安·宝兴

·041·

向着法兰西，出发

4

第四天

屈指敲了一下，门从里边开了。李兆先边帮罗维孝挪自行车进屋边问："路上顺利吧？"

从邓池沟到雅安，一百多公里下坡路走得顺风顺水。然而，头一天，罗维孝拿下1100米落差，打了一场硬仗，以致他刚才抬车上楼时，隐约听到腰部老痼疾"哎哟"一声。

李兆先叹声气，"上床，趴下。"

这是罗维孝最老实的时候。当老伴粗糙的双手运作开来，他的腰间，升起一股热流。热流逐渐壮大起来，如同一条小河，从腰间涌到他的心间、喉口。

他想说点儿什么，老伴的话抢在前面："还是别去了……"

"咋个可能！"

"我是说……留下休整一天。"

"一鼓作气，再而衰，三而竭。一开始就打退堂鼓，这是要我拆自己的台？"

"好事不在忙上，再说这两天上山下坡，消耗大。趁这个机会去看看乖孙，万一……万一她长大后晓得你出那么远的门，临走也没看她一眼，

中国·雅安·宝兴

会怄气。"

"还是不得行……"

定下的事情九头牛也拉不回，否则就不是罗维孝了。可是这次，他感到短短五个字，从第三个开始，像泄气的皮球掉在地上。

电话又一次响了起来。

罗维孝还在下坡路上，新华社、中新社等媒体已将他单枪匹马闯天涯的消息公之于世，各地"螺蛳"打来祝贺电话——更多的是打探消息虚实。

这一次是远在上海的朱明打来的。几年前，他曾怀揣《问道天路》来雅安，求得"偶像"签名。

"祝你早日凯旋，再立新功！还有老罗，早一天是胜利，迟一天也是胜利，风物长宜放眼量，千万别心急。"朱明无心插柳，罗维孝心中成荫。挂断电话，他对妻子说："留一天就留一天！"

雨城之夜——罗维孝的家，就在青衣江边

翌日，刘南康驱车陪罗维孝、李兆先去了一趟眉山市洪雅县。亲家的家在那里，孙女在亲家家。

亲家母从李兆先眼神里拾起话头，对搂着孙女亲了又亲的罗维孝说："既然舍不得，就把雨彤带回雅安，过了生日再送回来。"

这天离雨彤周岁生日还有一个多月，亲家母话里有话，罗维孝听得分明。装起糊涂，他也是一等一的高手："结束行程，回国我就接彤儿。有言在先啊，我不开腔（发话之意），别到雅安跟我抢！"

回家路上，刘南康告诉罗维孝，几个朋友约好了，明儿一早到楼下送他。罗维孝一听急了："昨天大家就去邓池沟送过了，山上民宿房间少，害得他们当中几个，两个人打伙（共用之意）一床被子。明天就不必送了，我不是官，也没申请过扰民'专利'。"

刘南康盯他一眼："一扯就到了八边山上。不就是满足一下你的虚荣心吗，又不花钱，又不花米。"

罗维孝坚决不给朋友添麻烦。3月21日7时30分，他比原计划提前半个小时出门。离家前最后一席话，罗维孝跪在地上，说给母亲："人要敢想敢干，人要敢冲敢闯。您老人家教导我的话，我要用行动告诉罗里，告诉子孙后代……"

相框里的母亲默默注视着他，嘴角溢出微笑，溢出千言万语。

天将有雨风满楼，为李兆先吹来挽留男人的又一个借口。罗维孝摇摇头："往后走，比这恶劣的天气，不知会有多少。"

扛车下楼，罗维孝没有回头。

冲着他的背影撵上去的是一长段话："出门多疼自己少疼钱。小心腰伤复发。骑不动了就回来，不要硬撑……"

兴许是老天爷有意要给罗维孝发烧的大脑降温，出发不到半小时，天

中国·雅安·宝兴

空下起雨来。罗维孝从行包里找出分体雨衣,穿上后继续赶路。

出城20公里,砰的一声从身后传来,后轮车胎扎破了。罗维孝推车到路边,卸下行李包、睡袋、帐篷。动手补胎,平素里易如反掌,雨中事倍功半。雨越下越大,罗维孝又急又窘。

一辆汽车打着双闪靠边停下。来者李阔、蔡蓉、龚立新,都是"亲哥们儿"。

李阔经营自行车专卖行多年,修车比罗维孝在行。

"老罗,你也太要不得了嘛。大家好心好意送你,你倒好,跑得比兔子快,害我们撵得扑爬筋斗。"李阔手上不停,嘴上也没闲着。

罗维孝理亏辞不穷:"我不就想图个撒脱(简单、方便之意)吗?又不是打群架,干吗惊动那么多人。再说邓池沟,你们都没缺席。"

雨中不是闲扯之地。蔡蓉撑伞,李阔很快补好车胎。等他帮着把行李重新加载到车上,送上不卸载行李的条件下修补车胎的"秘籍",大家又开起"批评大会"。

龚立新最是语重心长:"老罗,别怪我话多,出门在外,不要瞎逞能。今天是个小插曲,往后上路,一定要加倍小心。"

"桃花潭水深千尺,该回去时就回去。"罗维孝含糊其词。

"该回去时",对于龚立新等人,是现在;对于罗维孝,则是梦圆法兰西之时。不是一天两天的朋友了,没人听不懂他的话。

罗维孝一只脚踩上脚踏板,李阔仍有话说:"久走夜路易遇鬼,后脑勺上,多长一双眼睛……"

前方冷雨交织,雾气弥漫,路像湖中木棍,只露出短短一截。向着幽隐与未知进发,罗维孝脑子里,一句诗像闪电划过:"既然选择了远方,便只顾风雨兼程。"

新津住一宿，广汉住一宿，夹在中间这天，罗维孝去法国驻成都总领事馆，面谢总领事破格签证。也是这天罗维孝才知道，鲁索在为他办理签证后调回了国内，总领事一职，由魏雅树接替。

罗维孝不是空手来的。装裱在玻璃框中的骑行示意图，是他赠送给对方的礼物，也是他表达心声的载体："中国人民爱交朋友，懂感恩。"

魏雅树对罗维孝早有耳闻。接过礼物，他的一席话，听得罗维孝心跳加速："罗先生以一己之力，将中国精神、熊猫文化带往欧洲，非常了不起。您是中法友谊的使者，是一个平民英雄。您的骑行壮举让我很受感动，我对罗先生十分钦佩……祝您这一行顺利、成功！"

按计划，第四天的落脚地是梓潼。但是车头一拐，罗维孝进了绵阳城。

临时改道，他想要一个答案。

一屋子人接风洗尘，个个是"螺蛳"，个个珍藏有签名版《问道天路》。

一桌子好菜，一桌子好话。然而，"螺蛳"鼓动的春风，吹不进罗维孝心中冰窟，他的脸一直紧绷着。

还得数许正反应快——张丹，让老罗马着个脸的，一定是张丹。

果然，许正刚说出"张丹今天家里有急事……"就被罗维孝从中打断了："不提他行不行！"

夏坤清丈二和尚摸不着头脑："丹哥和你一起走过的路，不比我们少。说起来，他也是个吃铁吐火的硬汉。"

"起先是硬的，不过后来，成了软小二。"罗维孝哼一声，接着说道，"起先说好一起走，中途变了卦。一个缩头乌龟！"

一屋人面面相觑。偶像脸上肌肉垮下来的情形，很少见到。看来张丹退出，对他刺激不小。

的确刺激不小。

中国·雅安·宝兴

两人相识于2010年。听说罗维孝要骑行北极村，张丹一路跟随。张丹当时是某单位中层干部，为了达成此行，不惜提交申请，提前退休。这之后，张丹骑着摩托车、自行车，把罗维孝走过的路走了大半，差点把命留在"死人沟"。爱好相同，骑行走过的路大致相同，就连"一个人可以走得更快，一群人可以走得更远"这句话，挂在嘴边的频率也差不多。天长日久，两个人成了莫逆之交。

骑行法兰西，"英雄帖"链接，罗维孝第一个转给张丹。张丹决心下得之快，没有让他失望。"英雄帖"在网上挂了50天，咨询电话络绎不绝，斩钉截铁说了"走"字的，只有张丹。因此，对他，罗维孝甚至有几分感激。

哪知临近春节，张丹打来电话，不去了。

怎么劝都无济于事。问原因，支吾半天，说是凑不够钱。

工作半辈子，拿不出10万块，罗维孝不相信。转念一想，家家有本难念的经，张丹上有老下有小，手头不宽裕，不是全无可能。都是兄弟了，钱算什么？罗维孝说："我多揣几发'子弹'，有我的，就有你的。"

张丹还是不去，甚至后来，不接电话，不回短信。

临时变卦只是导火索，由此引发的连锁反应，才是炸药包。张丹退出，家人捆绑罗维孝有了绳索。曾有那么几次，他差点就说服自己不去了。"悬崖勒马"的念头，让他看不起自己，进而将心中怒气，撒到张丹身上。

纸是真的包不住火了。夏坤清嘴唇嗫嚅几下，实话实说："丹哥身体出了状况。捂着不说，是怕你分心。"

"啥子……状况？"罗维孝从愠怒到狐疑，从狐疑到焦虑。

"丹哥的事你就别操心了。脚下道路千万条，轻装前进第一条。"

夏坤清接过许正的话说："听说刚出雅安你的车就爆了胎，照我看，减法该做还得做。"

"是啊是啊，"众人纷纷附和，"能不带的东西尽量别带，负载重了车造反，危险系数大。"

五个随车行包，前轮两侧各一个，装的是常用生活品。后轮两侧各一个，装着备用内胎、帐篷、睡袋、换洗衣物。备用车胎，连同另一个收纳杂物的行包一起，绑在后轮上方的衣架上。单车变货车，大家担心超载惹麻烦。

"相机就别带了吧？"

"咋个要得？这是我的第三只眼睛。"

"带啥笔记本？出国不是出差。"

"最淡的墨水，胜过最强的记性。回来之后，我要写一本游记。"

"不是早就写过一本了吗？"

"这一本不是那一本。茫茫人世中，比徐霞客走的地方多、走得远的人，一定还有很多。人们只记住了徐霞客，就因为他是一个分享者，他用不可磨灭的文字，让生命活出了长度、宽度。"

"你赢了，罗霞客！"夏坤清话音刚落，许正惊呼声又起："我的天，居然带了两副备胎！"

"晴带雨伞，饱带干粮。"

翻来拣去，除了两件衣服，能"扣"下来的也就是《问道天路》和《大熊猫文化笔记》了。衣服少两件无妨，可捆在一起的5本书，原本都计划了用处。罗维孝放下又拿起，拿起就舍不得放下。

许正说这话，不是商量，是警告："西瓜芝麻，拣大的拿，不能屙尿擤鼻子——两头都想拿着。"

"舍不得孩子套不住狼。"罗维孝咬牙把衣服和书交到许正手上，"就让它们，在你家借住一段时间。"

5

签证，签证

绵阳这趟没白走。除心结解开之外，更换后轮内胎，安装在自行车上的GPS不再"罢工"，也是重要收获。至于做"减法"的正确性，罗维孝体会深刻起来，是在后来的行程当中。

次日蒙蒙亮，许正在家中为罗维孝准备好了早餐。吃过饭，许正和夏坤清坚持送上一程，罗维孝千推万辞，无济于事。

霏霏细雨中，罗维孝埋头蹬车，两个"螺蛳"骑摩托跟着。到了梓潼地界，"撵"走两人，此次西行的大事小情，在罗维孝脑海中天马行空起来。长路漫漫，在国内尚可刷刷"脸卡"，但是出了国门，情况大不一样。"青山处处埋忠骨，何必马革裹尸还"的诗句罗维孝不陌生，他也知道，除了家仇国恨，没有什么值得以命相拼。他要逐梦天下，也要天伦之乐，也要"团团聚邻曲，斗酒相与斟"的人之常情。

罗维孝后悔了。4本《问道天路》，不该全部留下。

刚刚熄了摩托车引擎，还没来得及脱下雨衣，许正接到电话："老许，不好意思，还得辛苦你过来一趟。"

"哪股水把你罗老哥冲转了？先说再送一截，你横竖看我们不顺眼，撵都撵不赢。"

"我还是想带上《问道天路》，一本也行。"

"先前不是通泰了吗？小不忍则乱大谋，我的老哥子！"

"一本，就一本。"

"不带不行？"

"你想想这个理啊——出了国门，人生地不熟，语言也不通。关键时刻，总得有人站出来为我说话。"

书和人，哪跟哪啊，许正听糊涂了。

罗维孝这段话跟进及时："书中有我骑行西藏的多幅图片。图片也是语言，而且不用翻译。在我说不清楚我是谁的时候，它能打个圆场。我自行车车头的KT板上，笑呵呵的大熊猫，就是因为这个，与我结伴同行。两张嘴总比一张嘴强，带上书，我就多了一张通行证。"

许正仍是踌躇："一根稻草可以救命，也可以压倒骆驼。你可千万想好。"

"我想好了，大不了少喝二两水！"

许正和夏坤清追上罗维孝时，他已行进到七曲山下。

"蜀道难，难于上青天。"七曲山下的翠云廊，曾经是唐朝大诗人李白的吐槽对象。雨停了，一脉春光在七曲山上缓缓流淌，青翠古柏积淀成浩瀚无边的绿色湖泊，鸟鸣婉转，如微风掠起清波。柏油路虽是曲折，倒也宽敞，自行车徐徐前行，细把江山图画，自身也成了画框中不失奇崛的一笔。

穿过"东方罗马大道"翠云廊，穿过一夫当关、万夫莫开的秦蜀咽喉剑门关，便是剑阁老县城。天色向晚，不经意地回头一瞥，罗维孝看见了7年前的自己。那一年，《问道天路》问世，应首都新华书店之邀现场签售，罗维孝骑行进京，也曾在剑阁住了一晚。那一晚，罗维孝辗转反

中国·雅安·宝兴

侧，心潮如窗外夜市，迟迟难以平静。剑门关是秦蜀交通咽喉，兵家必争之地。他感到了军魂的跳动，体察到了生命的伟力。人这一生，或短暂如昙花一现，或绵长如小道蜿蜒，无非一种觉悟、一种态度。他为自己的觉悟欣慰，为自己的人生豪迈激动。在这"三国蜀道"的关键节点，他默念起一代枭雄的《步出夏门行》："老骥伏枥，志在千里；烈士暮年，壮心不已……"

3月25日，晴。出青川，越过中国地形第二阶梯边缘地带，也就出了四川。甩在身后的上坡路，也是以车轮勾画的南北丝绸之路连接线。时间的长河不知疲倦奔流向前，河面溅起的水花，有一滴打在自己脸上，罗维孝再次激动起来——历史是有形的，像衣服包裹着自己，让卑微如蚁的一个人，参与到历史的进程。

青川沙洲到甘肃境内洛塘镇，126公里。罗维孝一天拿下，力气的储库尚有盈余。次日骑行至武都区两水镇，116公里路上，他仍感觉良好。

被掏空的感觉来得突然。3月29日，由岷县往兰州进发。路越来越陡，坡越来越长。骑行六七个小时后，罗维孝上气不接下气。盼星星盼月亮般盼一段平路、缓坡，盼来一场雨。体力已是强弩之末，一个泥水凼使坏，扑通一声，人和车重重跌倒在地。

左手掌掉了一块皮，罗维孝是后来才发现的。身体触地，他的第一反应是扶起爱车，看有没有刮着碰着。罗维孝爱车如命，圈子里无人不知。曾有人开玩笑说他当自行车是"小情人"，他说此言差矣，那本来就是我身上长出的一条腿。

这下，"腿"出问题了。不锈钢变速线使起性子，不听招呼，罗维孝的自行车，只能低速蜗行。

慢，有时也是快。这句话不知是谁说的，罗维孝隔空借来，充当变速器。到底是个"冒牌货",望着迷蒙前路,罗维孝想,这个麻烦,不添只怕不行。

一只脚踮在地上,罗维孝拨通李阔电话:"老弟,变速器'造反'了,必须在临洮收拾住,还得你帮忙想办法!"

雨仍密密下着,落在地上的动静,比人落在脚踏板上的大。罗维孝抹了一把脸,那句刻在骨子里的诗,再次浮现于眼前:既然选择了远方,便只顾风雨兼程。

夜幕降临,临洮城千家万户的灯光,在罗维孝眼里是欢迎的标语。

循着李阔发来的地址,罗维孝找到某品牌自行车专卖店。平日里,晚上7时,店主冯强夫妇早已关门回家了。接到李阔"求助电话"的他们,此刻守在门口。

罗维孝这个名字他们并不陌生。因此,当淋成落汤鸡的罗维孝出现在眼前,他们一见如故。

一个递上热毛巾,一个拿来电吹风。浸入骨髓的冰凉,被阵阵暖流冲散。罗维孝刚擦干的脸盘子,又湿了。

排除故障于冯强而言是小菜一碟。这之后,他指着对面宾馆说:"罗老师冒雨赶路,没少吃苦。写了房间,冲个热水澡,身体又是自己的了。"

罗维孝连连摆手:"要不得要不得。宾馆上挂的三颗星,颗颗咬人。我习惯了住鸡毛店,睡在高档宾馆里,哪里舍得睡着?"

幽默是可以传染的。冯强接话道:"以后有机会,开发一款床垫,就叫'鸡毛垫'。"

附近小巷里的旅店,房费35块。停好车,放好行李,罗维孝肚子里,咿咿呀呀,唱起空城计。

罗维孝下楼找吃的,见冯强两口子守在旅店门口,才想起刚才一激动,忘付修车费。人家却是来请客的:"罗老师舟车劳顿,我们约了几个朋友,陪您共进晚餐。"

"不行,肯定不行!"罗维孝摆手,摇头。

"我和朋友们,都是真心诚意。"冯强不明白罗维孝为何不领这份情,态度还如此坚决。

罗维孝将额前发丝往脑后一拨,读起关于自己的"说明书":"临洮自古为西北名邑、丝路要道,这里的朋友,我尊敬还来不及。但是,我这不修边幅的样子,不是缺剪刀剃胡刀,不是缺时间。我要的是随意随性,要的是驱神辟邪的猛张飞形象。我不是出来走秀的,不想给人添麻烦。我这一趟,要走的路还很长,必须低调行事,避免一切不必要的麻烦。冯老弟一定是希望我心想事成的,所以,相信你和弟妹,不会怪罪于我。"

"尊重罗老师的意见。"冯强的妻子劝过丈夫,目光转向罗维孝,"饭,总是要吃的。我们也还饿着肚子,拼个桌吧。"

一左一右,冯强夫妇把罗维孝"押"进一家川菜店。

回锅肉、东坡肘子、麻婆豆腐……一个个"硬菜",看得刚才油盐不进的罗维孝涎水横流。可他伸出的筷子,拦在了服务员面前:"打住打住,我又不是'吃大户'来的。车胎压坏,你可负不起责。"

服务员面露难色,望向冯强。东道主端起茶杯,爽快说道:"罗哥出门这些天,除了灰尘,尽吃苦,今天弥补弥补。"

罗维孝说:"就是十全大补,也要老母鸡炖汤慢慢来。万万不能,让民风带坏了官风。"

冯强嘴笑成瓢:"罗哥是个段子手。"

"反正不是刽子手。"罗维孝跟冯强碰了杯,"多亏李阔有你这个朋友,我这光,沾得光芒万丈!"

"李阔？谁是李阔？"

"介绍我来你这儿修车的李阔嘛。"

"原来是他。不过我和他，出生到现在，也就今天通了一次电话！"

"不至于吧？！"罗维孝边说边想，若真如此，冯强两口子的热情从何而来？

女主人像是听见了他心里的话，半开玩笑半认真地说："我们和李阔不熟，但干我们这行，不知道罗哥大名，只怕营业执照都保不住！"

有那么点从冬眠中苏醒的味道，还有点在云端上飘着的意思，罗维孝说："你两个给我戴高帽子，以为我不晓得？我可友情提醒，高帽子戴不稳当，比绿帽子还要恼火！"

因为自行车掉链子，去往兰州的计划，延宕到了次日。

雨衣尽职尽责，但是罗维孝后背上，凉意一路跟随，咬得很紧。他知道这是衣服单薄的原因，但是没办法，雨中骑行，衣服穿得厚了，手脚伸展不开，速度上不来，安全没有保证。而他的鞋子，早已被雨水湿透，后背上涌动的凉意，有一股力量，老巢就在此处。急躁、烦闷的情绪，如同没完没了的雨包裹着罗维孝，似乎下定了决心，要湮灭他心中那一团火。罗维孝到底是警醒、振作了起来。他对自己说：老罗呀，你骑车走过的桥，只怕比一些人两脚走过的路都多，焉能不知"风雨过后是彩虹""病树前头万木春"……

来到河西走廊门户天祝县城，罗维孝还在回味头天晚上，130公里之外，他在兰州细嚼慢咽下的一碗兰州牛肉面。这天没下雨，沿途的丹霞地貌、马牙雪山，以绚丽的色彩、庄严的氛围，给了他精神和力量的双重补给。是时候向亲人、朋友报告一下行程了，19时10分，罗维孝站在旅舍窗户前，用手机写下一段话：

中国·雅安·宝兴

我今天已从兰州骑行130多公里到达天祝县城。近半个月来不间断骑行，每天都在100公里以上。高密度、高强度的超负荷运动真是消耗体能，好在我已经度过了长途骑行的磨合期、适应期和疲劳期，状态还算可以。

接收短信的十多人，迟迟没回信息的，有黄凯一个。罗维孝多少有些失望，失望中还有些担心。

办理赴法签证，需要保险公司提供保单，这是罗维孝同在保险公司供职的黄凯相识的最开始。哈萨克斯坦的签证没到手，罗维孝问黄凯能否扶上马再送一程，黄凯没二话。从邓池沟出发前，罗维孝把哈萨克斯坦签证的事委托给了黄凯，高富华答应协助。出门这些天，签证一事虽然时不时浮上心头，罗维孝没有催问。他信奉"用人不疑，疑人不用"这句话，相信黄凯和高富华会全力以赴。信任归信任，担心归担心，毕竟签证不由他们核发，何时能到手，会不会出"幺蛾子"，没人说得清楚。身后的路一天天变长，罗维孝的担心一日日增加。群发名单里添加黄凯，罗维孝自有深意。

黄凯终于回短信了："签证卡壳了。哈方表示，必须本人面签。"

这天是4月1日。罗维孝知道这是西方的"愚人节"，有的年轻人喜欢借题发挥，搞点恶作剧，于是发去一句话："咱老年人不兴过洋节。"

黄凯秒回："不敢开玩笑。"

罗维孝这才急起来，打电话问高富华可有办法。高富华说："这事我也刚知道。中介说得肯定，不面签，办成的可能，一点没有。"

"也就是说，我必须去一趟北京？"罗维孝像碾在铁钉上的车胎，瞬间泄气。

"也不一定。我已上网查过,全国三个地方可以办理哈萨克斯坦签证,除了北京,还有上海和乌鲁木齐。"听得出来,把"功课"做在了前面,高富华多少有些得意。

"乌鲁木齐",充满韵律感的音节入耳,罗维孝看到一星火光在暗夜里跳跃。新疆是此次骑行必经之地、出国前的最后一站,如能顺路办好签证,就不必冤枉跑一趟北京。时间、精力、财力,尤其时间,他消耗不起。罗维孝当即做了决断:"北京那边不考虑了,反正要去乌鲁木齐。"

"万一乌鲁木齐又有什么状况呢?最好还是有一点提前量。"高富华保持着记者的清醒。

"哪有开着面馆不卖面的?"罗维孝笑了起来。

"我是说万一……"高富华还要解释,罗维孝没给机会:"这个事情,还请高老弟提前对接一下——对了,你可以麻烦新华社新疆分社帮帮忙!"

"人家门朝哪边开我还不知道,怎么个麻烦法?"高富华没想到,刚说前方有顶帽子,罗维孝反手就扣在了自己头上。

"天下记者是一家嘛。再说,我从邓池沟出发时新华社发过你写的新闻通稿,凭这交情,他们也不会作壁上观!"

"那……我试试吧。"话虽这么说,高富华心里却想的是,这块狗皮膏药,扯不脱了。

中国·雅安·宝兴

— 6 —

"贝多芬只有一个"

  天祝境内的乌鞘岭,河西走廊最东端一道咽喉,大汉帝国纵横千里碾压匈奴前,在此秣马厉兵。如同此刻,公元前121年的早春大雪纷飞,19岁的冠军侯霍去病立于高冈之上,指着张骞毕13年之功绘就的地图,对一万精锐骑兵发出不胜不休的指令。这一年,霍去病三次受命出征,用一系列酣畅淋漓的胜利,全线打通了河西走廊。于是,有了"匈奴远遁,漠南无王庭"的盛世华章,有了后来的万国来朝,"汉之号令西域矣"。

  出天祝131公里是武威。河西走廊并入中原版图,汉帝国起先只置武威、酒泉二郡,武威得名,取"武功军威"之意。大汉帝国经略西部的意志熔铸进"武威"二字的一笔一画,汉武帝刘彻的目光,正是从武威的城楼抬起,沿祁连山脉一路向西。此时,汉朝和罗马是世界上最强大的帝国,中国的丝绸源源不断向世界输送,西域各国的奇珍异宝,带着惊奇、亢奋涌进长安。祁连山的雪线至今闪耀着两千多年前的光芒,然而,随着海上丝绸之路开启,曾经车马辚辚的河西走廊上,往日繁华,似乎早已埋进尘土,零落为泥。

  岁月流变,惯性不可低估,时代的大潮,翻卷起"魂兮归来"的涛声。罗维孝知道自己踩上了历史的鼓点,他也明白,此去千难万险,不容一刻回头——霍去病"匈奴未灭，何以家为"的铁血告白在前，你又怎能虎头蛇尾，一噎止餐？

罗维孝离开武威时，雪还没有离开。戴上眼镜，落在睫毛的重量轻了，弥漫在镜片上的雾气，让前方的路显得模糊。当天行程不得已压缩了60公里，罗维孝落脚红山窑，与一个放羊汉挤了一宿。

越往前，路越不好走。从兰州开始，路线嫁接到312国道。甘肃境内，312国道很多路段挪让给了连霍高速，需要新修。修建中的道路时好时坏，时有时无，高低不平则是常态。有时人骑车，有时车骑人，漫漫长路，每一寸都在向人的体力、意志抖摆威风。

出发以来，一半行程浸泡在雨雪之中。四川境内，绵绵细雨只是苍蝇一样的存在，虽说是烦，并不咬人。进入甘肃，雨变大，天变冷，少穿衣服易感冒，穿得一多，人又显得笨拙，雨水仿佛成了既烦人又咬人的臭虫。罗维孝一路上给自己打预防针、强心剂，一遍遍告诉自己，没有人可以随随便便成功，一遍遍告诫自己，开了头的作文，无论如何要写完整，写得出不出彩是水平，虎头蛇尾，品格、信用大受其损。这些"针"没有白打，要不然，身后的苦和累，早已将他五花大绑，让他前功尽弃，而埋伏在前方的千难万险，他也没有足够能量支撑内心。然而，平静的湖面常常被水鸟打破，在一辆货车疾驰而过，将罗维孝逼到路边，逼下路基之后，疲惫感在他身体里晃动起来，苦闷和烦忧，像来路不明的手，用力拉扯着他的内心。

何以解忧？唯有美景！当丹霞地貌打开千般烂漫万种风情，罗维孝眼中雾气，被大地喷发的火焰烘干。这处以层理交错、四壁陡峭、色彩斑斓闻名的奇景，集广东丹霞山的雄、险、奇、幽、美于一身，揽新疆五彩城的色彩斑斓为一体。意识到这原本就是一幅展陈于天地之间的巨幅油画，

中国·雅安·宝兴

罗维孝睁开了他的第三只眼睛——一路跟随的单反相机。

待快门归于平静，罗维孝拿出笔和本子，记录下按捺不住的心跳："不望祁连山上雪，错把张掖当江南。这是镶嵌在河西走廊的彩纹宝石，是惊艳动人的天成之作。我沉浸于它无穷的变化、奇妙的景色，舍不得从如此壮丽的画框上移开视线。在夕阳之下、光影之间，你能感受到大地脉搏的跳动，你能听到大自然的血液汩汩流淌。"

在张掖，扁都口这个地名，让罗维孝再一次热血沸腾。李白、王维、岑参、王昌龄经由扁都口，穿越祁连山，进而西出阳关，写下众多流传千古的边塞诗篇。使者张骞、冠军侯霍去病、隋炀帝杨广，也是从这里奔向使命、战场和荣耀。公元609年6月，张掖东南的焉支山下，杨广云集西域27国首领和代表，举办了一场气势恢宏的"万国博览会"，为时一月。歌舞早已偃息，酒器早已风干，帝国威仪、帝王豪情虽然难以靠想象还原，却可以从"饮至告言旋，功归清庙前"的诗句中找到依据。罗维孝也想去扁都口，去焉支山，但他知道，时间并不能成全人世间所有愿望，给此行留一点遗憾，也是为下一次重游埋下伏笔。

途经酒泉，丝绸之路纪念馆非去不可。还在筹划行程时，罗维孝就留意到了这个特殊而重要的存在。从邓池沟到埃斯佩莱特，不止一条路可走。选择丝绸之路，八个字替他做了决定。"致敬先贤"，体现的是中国人的向善之心；"造访友邦"，彰显的是中国人的文化自信。1877年，德国地质地理学家李希霍芬在其所著《中国——亲身旅行和据此所作研究的成果》第一卷中，首次提出了"丝绸之路"的概念。车轮下的路通向法兰西，途经德意志。罗维孝眼里，博物馆是一个"会场"，中国人，外国人，过去的，现在的，都在那里聚首，在那里留下形象和声音。"会场"就在眼皮下，这个"会"，必须去"开"。

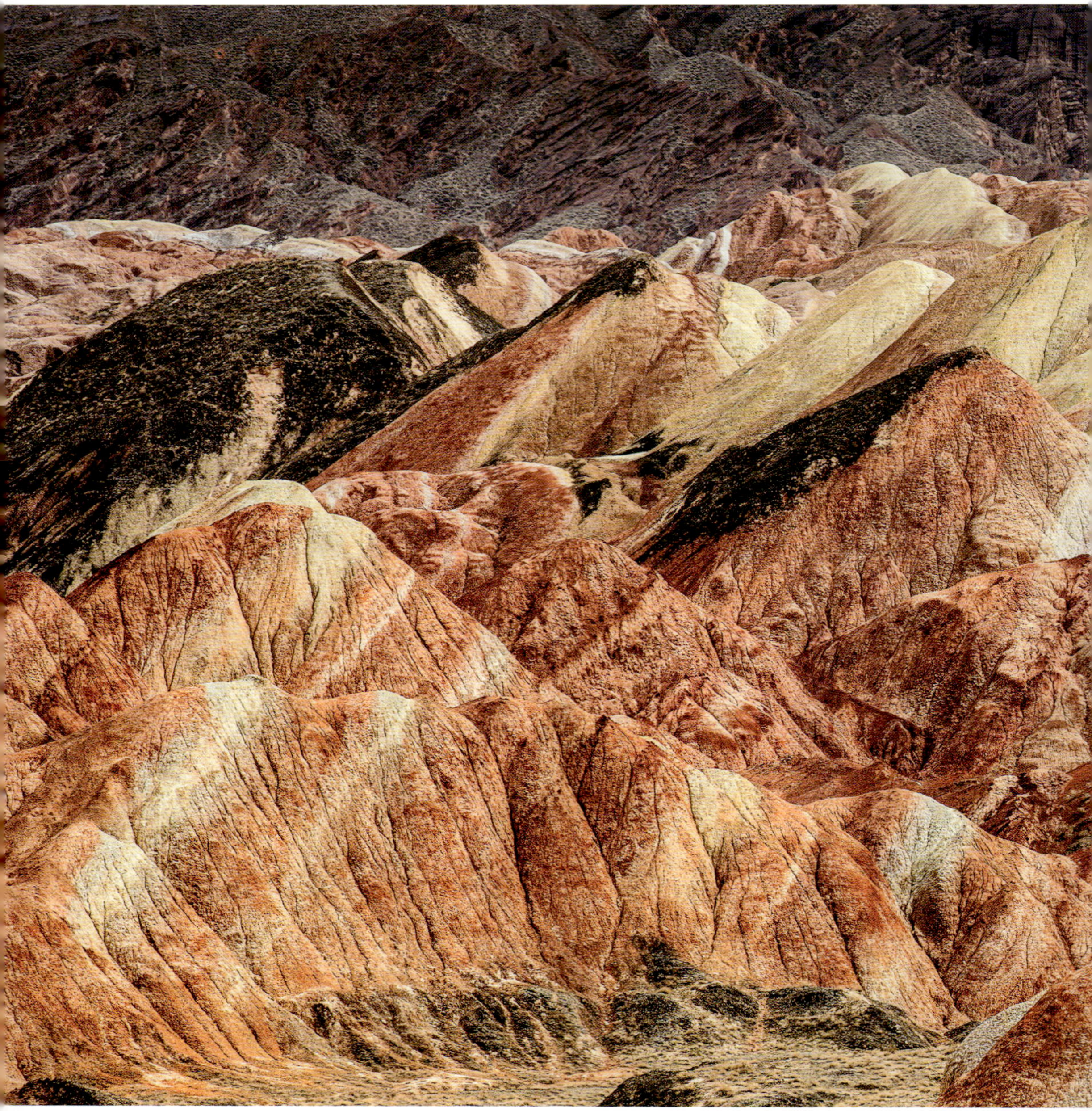

七彩丹霞，像上天打翻了颜料盘

纪念馆门口，罗维孝想拍一张照片。当然得是合影——和一路同行的骑行旗合影。

一位背着双肩包的游客应下请求为他拍照。没有比"POSE"，"呼啦"，罗维孝打开一面旗子。

突然听见这个人一声"哇"，远远近近的人，目光和脚步，向罗维孝聚拢过来。他的不修边幅，他的黑白相间的长胡子，他自行车车头前笑容可掬的大熊猫，他手上纵横着野心、野性的旗帜，似乎都在强调，这个人来自另一个世界。与"外星人"不期而遇，人们兴奋不已，连博物馆工作人员也停下手上工作，向罗维孝走了过来。

"你从哪里来？"

"雅安。"

"延安？"

"不是延安，是雅安。红军在雅安强渡大渡河，翻越夹金山，最后才去了延安。晓得了吧，雅安。这里是PANDA老家——'PANDA'总该晓得吧？就是大熊猫。"

"熊猫老家在雅安？"有人歪着头问。

别人提出疑问，罗维孝并不懊恼，反倒心存感激。他想，你不多一句嘴，我还没有机会亮家底："这还有假！你向度娘打听打听，邓池沟是什么地方。我就只说一句话：1957年至1982年，国家开展'熊猫外交'，先后将24只大熊猫作为'国礼'赠送外国，其中18只，老家就在雅安。"

"没听说过。"有人仍在摇头。

"大陆赠台大熊猫'团团''圆圆'总该听说过？它们的老家在雅安。北京亚运会吉祥物'盼盼'原型巴斯，老家也在雅安。当年央视春晚舞台上，这个巴斯，曾经大红大紫。"罗维孝脸上的得意藏不住了。

中国·雅安·宝兴

人们的不明白，转移到了旗子上面：" '一路骑行横跨亚欧奔向法兰西'，真的假的？"

"当然是真的。开玩笑犯得着跑这么远来？"

"回访阿尔芒·戴维？他是一个什么鬼？"

"他不是鬼，是神——我是说，他是一个神奇的人。他在我的家乡发现了全世界第一只大熊猫，至今，大熊猫模式标本还在法国。我这一趟，就是去法国走亲戚。"

问题再次抛来："你刚才说大熊猫是'外交大使'，这会儿说去法国。出使法国的大熊猫，有没有？"

"不光法国有，我这次途径的俄罗斯有，德国也有。"

"去法国的都有谁，能不能说来听听？"

"你还真是问对人了！1973年，法国总统乔治·蓬皮杜访华，就想'领养'一对大熊猫。这一趟，他没白跑。当年底，'黎黎''燕燕'过去了。这个'黎黎'，就是'雅安籍'……"罗维孝如数家珍，讲起"黎黎"的身世，讲起两年前，"欢欢""圆仔"赓续使命，落户法国博瓦勒野生动物园，再续中法友谊新篇章……

罗维孝还在发表"演说"，已有人从手机上搜索到了"欢欢""圆仔"的新闻，兴奋地打断了他："好家伙！博瓦勒野生动物园原来年参观量60万，它们一去，游客量猛涨到100万！"

别人这么一说，罗维孝更是神气得不得了，仿佛博瓦勒野生动物园园长是他本人。

这一天如果是在三年后，还不知道罗维孝会得意成什么样子——2017年8月4日晚，"欢欢"成功"升级"，做了母亲，2600万网友观看直播，博瓦勒野生动物园当年接待游客，突破150万人次。

我从熊猫老家来
——"CHINA 罗"丝路单骑法兰西   法国·比利牛斯·埃斯佩莱特

"会场"留影

　　盯着罗维孝的自行车的却也不乏其人。担心他半途而废，有人说得委婉："去法国，凭你这辆自行车，凭你这把岁数？"

　　有人则犀利得多："你的想法，讲给三岁小孩听，他们会相信！"

　　"是呀是呀，"有人附和，"坐上飞机，眼睛一闭三万里地。你这样老牛拉破车，到了法国，已是猴年马月。"

中国·雅安·宝兴

"玄奘西游、张骞出使西域、马可·波罗玩转中国、解忧公主乌孙和亲、鸠摩罗什传经说法，那时候，天上也没有飞机。"罗维孝气定神闲。

这话够实在："嚼别人的馍不香，你何必天远地远，走别人走过的路？这和抄作文有啥区别？"

罗维孝答得不紧不慢："戴维来过我的老家，我不走这一趟，欠他一个人情。贝多芬说过这么句话，'公爵过去有的是，现在有的是，将来还会有，而贝多芬只有一个'。听清楚没？贝多芬只有一个，罗维孝也只有一个。"

有人就说了："这个人有意思。"

罗维孝接话快："梁启超先生讲，人生最要紧，是活得有趣。"

双肩包仍是不解："一心不可二用，路那么远，你还绕这儿耽搁时间？"

罗维孝上课时间到。他说："驴只知埋头拉磨，狼一边奔跑一边思考。两只眼睛只盯着车轮，我这身力气，倒不如去工地上换几个钱！"

双肩包已是面红耳赤，罗维孝还有话说："我再送兄弟一句话，'磨刀不误砍柴工'！"

见他说得头头是道，有人替他看了一下表，"抓紧买票吧，玄奘、张骞他们，等你开会呢！"

唱"反调"的人站了出来："他买什么票！人家是来开会的，免票！"

原来，家门口的"预备会"，博物馆负责人早已列席多时。

参观完丝绸之路纪念馆，罗维孝去了嘉峪关长城。

一段插曲，等着罗维孝。

他去邮局盖邮戳，人家不答应。怎么说都不盖，越说越不盖，罗维孝急了，先把穿在身上的黄马甲上，这一路上盖的邮戳指给他们看，又取出

《问道天路》，展示过往"业绩"。营业员扛不住他的进攻，打电话向领导请示。领导仍不同意，只是在后面补了一句："要盖，就盖加了嘉峪关城墙标志的纪念邮戳。"

罗维孝大喜过望：相比于书，这是"精装版"。

烽燧还在，城障还在，坞院还在，古老苍劲的"左公柳"还在，当年车水马龙的出入境关卡也都还在。与戈壁风沙为伴，同苍茫岁月相依，它们见证了汉风流被、西风东渐，讲述着浩繁岁月里惊心动魄的故事，复活着波澜不惊却又撩人心魄的人物与传奇。登临"天下第一雄关"，放眼大漠孤烟，耳畔是猎猎风声，心中有滔滔巨浪。罗维孝给妻子打电话，一派流浪诗人形象："我看见两千年前的风从眼前吹过，我听到祖先遗留下来的心跳……"

听筒传来回音："啥？你'羊儿疯'又犯了？"

"洋马儿"出了毛病是真的。从酒泉到瓜州，自行车后胎三次被铁钉扎破。要命的是最后一次，车胎补好，居然打不进气。这时已在戈壁滩上，四下荒无人烟。罗维孝想搭顺风车到瓜州，手举到酸，却是徒劳无功。

转眼已是下午6时，罗维孝成了热锅上的蚂蚁。这时，一辆摩托车开过又回来，嘎一声停在面前。

"咋了？"问话的男子，塌鼻梁，瘦而黑，40多岁。

"车充不上气，打气筒坏了。"罗维孝的声音，是另一只软塌塌的车胎。

"这好办！我家有打气筒，这就给你取。"对方说得干脆。

罗维孝眼睛亮成200瓦的灯泡："世上还是好人多，这话没说错。你这兄弟，大好人啊！"

罗维孝双手迎上去，对方当没看见："从哪儿来的？你们那边，马儿要跑，吃不吃草？"

中国·雅安·宝兴

　　罗维孝明白过来了，对方不是雷锋，是马蜂。

　　"多少钱？你说！"

　　对方伸出两个手指。

　　想也不想，罗维孝递去20块钱。

　　"美元？就是美元，这也不够！"那人扭了一下油门，作势要走。

　　"掉钱眼儿了！"罗维孝骂的怨的，都是自己，"要钱？要命？"

　　掏出200块人民币，罗维孝添了一点讨好的意思奉上："天黑不等人，麻烦快去快回！"

　　对方变魔术般给脸上弄来一堆笑："踏实等着吧，一个小时没见到我，就当世上没这人。"

　　一刻钟过去了。

　　半小时过去了。

　　一小时过去了。

　　两个小时过去了，仍是半个影子都没见到。直到这时，罗维孝才记起"马蜂"临走撂下的那句话："就当世上没这人。"

7

两难之选

夜幕撒下巨网，从远处一点点收拢。看来，唯一肯向自己伸手的，只有自己了。

罗维孝没打车上帐篷、睡袋的主意。他轻易不允许自己中途露营。他答应过家人，活着回去。他是说服了自己的，天大地大，不如命大。对这荒郊野岭，自己一无所知，野兽、坏人、不可知的意外，都是潜在威胁。就算吉人自有天相，这一切都是杞人忧天，到了天亮，该赶的路，一寸不会变少。不如借着手电筒和偶尔路过的汽车灯光往前赶。他算过了，如果顺利，0点左右，有望入住瓜州。

瘪着肚子的罗维孝，推着瘪着肚子的自行车，在大海般宽广的黑暗中，展开了艰难泅渡。跌倒了爬起来，爬起来再跌倒。记不清多少次跌倒爬起之后，一片灯火，替瓜州迎上前来。

次日，撑开眼皮头件事，修车。

瓜州秦时为大月氏领地，汉武帝"列四郡据两关"时为敦煌郡所辖，是丝绸之路上的商贾重镇。然而，在瓜州这个沙漠绿洲，自行车并非常用交通工具，别说自行车专卖店，就是自行车修理店，他也没找到一家。

其实这天一大早，李阔接到求助短信，就已上网查过，并将查询结果反馈给了罗维孝——瓜州没有他的自行车品牌专卖店,其他品牌的也没有。修车只能去两个地方:身后的酒泉,前方的敦煌。

网上信息未必可靠,罗维孝推着自行车走街串巷。走了半个多小时,罗维孝打听到,隔着一条街,有一个自行车户外运动俱乐部。

兴冲冲找过去,却是铁将军把门。最后的希望破灭了,罗维孝蔫坐在地上。

不经意的抬头间,俱乐部门头上方,他看见一串数字,疑似电话号码。等罗维孝说清情况,电话那头说:"我这会儿在外面有点急事,争取两个小时赶到。"

自称姓段的小伙时间卡得准。见了罗维孝,小段伸过手来:"您……就是罗大侠吧?"

罗维孝一个激灵:"我是罗维孝。段先生知道我?"

小段笑着回答:"您的大名,早已如雷贯耳。您30000里西征的新闻,我在网上见过。我就说嘛,一大早眼皮跳不停,今儿有贵客。只是无论如何没想到,罗大侠虎落平阳。"

"谢谢段先生雪中送炭!"

检查发现,后轮外胎内胎伤痕累累,已是病入膏肓。见偶像脸上布满乌云,小段拍胸脯说:"放心吧,无论如何,我也帮您武装起来!"

小段果然不打诳语,不大工夫,找来一副车胎。

两个人快手快脚卸载行包,一不小心,右边行包掉到地上,从里边跑出两副备胎。

小段看傻了眼:"罗大侠,背着娃娃找娃娃,这是弄的哪一出?"

虽是露了"馅",罗维孝并无羞惭之色:"擦破个手指头就拆急救包,枪子儿钻肉里时咋整?"

小段还是想不通,"那也不该有肉埋在碗底吃呀。"

罗维孝表情凝重起来:"我在国内的行程,不过国外一半。家门口遇上事,左邻右舍,不会袖手旁观。等到出了国门,人生地不熟,眼前一抹黑。所以说,勒紧肚子,也要留足口粮。"

小段释然了:"人无远虑必有近忧,真是这么个理儿!"

车修好,老罗得意扬扬,小段底气不足:"能骑多远,我也不敢保证。山寨货,您懂的。"

"我还是想不通——这一段咋老是爆胎?"

"负载太重,尤其后轮!"小段此话一出,罗维孝感觉得到,自己的脸在变红。在绵阳,许正他们提出做减法,自己还据理力争。现在看来,很多时候,所谓的"理",都是强词夺理,只是自己不敢承认,没有机会验证罢了。

好在小段又说了一句话,罗维孝的脸,才没有一红到底:"最主要的还是路。这段路上,大型集装箱拖挂车特别多,大车外胎都有一层或几层钢丝,车胎爆裂,断掉的钢丝遗落在地,对于自行车,就是'车胎杀手'。"

已经骑出一截,罗维孝又折转回来,冲小段打听:"瓜州有啥好吃的?"

他想给小段办个小招待。帮忙修车,得谢。思想包袱被小段卸下,也得谢。

"双塔鱼,刀削面,白兰瓜。"小段答过又问,"罗大侠还是好吃嘴儿?"

罗维孝喉结耸动一下:"人在旅途,唯美景与美食不可辜负。"

口腹之欲容易满足,路线却是两难之选。下一站星星峡,柳园是必经之路。怎么去柳园,罗维孝犯了踌躇:直达是一个选择,间距80公里;绕行敦煌又是一个选择,只是一圈兜下来,多出150公里。

绕行方案,在思想斗争中最后胜出。

上集 ｜ 出国记 ·071·

中国·雅安·宝兴

一路走，一路看

20世纪初叶，来自法国的查尔斯，在敦煌莫高窟拍下一张"流光溢彩"的黑白照片。"光"是神秘佛像群披散的佛光，"彩"是涌动在窟壁窟顶的时光的神采。从青年时期遇见这张照片起，罗维孝就记住了第一个在三危山下开窟造像的乐僔，记住了亦功亦过的王圆箓，记住了伯希和与斯坦因，也由此知道了敦煌作为世界四大文明交汇地（季羡林语），地位超拔高迈。早在进入河西走廊之初，罗维孝耳边，就时不时传来能工巧匠营建石窟的斧凿声。时间之河上波光闪闪，对罗维孝是莫大诱惑。

一大碗夏家合汁下肚，罗维孝向着莫高窟进发。公路正在施工，27公里路，走了3个小时。罗维孝是去朝圣的。去后方知，这些千姿百态的雕塑、壁画带来的震撼，远远超出想象。正如当年，那些僧侣、画匠、供养人无论如何也想象不到，他们铭刻在石壁之上的信仰与心事，会因交融东西、连接千载的博大、精深、高妙，成为盛大辉煌的代指，直抵世界艺术之巅。

享受完精神大餐，罗维孝又出发了。从五光十色的殿堂里抽身，旅途上多出一层瑰丽色彩。

眼前变得灰暗，是罗维孝抵达柳园以后——旅店老板告诉他，312国道完全被连霍高速公路挤占，除了上高速，前面无路可走。

罗维孝忐忑不安："自行车能不能上高速？"

对方笑得含蓄："你猜。"

罗维孝扛着自行车，从头天侦察好的312国道的一个豁口，攀上连霍高速公路。骑出两公里，他的心中，一面鼓还在敲个不停。毕竟是高速公路，汽车风驰电掣，风和声音的巨浪惊心动魄。再往前，鼓槌节奏开始变得弛缓：汽车、自行车同向行驶，全无对面来车风险；汽车照章驾驶，应急车道成了他的"专用车道"，安全系数，高过那段破烂不堪的国道。

罗维孝的"洋马儿",上了连霍高速公路

担心什么来什么。一辆警车拉着警笛追上来，让罗维孝靠边停车。像落单的老鼠撞上黑猫警长，罗维孝紧张得不知手往哪放。出乎意料的是警察并没有制止他继续骑行，而是在提醒他注意安全，千万不要压线、越线后，闪着警灯走了。把心吞回肚子里，罗维孝开足马力，于4月11日13时35分，到了星星峡。

星星峡是一个比星星还清冷的存在，只因这是河西走廊最西端，由陇入新第一站。这里同下一站哈密，相距210公里。

罗维孝的朋友朱明，也是骑游爱好者。在网上看到"英雄帖"，朱明决定助罗维孝一臂之力。他和有过欧洲留学经历的女儿花了一个多月，为罗维孝做了一本路书。路书融路线设计、行程安排、食宿信息为一体，重点部位还有民风民俗等"温馨提示"，相当于一本"出行宝典"。路书上做了标注，星星峡到高密这一段是戈壁无人区，途中没有补给，必须一日拿下。

如果说出川一周只是预热，从3月25日进入甘肃武都起，18天来，他已累计骑行2366公里，平均每天行程在130公里以上。路途遥远，路况奇差，天公不作美，对人的体能和意志，是无休止的消耗、连绵不断的考验。现在，更强大的对手向罗维孝发起了挑战。是稍事休整再正面迎敌，还是一鼓作气、先发制人？

罗维孝选择后者。他知道，"更强大"的对手，未必是"最强大"的敌人。而自己，需要在一次次摧坚殪敌中，积聚起擒龙捉虎的实力。

罗维孝去加油站小卖部买了方便面、纯牛奶，备足次日早餐、干粮。星星峡的餐馆和超市，早上8时以后才陆续开门，他得笨鸟先飞，赶在天亮前出发。

又把自行车仔细检查一遍，罗维孝仍不踏实。进入新疆地界，离霍尔

中国·雅安·宝兴

果斯口岸，只剩下1000多公里。大约再有10天就出国了，不管是对这次远行，对他长达10年的骑行经历，还是对已经走过的64年人生来说，霍尔果斯都是一个特别的开始、全新的起点。然而，时至今日，哈萨克斯坦的签证，依然没有进展。

正想给高富华打电话，他打过来了："抱歉罗哥，新华社今天正式回复，你的签证，他们爱莫能助。"

罗维孝的心收紧起来："啥子玩笑都能开，这个不行。你晓得的，'一夫当关，万夫莫开'。"

"都啥时候了，哪有心思开玩笑！"高富华也很着急。

"说白了，你我分量不够。"罗维孝气呼呼地说。

"武断了，罗哥！"后半句话，高富华提高了音量，"你这是戴着有色眼镜看人。新华社方面是这么说的：哈萨克斯坦驻乌鲁木齐领事馆只办理新疆居民签证，而你是雅安籍。人家不守规则挨批评，按规矩办事也挨批评，这可没道理！"

"也就是说，我得打道回府了？"

"北京方向，还可以想办法。"

"但是……"原本坐着的罗维孝站了起来，"但是5月24日至6月22日过境，俄罗斯只给了这点时间……等我到了乌鲁木齐飞北京，时间上，只怕就没了回旋余地。"

"路是死的，人是活的。"高富华早已想好了应对之策，"你去一趟北京，现在！"

只能如此了。

订票，罗维孝很是纠结：次日有哈密直飞北京的航班，但是只剩商务舱，票价为2236元；乌鲁木齐飞北京，普通舱售价1330元，但是哈密到乌鲁木齐，需要搭乘绿皮火车。

东算西算，性价比优先。走这一趟，预算10万块，对一个退休工人来说，不是小数字，但他不心疼。可是如果能节约，一分钱可以掰开用，他绝不囫囵出手。钱这东西，他不缺，否则商家赞助、朋友伸手，他眼皮一妥，也能"穷家富路"。而所谓不缺，首先是不缺志气，不缺廉耻心，不缺自力更生精神。自己的钱省着花，每一分都花在刀刃上，不阔气，不丢人。

订好机票已是深夜。远处虽悬着一块大石头，眼前这块小的，好歹落了地。罗维孝倒头就睡，一觉到天明。

HU7246次航班准点降落首都机场。来不及填饱肚子，罗维孝赶地铁来到东直门外大街，找到为他办理签证的中介机构。

接待罗维孝的业务经理姓黄，是个小年轻。见罗维孝脸色不好，笑脸赔得殷勤。

"哈萨克斯坦石油、天然气资源大开发，采油采气、铺设管道，需要大量工人。所以这两年，去那边的人特别多，办理签证，难度因此增加。"小黄一边端茶倒水，一边解释道。

罗维孝并不理他，板着个脸。小黄悻悻放下茶杯，不无委屈地说："罗先生，您是自由行，哈萨克斯坦对这类签证，门槛抬得更高。真心说，您这事，我们没少跑腿。"

小黄抬眼看罗维孝，罗维孝扭开脸。

小黄脸上笑容并未因客户拒收而有跑冒滴漏："哈萨克斯坦地处亚欧接合部，人员构成复杂，您一个人过去，人身安全也是问题……"

罗维孝终于开了口："你兜里揣的文凭，是'吓大'的吧？"

小黄怔了一下，很快反应过来："罗先生骑着单车走遍中国，非常了不起。您一个人独闯法国，小黄一百个佩服。但是请允许我实话实说，即使您亲自出马，拿到签证，几乎没有可能。"

罗维孝定定望着他："要是成了呢？"

小黄笑得夸张："手心煎鱼，我还没尝过呢。"

罗维孝两眼一瞪："一言为定？"

小黄仍是赔笑："不是我泼冷水，罗先生。我爸比您小两岁，在家抱孙子，不出三分钟就喊腰疼——我的意思是，签证拿不到，您该高兴才是，那是老天爷心疼您。"

"使馆门口，明天见！"罗维孝丢下一句话，头也不回地走了。

8

从乌鲁木齐到乌鲁木齐

罗维孝从来能吃能睡,但是4月16日,不到5时,他就起床了。60元一晚的地下室空气污浊并非主要原因,是面签成败的不确定性,让他辗转难眠。别看罗维孝在小黄面前一副志在必得的样儿,实际上,他也清楚,故作镇定的成分,占了十之八九。

以为自己来得够早,哪知哈萨克斯坦驻华大使馆签证处,早已排起长队。长长的队伍像等待信号的列车,半天不见动静,罗维孝心中的焦急,像蓄满池子的水溢了出来。

两个北方口音的小伙小声说着什么。罗维孝和他们搭话,才搞清楚,在此排队的人,头一天都拿了签证预约号。没有预约号,排队也是白排,就像去医院看医生,先得挂上号。

罗维孝自然着急。头天找到中介机构已近17时,可能正因为下班在即,小黄并没有向他提起这个细节,他也就没"挂号"。

小伙中的一个临时离队,罗维孝灵机一动,填了那个空。听到起哄声,保安径直走向罗维孝,要他出示预约号。

"预约号?起先我也不晓得。"

保安学他说四川话:"现在晓得也不迟。"

中国·雅安·宝兴

硬碰硬指定没好果子吃，老老实实"挂号"，时间不允许。罗维孝和保安套近乎："既然'川普'都会，我认你半个老乡。老乡好，而今眼目下，我有十万火急的大事，必须开个后门儿。"

"谁跟你是老相好了！还大事，还十万火急！"保安差点没笑出声，"你是去西天取经，还是出席'八国峰会'？"

"还真让你说对了！"罗维孝麻利地掏出一面旗子，对着保安，也对着长长的队伍现场"拉票"："今年是中法建交50周年，我骑自行车去法国，既是走亲戚，也是让当年的'八国联军'知道，今天的中国人，再不是当年的'东亚病夫'！"

这还没完，罗维孝又拿出《问道天路》，展示书中图片："我和我的自行车，全国都走遍了。我去法国，让他们开开眼界，今天的中国人，天不怕地不怕，只怕四川人说普通话！"

掌声响彻大厅。刚才对罗维孝嗤之以鼻的人们，目光抬高了几厘米。

保安还有话说："你去法国跟插队，风马牛不相及！"

罗维孝赔笑解释："不是我要吃这混糖锅盔。现在离俄罗斯给我的签证生效只有不到40天，可我的自行车刚刚进入新疆地界。我可以按部就班等签证，但时间不允许！"

保安想了几秒钟，接过旗子，举过头顶，问排队候签的人们："给他行个方便，让他插个队，大家同不同意？"

"同意"之外，再没第二个声音。

"你这情况很特殊，我去请示签证官。"保安说完，转身走了。

三分钟不到，保安回来，对罗维孝说："你没有预约号，签证官那里没有你的信息。不过签证官说，可以把你的签证资料给他看看。"

又过了几分钟，签证窗口前的小喇叭，大声呼叫"罗维孝"。

签证官说普通话说得溜，你问我答，不复杂。唯一"刁钻"的问题是："你已经不是年轻人，请向我证明，你的身体，能陪你走得了那么远。"

罗维孝二话不说，退到离窗口两米处，一口气做了20个俯卧撑。当签证官看清他玩的是"二指禅"，半个下巴惊掉了。

"这还只是小儿科，"罗维孝豪气十足，"标准游泳池里，我可以一口气游上一两百个来回。"

签证官接下来的问题，一定是出于好奇："听说你随身还带了两件宝贝？"

罗维孝将旗子和书，从窗口递了进去。

签证官打开旗子看了又看。接着，又翻开《问道天路》。

窗口前这张脸，印在书的扉页。

合上书，签证官面色严峻："罗先生，虽然你的故事很感人，想法也不错，但是……"

罗维孝脸上的笑容，轰然坍塌。

但是，签证官的话还没有说完。他的后半句是，"但是，我想还是应该给你的梦想一个机会！"

去大使馆对面银行缴完费，签证这一关就算闯过去了。罗维孝迫不及待往外冲，同这会儿才赶过来的小黄撞个满怀。

小黄料定，罗维孝是被钉子碰晕乎了。表面上安慰罗维孝，他话里面的调侃之意，却是显露无遗："罗先生不去哈萨克斯坦了？"

罗维孝头一扬，"买鱼去吧，赶紧的！"

4月17日1时55分，罗维孝乘坐的航班降落在乌鲁木齐。拼车赶到火车站，搭火车赶到哈密，从旅馆取出自行车，罗维孝一米不差，接上此前行程。

18日，从哈密到三道岭，自行车上的卫星定位仪显示，这一天的行程为103.6公里。

三道岭是新疆甚至大西北最大的露天煤矿。有矿就有人，就有商业配套。吃的住的都不错，采购的"芋头蛋"、纯牛奶，营养丰富，味道正。出发前检查自行车，罗维孝从无半点敷衍。除了用眼，他还用手。支起脚架，转动车轮，右手拇指、食指张开一条缝，在车轮贴着指纹滑过的过程中，"看"车胎是否有凸起、有划痕，"看"车压是高是低，正不正常。经验告诉他，这方面，手指比眼睛"看"得准。

房间在三楼，自行车也在三楼，如同之前路上每一天，和罗维孝同居一室。扛车下楼退房，老板一手接钥匙，一手递来60块钱："我昨晚上网查过，罗老师这是要骑车去法国，宣传中华文化。您的房费，不能收！"

罗维孝摆手加摇头："开个旅馆不容易，哪能不收钱！"

老板从柜台里面绕出来，一边往罗维孝手里塞钱一边说："昨天还和您合过影呢。一会儿找人做成照片，为我的旅店做宣传。60元做这么大一个广告，能说我没赚？！"

罗维孝以幽默回应幽默："开店要有执照，做广告要有手续。我是'三无'人员，不敢乱收钱。"

罗维孝说完，两个人同时笑了。罗维孝长得精瘦，身上力气，却与身材成反比。捉住老板的手，他钳子一样的手，"夹"得老板痛出了声。

罗维孝收回手，歉然一笑："这个钱，无论如何不能收。我虽说也是去'西游'，但我不是唐僧，不是和尚，不化缘。花自己的钱走自己的路，我有我的原则。"

老板没再坚持。不过想说的话，他也没窝在心里："一个人骑行欧洲，您是了不起的牛人。您一路传递正能量，展示中国人的精气神，为我们的国家增光添彩，我必须向您表达敬意。"

话毕，老板回到柜台里面，取出一个包裹，强塞到罗维孝手中："今天您要骑行到红山口。三道岭到红山口没有人烟，手中有粮心不慌。"

罗维孝又要"退货"，老板脸色不好看起来："几块卤驴肉，路上填肚子。您再不领情，实在是瞧不起人。"

罗维孝敛起笑容："我为啥不要别人赞助？我不想吃个糖进去，说出来的话变了味。"

老板一脸诚恳："我也没让您说我好话。'56个兄弟姐妹是一家'，哥哥出远门，弟弟还不能烙两张饼？"

这话听着顺耳。话一顺耳，驴肉的香味，更加醇厚热烈。

出三道岭不远，又是戈壁滩。比茫茫戈壁无人烟更可怕的是风，似浊浪排空，似万马奔腾，还似一万张刀片接成长龙，贴着脸呼啸而过。石子、沙砾裹在风中，尖利如箭镞，它们想让狂放不羁的闯入者，在濒死的体验中生起悔意。

它们并不知道，这个其貌不扬的老少年，走南闯北，纵横天下，从不服输，九死未悔。

敬畏之心却是有的。风从正面来，罗维孝"卧倒"在地。有时车在人身上，有时人在车身上。人车重叠，与风的对抗更有力量。除此之外，罗维孝脑子里，灯一般亮着四个字：人在"枪"在。

风从侧面来，蹲下。蹲得稳就蹲，蹲不稳，顺势趴下。

风从后面来，如何应对，看风势。风大认输，你强任你强。风稍小些，开跑。能上车上车，不能上车，推着车跑，能跑多快跑多快，能跑多远跑多远。待到被远处伸来的"手"从身后推倒，又是卧薪尝胆，"死"

去"活"来。

风累坏了。趁它喘气,罗维孝夺路狂奔。

罗维孝还是停了下来。

——车胎爆了。

车胎放进水盆,手动旋转,哪里冒泡,就是哪里在跑风漏气。沙漠里没有一滴水,这一常规"探伤"手段,没有用武之地。好在还有一招:将车胎加足气压对准额头、眼睛,依靠最发达的"雷达"捕捉伤情。然而,气刚加足,风从远处追上来,"雷达"完全失灵。

时间被大风一点点刮走。天色越来越暗,危险步步紧逼。

命运倾轧下,有人找到了妥协的理由,有人蓄积起爆发的力量。当险象像大手一样覆压下来,指间泄漏的一线亮光,让罗维孝看到了逃脱的机会。雨衣反穿在身,他把雨衣帽子盖在脸上。

屏蔽掉外界干扰,车胎发出的"信号"瞬间增强。"雷达"恢复运行,潜伏的"敌人"现出原形。

9

天降"伴侣"

从三道岭开始,一个狼群跟在身后,眼里放出的凶光,让天空变得混沌,让稀疏的胡杨林瑟瑟发抖。罗维孝没想过举手投降。他相信大自然是善良的慈母,不会坐视他死于非命。直到狼群步步紧逼,轮番撕咬,快将他的衣服撕成碎片,他才想起,"大自然是善良的慈母"之后,雨果还有后半句话,"也是冷酷的屠夫"。

把呼天号地的"山口风"比作狼群,是在罗维孝打心眼里承认它的厉害之后。在绵阳,许正提起过举世闻名的"南疆线30里风口",那里一年320天刮着8级以上大风,人们平素闻之色变的12级大风,乃是家常便饭。许正的话让罗维孝想起一条"旧闻":2007年2月28日凌晨,一列重逾千吨的火车在这一带被大风掀翻,车厢被吹得七零八落,导致56人死伤。当时,罗维孝嘴上对许正说"一定当心",心里却想:火车被吹翻,那是目标太大。单车单人灵活得多,实在不行,找个山头找条缝,也能避其风头。

现在,罗维孝来到了"30里风口",才知道没有山头可躲,没有地缝可钻。茫茫戈壁滩上,风一旦起势,便是山呼海啸,随时可能把人扑倒在地。好在刽子手也需磨刀工夫,一旦寻着机会,罗维孝便铆足劲儿,把虎口逃生的信念,压实在脚踏板上。

中国·雅安·宝兴

就这样来到火焰山。没有烈焰熊熊、火舌燎天，不见唐僧师徒和白龙马，但此时此地，罗维孝很难不联想起玄奘西行取经的种种磨难，进而把一千多年前的人物命运与眼下的自己关联到一起。他知道玄奘的眼界和造化常人难以比肩，他也知道，唐僧经历的九九八十一难，一一都会同自己打照面，无非是妖魔鬼怪变了面目，换了花招。想到这里，罗维孝竟有些激动起来——尽管每个人身份不一能量不同，但是，怀抱梦想并为之赴汤蹈火，就是英雄，就是无悔的人生。

心心念念的吐鲁番，罗维孝这一次无缘停留

几番死磨硬缠，几番斗智斗勇，4月21日下午4时，罗维孝来到吐鲁番。

罗维孝依例去邮局"报到"。得知他一个人骑车过了鄯善，过了红山口，邮局工作人员——一个扎马尾辫的姑娘——佩服得不得了。

"大叔贵庚？"马尾辫问话时，难掩崇敬之色。

"32……公岁。"罗维孝把零乱在风中的调皮劲儿重新聚拢。

"山口风，能把火车当牌翻。您的自行车，没有被放风筝？"

捋了下颤巍巍的胡子，罗维孝反问道："龟兔赛跑，哪个赢了？"

"当然不是兔子！"马尾辫答完，望着罗维孝，不知他这句话是什么意思。

"我就是那个赢家！"

得意劲儿在罗维孝脸上站了不出三秒，便跌了跟头。马尾辫告诉他："天气预报说，今晚吐鲁番有10级大风，降温10度。"

10级大风啥概念？

可以揭开房顶、刮倒电杆，可以把直径三四十厘米的大树拦腰折断。

两道眉毛凑在一起简短会商后，罗维孝留下一句"谢谢"，便要推车走人。

"您这人生地不熟的，要不要我帮您找个宾馆？"马尾辫声音清亮，笑容如芙蓉绽放。

"好是好，只怕你也不熟。"

"放心吧，我是土生土长本地人！"

"'打得赢就打，打不赢就跑'！我要贯彻毛主席的战略思想。我不在这儿停了。"

罗维孝原计划当晚入住吐鲁番，即将到来的大风，将他的枕头吹到了几十里外的小草湖服务区。笨鸟先飞，虽说没有彻底甩掉10级大风，至

中国·雅安·宝兴

少是避开了其最为精锐的先头部队。错过吐鲁番葡萄、坎儿井的微瑕，难掩突出重围的白璧，罗维孝没忍住表扬自己："肯取势者可为人先，能谋势者必有所成。你这老同志，原则性很强，灵活性不错！"

次日一早，逆风上路。风大，又是爬坡，骑行不到20里，罗维孝停车休整三回。出发以来还没有过这样的情况，罗维孝提醒自己，前方有硬仗打，务必百倍小心。

推车爬上一段陡坡，又可以放飞自我。哪料没"飞"多远，"翅膀"断了——自行车前胎被扎破，车轮一瘪到底。

反穿雨衣，"雷达"再立新功。

胎补好了，气充不上。这一次，问题出在打气筒。

几番努力都是白费工夫。气不打一处来，"哐当"，罗维孝把手中废铁往地上重重一扔。

金箍棒敲出土地老儿，这是《西游记》中的桥段。不承想，打气筒刚落地，罗维孝眼前冒出一个人影，定眼一看，还是女的，年龄在三四十岁！

罗维孝全身汗毛竖了起来，"你，你，你……"

那人并不说话，冲罗维孝点点头，取出一个打气筒，递给他。从始至终，一抹笑容挂在脸上。

罗维孝细细打量起从天而降的救星来：身形颀长，体态匀称，脸盘子干净、俊秀，秀气的鼻梁上架着黑框眼镜，脖子上围着白纱巾，上身穿天蓝色冲锋衣，运动裤连同运动鞋、手套，都是黑色。

她的坐骑，一辆银灰色自行车。罗维孝看它时，它也在看罗维孝，而且似乎在说："要不是遇到我们，你就惨了。"

罗维孝怀疑自己骑车进了梦里——在这荒远之地，在这危难之际，居然遇到同道中人，且是女儿之身，太巧，太蹊跷。《西游记》中，妖精们的出场方式不一而足，谁能借我火眼金睛，看出她真身原形！如此想过，罗维孝又嘲笑起自己疑神疑鬼：罗刹女虽说是妖，却也扮相精致，抱着打气筒登场，谁敢这么写剧本？

对方仍然缄口不语。说点什么不是，不说点什么也不是，罗维孝一时间不知所措。那就做正事，给车胎打气吧。物归原主时，罗维孝总算找到话说："这荒郊野岭的，要不是你，我可真是猫抓糍粑——脱不了爪爪。"

女人点了点头，又摇了摇头。仍是笑着，仍不说话。

罗维孝的语言功能迅速退化："你……"

"我，不会……太多……中国话……"女人也是吞吞吐吐。

是个外国女人，难怪了！罗维孝放慢语速："你是哪里人？要到哪里去？"

"我是……日本人，要到……英国去。"女人连比带画。

罗维孝想不明白："日本四面是海，冲浪用不着跑那么远。"

女人脸上，笑意的花，开得比刚才还大朵："我骑车到哈萨克斯坦，到俄罗斯，然后到英国，再然后……轮船……回日本。"

罗维孝勉力挤出的笑意，遮不住脸上的难堪："谢谢你伸手相助。不过，我还不知道你的名字。"

"我有中国名字，牛，华，绘。你来这里……干什么？"

"我叫罗维孝。我从'PANDA'老家来。'PANDA'老家，你可知道？"

"知道，地震，2008！你还没告诉我，罗先生——你到哪里去……干什么？"牛华绘追问道。

"我去法国。""法国"二字，罗维孝有意说得重。

"也是去……冲浪？"话出口，牛华绘捂嘴笑了。

知道是个玩笑，罗维孝还是有些窘迫。指着自行车车头前的大熊猫头

中国·雅安·宝兴

像,他转移了话题:"一百多年前,一个法国人在我的家乡发现了大熊猫,我去法国回访。"

女人的目光从罗维孝脸上移至大熊猫头像,便再也挪不开了。

罗维孝取出路书,把骑行路线指给她看。接着又打开《问道天路》,翻至扉页,指指画中人,指指自己:"我!"

牛华绘脸上,好奇、吃惊、羡慕、佩服的表情在过渡,一定程度上也在叠加。就是在这个过程中,她做出了一个令罗维孝无比震惊的决定:"现在……我和你,结为伴侣!"

罗维孝吓得连连后退:"那个啥,我老婆在家,好好的。陈世美,我的,大大的不要!"

虽没完全听懂他的话,牛华绘却也大约领悟了他的意思,脸上飞过两朵红云:"别……你误会了。我是说……我们有很长一段,走同一条路。路上有个伴……互相关照关照的。"

愧怍感鼓动着罗维孝找个地缝往下钻。稍做镇定,他对她说:"男女授受不亲,还是各走各的为好。"

对方脸上,表情呆萌:"不是男女关系,不是要'成亲'。"

罗维孝再无话可说。站直身子,九十度弯腰,谢过搭救之恩,他就要先走一步。

牛华绘拉住他的车:"我会英语。你会不会?"

"我会……不会。"说"会",罗维孝想到了快译通。说"不会",是因为他知道,快译通绝非一个合格"翻译"。出了国门,"翻译"有与无,完全两个概念。有道是"路在嘴巴上",人在他乡,成了哑巴,很可能路也到了尽头。因此,和牛华绘结伴同行,一多半路上用不着吃"哑巴亏",这样看的话,她的出现和加盟,无异于天上掉馅饼。"馅饼"砸到头上，罗维孝努力保持清醒：她是一个日本人士，国籍不同，目的地不同，生活习惯不同，骑行路上，情况瞬息万变，两个人稍有摩擦，就可能上升到外交纠纷。此外，我和她，体能不同，性别不同，如果接下来的道路是一辆车，两个人就是两个车轮。车轮型号不同，必然会互相掣肘……

利弊得失的账算清后，罗维孝的目光、眼神、话语，变得不容置疑："各走各！"

牛华绘松了手，却还有话要说："罗先生能不能……留下联系方式？"

"当然可以！"罗维孝想：只要我能尽快脱身。

牛华绘麻溜取出笔记本。姓甚名谁、家庭住址、电话号码，罗维孝写得龙飞凤舞。

还是不能脱身。对方说了："我也给你，留下我的。"

罗维孝的笔记本上，牛华绘留下四行字：

牛华绘

Japan Osaka

日本大阪

5-1-9清见台.河内长野市

时间可以拖延"再见"，却无法将它抹除。对这位外表柔弱、内心坚毅的女性的感激和敬佩，罗维孝转换成了勇往直前的力量和信心。这一天，2014年4月22日，从小草湖到乌鲁木齐，罗维孝骑行了127.4公里。

10

不如见一面

23日，乌鲁木齐突降大雪，成了雪城。罗维孝没敢贸然上路，而是打开电视，关注起天气预报。

"降雪伴随的低温破了30年气象纪录"，播音员的话，在罗维孝心里，无异一场雪暴。罗维孝告诫自己，极端天气不可冒犯，尊重并顺应自然，底线不可逾越——一味逞能是匹夫之勇，是对家中老小不负责任。之前顶风赶路，偶尔摸黑夜行，都是不得已而为之，现在，主动权掌握在自己手中，不能拿身家性命赌运气。

在乌鲁木齐休整一天，既是对这一路日晒雨淋的补偿，又可为接下来的行程养精蓄锐，罗维孝相信自己的决定科学合理。心安稳下来，时间的河面，变得宽阔平静。罗维孝闭目养神，上游漂来的船舶，钻进他的眼底。他的目光盯得最牢，跟得最远的船，是这一艘——骑游青藏高原途中，他和骑友梁辉遭遇的一场生死考验。

那是另一场暴雪，下在2007年7月4日的骑行路上，下在《问道天路》的书页中——

……

我和梁辉在"长江源"纪念碑前摄影留念后，继续朝二道沟方向出发。

骑行至离二道沟20多公里时，天色骤变，狂风四起，天上下起大雨。我叫梁辉穿上雨衣再走，梁辉告诉我，坡上放行速度太快，无法停车，下坡再说。我好歹是停稳了车，穿上雨衣，戴上皮手套。风越来越大，雨变成了雪，漫天飞舞，大如鹅毛。等我追上梁辉，却因风速太快，人很难站稳，他的雨衣无法上身。见此情景，我用身体为他挡风，他半蹲着试了半天，终于"武装"起来。

此时的可可西里上空乌云密布，一道道闪电划破长空，一声声惊雷让旷野震颤，狂风卷起雪片、冰雹，片刻不停地袭击我们。

狂风暴雪回旋扫荡着可可西里，一时天昏地暗。对面偶尔有汽车开过，平日里太阳般刺眼的防眩雾灯，成了萤火虫。凭着直觉，我和梁辉机械地行走在雪域高原。可可西里一带，空气中的含氧量只有平原的40%。此前我曾听老乡讲，每年都有人在这里丢掉性命。就在不久前，一辆货车抛锚后无法启动，车上3人被活活冻死。当时我就想，如再找不到地方躲避暴风雪，这把老骨头，今天很可能"交代"在这里。

快要陷入绝望时，一辆汽车在面前停下。这是一辆交通车，专门赶来转运青藏铁路施工人员。车上的人也想伸手，却无法将我们的自行车放到车上，便邀请我们自行前往他们的驻地。

他们的驻地在5公里外，每往前一步，我们都要使出吃奶的劲儿。暴风雪越来越猛烈，我们犹如大海中的扁舟左摇右晃。实在骑不动，推着车走。雪片如同刀片，划得脸火辣辣地痛，让人怀疑脸上早已伤口密布，血流成河，耳朵则完全冻得失去了知觉。身上的雨衣，在这样恶劣的环境里有同于无，雪和雨水在身上流成冰河，鞋子里装满雪水。皮手套完全淋湿了，整个人像是掉进了冰窟窿，浑身抖个不停。

尽管我已坚持冬泳十几年，这种透心的冷，却是从未有过。这就是死神的温度吧，地狱的温度吧。梁辉的注意力，聚焦在了炸雷上。他感到耳膜快被震裂了，雷火在四周闪耀，有几次，他感到炸雷下一秒就要落到身上。这是他有生以来第一次感受到死亡威胁，"有一种游走在生死边缘的感觉"。

求生的欲望迫使我们拼命挣扎，过了差不多一个小时，才靠近修路工人的帐篷。帐篷离公路100米不到，但是至少视力范围内，没有路通过去。

好在还有路基边坡，可以抄近道。这一段公路高出地面大约两米，路基由泥土石块垒砌而成。边坡不长，但是陡峭。早一分钟抵达工棚，早一分钟回到人间。顾不了那么多了，我向梁辉高喊道："我先推着车下去，你抓紧跟上。"

我推着自行车，不顾一切冲下边坡。路边全是沼泽地，当我推着车深一脚浅一脚走到帐篷门口，才发现梁辉站在原地，一动不动！

我大声喊话，要他赶紧下来。梁辉根本没有理会。意识到他听不到我的话，我支起车子，尽可能快地跑过去。上了公路，我问他："全身都湿透了，干吗还在这儿傻站着？"梁辉用颤抖的声音告诉我，他的双手已完全冻僵，根本握不住车把。

我推着他的自行车，带他进了帐篷。

梁辉抖个不停的双手冻成了紫色——不，是乌的。见此状况，有工人端来热水让他烫手。当时我正挪动停放自行车，扭头一看，大声喊他"别动！"

取出羽绒服帮梁辉换上，我轻轻为他搓揉双手。这时我才有时间告诉他："如果刚才直接伸进热水里，这双手就毁掉了。"

搓揉20分钟后，梁辉的手上有了血色。我又端来热水让他温脚，过了半个小时，梁辉才缓过劲儿来。

……

事非经过不知险。抚今追昔，罗维孝没忍住给自己竖起大拇哥："出门在外，就该审时度势，一切为安全让路！"

未晚先投宿，鸡鸣早看天。24日，罗维孝早早起床，趴在窗前等天明。他等的其实是雪霁天晴。

一个优秀的猎手不会轻易出击，更不会容许自己出手有一分一秒贻误。当天空显现出放晴的迹象，罗维孝的心，比身体更急切地赶往路上。上路之后，他才发现窗玻璃隔着的世界，长着一张骗人的脸。把衣服全部裹在身上，仍然挡不住寒冷侵略。风胡乱刮着，像一把刀在脸上剐蹭。好在有好友赠送的墨镜保驾护航，罗维孝的双眼，躲过了刺痛缠绕，躲过了"雪盲症"的威胁。"副作用"却也明显——雾气、雪水反反复复覆盖镜片，严重遮挡视线。

这一天的目的地是石河子市，一路上，车辆浩浩荡荡，拥挤如马拉河迁徙的角马，罗维孝只能小心翼翼贴着路边骑行。路边残雪尚未消融，偶有汽车闯入过的路段，路面轧成冰面，又溜又滑，时不时把罗维孝和他的车掀下路基。

上集 | 出国记

中国·雅安·宝兴

一路辛苦,"奖励"自己吃顿好的

抵达石河子市已是21时30分。当暖融融的灯光将他揽入怀中,罗维孝暗自庆幸活了下来。也是这一刻,他对自己说,一路逢凶化吉,不能不感谢自己——那个打不倒的小强一样的自己。

蜷在被子里,罗维孝记录下这段从大雪中逃离的极限体验。

四月飞扬鹅毛雪,料峭春寒银白色!天气骤变,气温陡降,防不胜防。4月24日早起,见天气有望转晴,抓紧赶路。一路上残雪还未融化,给骑行带来诸多不便。路上重车多、车流量大,我只好尽量贴近边缘骑行。这样相对安全些,但靠边骑行往往要碾压冰面,我一路上小心谨慎,正可谓如履薄冰。从乌城骑到石河子市耗时12小时58分,骑行177公里。

今天的确骑得辛苦。陡然降温，俨然隆冬时节，我将所带衣服全部穿上，却也无济于事。这样的情景真有点2007年在可可西里遭遇暴风雪的味道，但又与之完全不同。骑行到昌吉，太阳出来，我才重新活了过来。

坏天气紧追不舍。在奎屯，极端天气导致全城停水，没法洗漱，没有水喝，罗维孝度过了口干舌燥的一个晚上。

奎屯下一站，精河县的托托镇，临时变更为相距90公里的高泉镇，仍是因为坏天气作梗。出奎屯就遇上逆风，裹挟着让人透不过气的沙尘暴，不时还伴随横风，出"牌"全无规律。风中行车，时而像扭秧歌，时而像打醉拳，时而像跳迪斯科，罗维孝几次连人带车扑倒路边，等风发完淫威，才又重新上路。

第二天，坏天气妥了一下眼皮。趁这工夫，罗维孝早起晚投宿，耗时13小时26分，抢跑180.8公里，赶到博乐市下辖的五台镇。21时18分，将自行车抬进房间，罗维孝对它说了一段话："不是我对你狠，是时间对我步步紧逼。现在离俄罗斯还有3100公里，时间不足一个月，每一天都得争分夺秒。"

坏天气又睁眼了。4月28日，当罗维孝来到伊宁市芦草沟乡，风沙刚低下头，雨雪又举起手臂。

芦草沟乡距离霍尔果斯口岸只有39公里，吹进口鼻的雪花，隐约有异域风味。

再有几个小时就能站到国门前了，但罗维孝的自行车车头，拐向了另外一边。

"一定要去吗？"

中国·雅安·宝兴

"当然去,必须去。"

问是罗维孝。答是罗维孝。

理由早已说过:"驴只知埋头拉磨,狼一边奔跑一边思考。两只眼睛只盯着车轮,我这身力气,倒不如去工地上换几个钱!"当年问道天路,绕道去看青海湖、羊湖、纳木错、班公湖;这趟行程的"过去时"里,亲近五彩丹霞、莫高窟,沿途体验美食,所图都是"宽"和"厚"。

取道五台镇,为的是赛里木湖。赛里木湖乃新疆高山湖泊"大姐大",身姿动人,只是非来不可的根由之一。对罗维孝构成吸引的,还有与大西洋提前见上一面的冲动。大西洋暖湿气流经过长途跋涉,到达赛里木湖地区时元气耗尽,降落地面,"大西洋最后一滴眼泪"之称,正是来自于此。此行目的地埃斯佩莱特,与大西洋彼此相邻,罗维孝由是想到,赛里木湖是大西洋暖湿气流最后眷顾的地方,不去见一面,将来少不了遗憾。

五台镇距赛里木湖60公里,两地海拔,相差1490米。

三台,一个人户稀疏的村落。罗维孝正挑战长坡,路边蹿出一条恶狗。幸亏黑影在余光覆盖范围,否则罗维孝腿上有一块肉,或已不翼而飞。也许从没见过自行车这种圆腿怪物,也许被长胡子老者"滚一边去"的训斥伤了自尊,黑狗在短暂停顿后,狂叫着追赶罗维孝。虽说在狗主人的侧面助攻下,罗维孝成功卫冕"爬坡王"桂冠,但力气掏空后的双腿又酸又胀,别说接着骑车,就是推车走路,他的每一步,也像踩在了棉花里。

海拔一点点升高,罗维孝的腿越来越沉。不算短暂的一段时间里,罗维孝有些搞不清楚,究竟是人推着车,还是车推着人。

一开始,赛里木湖没给罗维孝好脸色看。雨雪笼罩下的湖面,一多半上了冻,铅灰色的天空映在冰面,那也是罗维孝心情的倒影。

罗维孝盯着湖面的眼睛,还是亮了。那是在他再次意识到,这是他和

"大西洋最后一滴眼泪"的珍贵晤面之后。此时的冰面，被神秘的力量瞬间镀亮。明亮的中心位置，他看到一个熟悉的身影，朝他走了过来，身后有大熊猫跟着。是戴维，1869年的阿尔芒·戴维。而紧跟身后的大熊猫，先于它的发现者，开口同他说话："谢谢你来看我。我就知道，家乡人不会忘记我的……"

周遭天寒地冻，罗维孝身上、心中，却是热辣滚烫。

还有70公里下坡路要走，必须出发了。

雪不见减小，雨越来越大。过了果子沟大桥，罗维孝的皮手套已经湿透，双脚有如浸在水中。雨水、雪水顺着帽檐流成瀑布，寒意深入骨髓，在罗维孝心底汇聚成浩瀚无边的赛里木湖。比天气更严苛的考验，来自严苛天气下长下坡的巨大风险——自行车把手和车速掌握稍有不当，人车极易失控。罗维孝死死盯住前方，目光在路面凿出两排深坑。他的全部力气灌注在了十指之间，对于脖颈、腰身、臂膀、手腕发出的抗议，完全不予理会。他知道，此刻抓在手里的不是自行车车头，而是不仅仅属于自己的一条命。赛里木湖，不能成为自己和家人的最后一滴眼泪。

最长最陡的那道坡，终于收敛起严酷姿态，稍稍变得平和。罗维孝提到嗓子眼的心，往下落了一截。

前方突然出现一道急弯。冰雪路面上，猛打车头是大忌，罗维孝通过调整身体重心，向车轮发出转弯信号。车身反应，远不如平时灵敏，自行车偏离主道，任着性子俯冲。坡道尽头并不在视线范围内，道路右侧的悬崖步步紧逼。罗维孝知道，是死是活，一半在人，一半在天，但是这个时候，必须把老天控制的那一半，尽可能争夺过来。此情此景下，刹车导线等同绊绳，罗维孝唯一能做的，是将人和车绊倒在地。恰是倒地之后，自行车成了脱缰野马，斜躺在车身上的罗维孝，眼睁睁看着车和人一起向

中国·雅安·宝兴

下、向外飘移。

悬崖和悬崖边的一棵大树，迎面向他扑来。

人不可能总是被幸运眷顾，总是化险为夷，罗维孝想到了最坏的结果。是的，已经不是第一次踏进鬼门关了，这次出发前，二姐提起的发生在2011年4月28日上午的那场车祸，闪回到他的眼前。

那是一趟说走就走的旅行。江西、安徽、福建，将骑行地图上最后的空白点一举歼灭，罗维孝筹划已久。

拐弯去古田，冲着古田会议遗址，冲着毛泽东主席的《星星之火，可以燎原》。

古田县城前方的羊角岭隧道，提前为罗维孝的此次行程画上了句号——一阵劲风裹着重型货车紧急制动的啸叫声从身后刮来，罗维孝还没来得及做出反应，人已失去了知觉。

巡逻路过的水口派出所民警协助卫生院将罗维孝送到古田县医院紧急抢救。医生检查后做出诊断：右侧颞叶挫裂伤，侧颧弓及左侧颞骨骨折，全身多处软组织挫擦伤，左眼结膜挫伤，中颅窝颅底骨折。

医生告诉随后赶到的交警，伤者深度昏迷，头部伤情严重，可能伤及头部神经，存在难以醒来的可能性——即使醒来，也很可能成为"植物人"。

从随车行包里，交警找到罗维孝的身份证和紧急联络电话。妻子、儿子、儿媳十万火急，于第二天赶到古田。

罗维孝终于醒过来了。看到家人守在身边，一个个哭成泪人，他才知道，过去的30个小时里发生了什么……

当悬崖边上那棵树迅速逼近，罗维孝看到人生终点，向自己飞奔而来。他怎么也没有想到，正是这棵树拦停了人和车，再一次为他的生命亮起绿灯。

  扑扑乱跳的心脏勉强安定下来，罗维孝终于看清楚了，自行车车头卡在树根处，半个后轮，悬在绝壁上方！

中国·雅安·宝兴

11

枪声并未响起

  自助者天助之。但天下有太多人和事需要照看，老天爷顾不上罗维孝了。他想从地上爬起来，连试几次，身体换了主人般不听他的。

  确认浑身零部件一样不少后，罗维孝好歹踏实了一些。静静躺了两分钟，待体力有所恢复，他再次尝试站起身来。手和脚及时做出了响应，但是腰身，对他的指令不理不睬。

  腰废掉了。当这个信号闪现大脑，罗维孝的心猛地一沉。他在部队挖坑道时，腰被支撑木打伤过，加上腰肌劳损，时不时发痛发胀。备战法兰西，他去医院做核磁共振，除了"腰椎体变异性椎体管狭窄"，无大碍。是老伤复发，还是腰椎体的小毛病经由这场事故成了大问题？罗维孝无法做出判断，不敢多想。

  时不时有汽车从身边驶过。自救不得，罗维孝改为呼救。手举酸，嗓子喊痛，却没有一辆汽车，为他靠边停下。半个多小时的等待里，罗维孝也想过，为什么那么多过客看着他半死不活，却不施以援手。下坡路连着急弯，路面湿滑，汽车很难及时停稳，极易引发险情，这是最主要的原因。

  在后来写下的《行无国界——罗维孝丝路骑行》一书中，他记录了当时漫长、复杂的心理活动过程：

  期望的失落让我感到心寒、伤感、无助，我在众多过往车辆驾驶员的眼皮子底下，绝望、痛苦地挣扎。我再也无法控制住内心的焦躁、茫然和苦楚。我强忍着不让泪水往外流，最终没忍住。我相信这绝非我随意"轻弹"的伤心泪，而是无法自抑的伤感流露。

  此时此刻，我最大的愿望是重新站起身来。我努力把控情绪、调整心态，用脆弱而坚强的血肉之躯，挑战生命极限。我知道接下来还有很长的路要走，必须自我拯救于危难关口。

  "每临大事有静气"，晚清翁同龢的话，提示我沉稳应对眼前困局。我想起贝多芬的名言："卓越的人的一大优点是：在不利和艰难的遭遇里百折不挠。"没有哪一个人喜欢自找苦吃，寻求磨难，但我此次跨越疆界的超长距离骑行，不可避免地要与艰辛和磨难反复纠缠。既然选择了这样的道路，就要无怨无悔承受。吃苦受累对此刻的我来说并不可怕，最重要最关键的问题是，我究竟还能不能站立起来……

  罗维孝不甘心向命运举手投降，更不甘心带着自里而外的寒凉作别梦想，作别他深爱着的家人和这个世界。

  他又试着动了一下。腿够有力，起先拒不配合的腰部，有了一点态度。

  刚才的等待，看来值得。但是不能一味等下去，时间不允许，气温不允许。以前在家，腰伤复发，妻子总耐心为他按摩，隐藏在体内的不安定因素，总能得以平定。妻子此刻不在身边，她的手不能为自己按摩，但自己也有手啊。想到这里，罗维孝的双手，在后腰上上下下、来来回回游走起来。

过了半个多小时，罗维孝隐隐感到腰部开始回暖，不再僵硬无力。

罗维孝摇晃着站了起来！

清理行李，什么都没少——除了出发就随身带着，一直不舍得用的备用外胎，掉到了悬崖下面。

如此损失，若在之前路上发生，罗维孝一定会痛心疾首。死里逃生，他安慰自己，这算什么，擦伤而已。反正还要去伊宁，还能亡羊补牢，念及此，罗维孝也懒得去心疼了，紧走慢赶，在芦草沟乡找到旅馆，洗了热水澡。

次日到伊宁，必须拜谒林则徐。林公曾任湖广总督、陕甘总督、云贵总督，因为虎门销烟，罗维孝顶礼膜拜；也是因为虎门销烟，"男神"被贬谪惠远古城，居留两年一个月。在林则徐纪念馆，睹物思人，罗维孝心中生起七分敬意、三分豪情：强健体格精神，吾辈仍在接力，英雄可以无悔。

哈萨克斯坦签证办妥寄伊宁，以免罗维孝在北京苦等浪费时间，以及中途遗失。10天前，黄凯在电话里告诉罗维孝，护照已寄至人保财产伊犁分公司朋友处，这也是罗维孝绕道伊宁的核心原因。

出林则徐纪念馆，罗维孝按图索骥，来到保险公司。

案头前的年轻女性笑脸相迎："您找哪位？"

"我找余小姐。"

"在下姓余，您是？"

"我是罗维孝，我来取签证。"

"您就是罗老师啊！"年轻女士激动得跳了起来。见状，她的同事们，也向罗维孝围拢过来，个个两眼放光。很显然，"罗维孝"这个名字早于他本尊一步，同这些人成了"熟人"。

而眼前又黑又瘦的他，同他们想象中的"罗维孝"似乎不太一样。也就难怪，环绕罗维孝的，除了余小姐的热情，还有半屋子人的议论声。

罗维孝也不管那么多："黄凯说，我的资料寄到您这儿了。谢谢您帮我保管，现在，麻烦把它给我。"

"当然没问题！"余小姐动口不动手。

罗维孝语气里显出了焦急："麻烦您现在就给我，我赶时间。"

对方仍是动口不动手："您的东西当然给您。不过，有个条件……"

"什么条件？"

"给我们发份福利。"

"发福利，找领导呀！"

"此福利非彼福利，是'精神福利'。"

余小姐卖关子，卖得同事都看不下去了。一个小伙接话说："罗老师给我们做个报告，就成。"

"啥报告？"话出口，罗维孝也觉得，这是明知故问。

"讲讲您的'西游记'！"

"不然呢？"

"实在不讲，那也没关系。"余小姐笑得意味深长。

人在屋檐下，不得不低头。罗维孝问："啥时候？明天我可必须走！"

"最好明天一早。我们领导已作了安排，您的吃和住，公司提供保障。宾馆附近可以兑换外币，您的自行车，我们也为您找到了靠谱的地方，全面保养。"

报告会由总经理亲自主持。会后，刘总把一叠钱，可劲儿地塞给罗维孝。

中国·雅安·宝兴

罗维孝哪里肯收："心意领了，不过您有所不知，我给自己定了规矩……"

刘总一脸诚恳："虽说您是'自由行'，不收赞助，但为了给我们上这堂课，您得多待三天。请您上课是我的意思，这点散碎银子，实在不成敬意。"

"三天？"罗维孝眉毛胡子都要燃起来了，"我的时间，一天都不能耽搁！"

"劳动节，海关放假三天"，对方满脸愧疚，"之前不知道您的时间这么紧，只想着您一路奔波劳累，留您稍事休整。"

"不行，绝对不行！"罗维孝的心，就要跳出来了！

"但是，估计已经来不及了——晚上6点闭关！"

"伊宁到霍尔果斯只有100公里，路况不错。抓紧时间，来得及！"后半句话脱口时，罗维孝已经进了电梯。

16时38分，罗维孝抵达霍城。等他到邮局盖完出国前最后一枚邮戳，飞一般赶到口岸时，差不多已是下班时间。

边防警官本已做好下班准备，看过路书和《问道天路》，临时改了主意。哪料眼见着就要通过验证大厅，一位警官追上来，叫住罗维孝。

"身上带了多少钱？"警官快步上前，一脸严肃。

罗维孝假装耳背。

看来没那么容易蒙混过关，警官把同样的问题重复一遍。

只好走一步看一步了。"不到两万……"

"美元"二字，罗维孝半路上隐藏起来。

"钱拿出来！"听那语气，没有商量余地。

留下一点买路钱，罗维孝也有思想准备。他没想到的是在自己的国家,留给边防警官。

见罗维孝站着不动,警官再次催促,语气更为急切:"钱拿出来!"

好汉不吃眼前亏。罗维孝摸出几张人民币。

警官盯他一眼,摇摇头,"这点钱怎么过得去?"

心也太狠了吧,怎么不掏枪出来,直接开抢!罗维孝话没出口,警官动起了手。只见他三下五除二把自行车蝶形车头末端塑料塞儿拔出,又从车身上取下座凳。

车头两端、原来的车座下面,现出黑乎乎的管洞。这是闹的哪一出?罗维孝正要发作,警官开口了:"你跑那么远,一定没少带钱。有道是财不露白,把钱存进这几个'银行',路上安全得多!"

霍尔果斯口岸,罗维孝与一位边防警官合影

中国·雅安·宝兴

　　罗维孝此刻的心情，没有词语能够形容。他从行包里取出在伊宁兑换的几沓美元，卷成圆筒塞进洞中。警官会心一笑，一一盖上"掩体"。

　　把罗维孝送出验证大厅，警官指着已经发动的摆渡车说："骑车跟在后面，7公里后，你就是别人眼中的'外国人'了。"

　　一道黄色界线由模糊到清晰，由清晰到模糊。让它清晰起来的是距离，而灌进耳朵的一声断喝，罗维孝猝不及防。

　　——"停下，马上！"

　　车有惯性，人从接收信息到做出反应，也有一个过程。罗维孝从车上下来时，两只脚，被黄线分隔在了两边。

　　"你有一只脚踩到我国地界上了！退回去！马上退回去！"

　　不待罗维孝回过神来，两个哈萨克斯坦边防警官荷枪实弹冲到面前。

　　"都是隔壁邻居，远亲不如近邻！"罗维孝故作镇定。他想用一个玩笑，打通眼前关节。

　　对方怒气冲冲的脸却明确告诉罗维孝，他们不吃这套。

　　"我是守法公民，我有护照，有你们大使馆发的签证。"罗维孝不知道自己犯了哪条王法。对方的激愤却在不知不觉间转换为了傲慢，其中一位，以不容置疑的语气说："验证官已经下班，你必须退回去，马上退回去！"

　　"这一来，我会损失三天时间。我的每一天都是拼出来的，等你们放完假才放我过去……"罗维孝的声音起先还是高蹈半空的风筝，飘着飘着，没了影子。

　　"回去！"

　　一支枪管，指向罗维孝的眉心！

　　周遭瞬间安静下来，罗维孝仿佛闻到火药和金属合成的气味，并由此被裹挟进短暂的空白。等他回过神来，枪口已划过一道弧线，对准他踏在哈萨克斯坦地界上的右脚背面。

"再不退回去，我就开枪了！"听那语气，不是说说而已。

一口气堵在罗维孝胸口，上也上不来，下也下不去。灰溜溜夹尾巴走人，脸面烂柿子般掉到人家地面上；想要维护面子，身体眨眼间将多出一二十克重量。罗维孝的主意茫然四顾，一时间找不到主人。

他的沉默，被理解为了不识好歹，被理解为了挑衅。对方发出最后通牒："再说一遍，再不后退，我就开枪了！"

"放下枪，马上放下枪！"话音未落，罗维孝身旁多出中国的两个边防警官。

接下来是发生在两国边防警官间的对话。

"为什么拿枪指着他？"

"他不退回去，他不听从命令。"

"他已经在中国海关办完手续，麻烦让他过去。"

"我们要下班了，过完节他再过来。"

"但是他既然已经到了这里，今天就该过去！"

事情来得突然，解决得也还顺利。罗维孝还在为自己一不小心惹下麻烦而忐忑不安时，哈方警察已收起脸上傲气，收起了枪。

中方警察笃定的表情让罗维孝确认了眼前一幕的真实无疑。他的身旁站着中国警察，中国警察身后站着中国。国家可以如此直接、如此快捷、如此慷慨地赋予一个普通公民以安全、便利与尊严，这是他之前没有想到，也未曾体会过的。巨大的感动鼓舞着罗维孝转过身来，好好享受这如影随形却一直不曾在意的福利。但罗维孝毕竟是清醒的：家长庇护儿女，是希望他们有朝一日远走高飞，而儿女的成长和腾飞，才是对庇护的价值的最好证明。

中国·雅安·宝兴

罗维孝骑车抵达哈萨克斯坦验证大厅时，一个警官在门口等候。分界线上的争端这边早已知晓，警官开口就说："罗先生，很抱歉，刚才只是个小小误会。"

警官个头不高，腰围不小。他认真检查完罗维孝的护照和签证，帮忙填写了通关表格。一切就绪，罗维孝冲他笑笑，就要骑车走人。警官却拉住他说："我在这里工作十几年，骑自行车过来的中国人，还是头回遇到。能不能和您合个影？"

一出国门就圈"粉"，"粉丝"还是边防警官，罗维孝也很激动。可快门响过，"洋螺蛳"的忠告，让罗维孝的心立马又收紧起来。警官说："我们在海关工作，差不多都懂中文。但过了海关，您大概只能听到哈萨克语。还有，我们国家没有旅游业，旅馆很少，晚上找不找得到地方住，要看您的运气。"

让罗维孝稍稍心安的是，警官告诉他，出海关15公里，有一家新疆人开的餐馆，也许可以在那里借到床位。

离开海关，第一件事，罗维孝掏出手机报平安。然而，手指按疼，电话也拨不出去。

没有网络的手机，渔网脱落的铅坠。

眼前越来越暗。罗维孝感受到了危险的逼视。

又一次的逼视。

罗维孝西行散记(之一)

2014/4/3 20:35

我知道这一行不知牵动着多少人的心。为感谢人们对我的关心、关注与关爱,我从今天起抽空把路上的所见所闻用短信的方式与大家分享。

2014/4/4 18:38

今晨不到6点就起床洗漱。因为我想早一点骑行到张掖丹霞国家地质博物馆去看看丹霞风光。张掖丹霞地质风貌对于我这个摄影爱好者来说,有着不可抗拒的诱惑力。尽管来回折返多出了50公里的路程,但在我看来,值得!

2014/4/4 20:27

张掖丹霞地貌的地质风光不同于我以往所见过的类型,其特征是色彩明快且层次分明,让人印象深刻。视觉上的享受带给人精神上的愉悦,太精彩了!我今天共骑行了126.3公里。18天时间总计行程2175公里,平均每天骑行120.83公里。

中国·雅安·宝兴

2014/4/5 22:10

　　今天清明节，按照往年惯例，我会去给父母亲扫墓，行跪拜大礼。而今行至祖国大西北，尽管已嘱托妻子代我献花，但总不如我亲自跪献好！今天从高台县到航天城酒泉骑行145.6公里。

2014/4/6 9:30

　　由于昨天下午骑行到酒泉时邮局已关门，故而没盖上酒泉的邮戳。往前赶路要紧，但我不想放弃，等邮局开门，我将邮戳补盖上才骑车赶路。离开酒泉，西行23公里，来到古时的边关重镇嘉峪关。

2014/4/6 23:00

　　今天有幸免费参观古丝绸之路博物馆和嘉峪关古长城。作为重走古丝绸之路的行者，我为中华民族厚重深远的历史文化感到骄傲和自豪。今年适逢中法建交50周年，又是法国神父阿尔芒·戴维在宝兴邓池沟发现大熊猫并将制作成的标本带回法国145周年。沿着古丝绸之路骑行至西方进行民间文化交流，我对其意义深信不疑！

2014/4/7 17:00

　　昨天从酒泉骑到玉门镇行程159.9公里。这段路路况相当差，其原因是有了高速公路后，312国道基本上没汽车跑，缺乏养护，以致有些路段无法正常骑行，只能推着车走。春风不度玉门关，走到玉门就走出了地理概念上的河西走廊，逐渐进入戈壁荒漠。

2014/4/8 7:41

已经过去的一天对我来说是最惨烈、最倒霉、最难熬的一天。本来骑行在通往瓜州的路上一切都还顺利，但下午1时在瓜州所辖双塔镇吃过午饭，往瓜州方向骑行时，后胎被铁钉三次扎破。前两次被扎，取出内胎补好，还能继续骑行，第三次扎破后，我迅速将内胎补好装上，万万料想不到的是，随车携带的打气筒无论怎样也无法将气打进内胎。

2014/4/8 11:42

看来是打气筒出了问题。平常碰上这样的事不要紧，但在甘肃靠近新疆的戈壁荒漠上实在要命。几十公里路上荒无人烟，根本无法打气。我想在路旁找一辆过路车，将自行车搭到瓜州修补，但路过的车，一辆也没停下。

2014/4/8 17:00

此时的我不知道怎样才好，完全陷入绝望。

2014/4/9 21:27

看来我从瓜州绕道敦煌是完全值得的。今天从敦煌骑行到离市区27公里的莫高窟。莫高窟向世人展示了厚重、灿烂、悠久的中华文化，我疲惫的身体和心灵得到了满足与放松。

2014/4/10 18:46

今天从敦煌到柳园，骑行138.56公里。前56公里较为平缓，其余全为上坡路，比较费劲。好在今天只有侧风，还扛得住。柳园镇属瓜州管

中国·雅安·宝兴

辖，是甘肃靠近新疆哈密的最边远乡镇，离青海格尔木不远。这里是三个省区的交会处，也是古丝绸路上的重要驿站，再往前90多公里就是新疆哈密所管辖的星星峡镇了。

2014/4/11　15:35

我已从柳园骑到星星峡镇。算起来我穿越甘肃整整用了18天，累计行程2366公里，平均每天骑行131.44公里，真可谓吃尽苦头。前面未知的一切等待着我去领略。

2014/4/11　16:04

我将面临一生中前所未有的巨大挑战。能否超越并战胜自我，把梦想延伸到遥远的法国比利牛斯省，就看我的心态、体能和意志力了。旅途中一切都有可能发生，以不变应万变当是上策。

2014/4/11　16:27

此次西行对我来说确实是一次全方位的考验。一个年过花甲的老头竟然还能把自己的梦做到国外去，而且是靠燃烧骨油作为动能，这也许是一个中国人将要写下的传奇。

2014/4/11　16:57

我毕竟是年过花甲的老人了，每天100多公里超强度的运动量，的确非常人所能承受。每天住下后，我都要做腰部、腿部按摩，以便让肌肉得到放松。

2014/4/11 18:05

由于每天体能消耗过大,我的饭量大得惊人,每天除三餐吃饱喝足外,还得"报销"掉五六个芋头蛋、三盒纯牛奶。我每天的饮食量是常人3倍以上。体能消耗太大就需要及时补充热量,维持平衡。我对住宿不讲究,干净清静就行。睡眠好,第二天便有精神。吃得睡得累得是我的长处所在。今天到得早些也就能抽空多发几条短信。

2014/4/13 0:13

天不亮起来,吃过早饭,骑车直奔哈密。从路书上看,这次跨国骑行,今天的行程最长。此路段属戈壁荒漠无人区,途中没有食宿点,只有一站拉通。经十多个小时不间断骑行,晚间抵达哈密市,自行车上安装的GPS卫星记录仪显示,行程为210.2公里。特地安装卫星记录仪,只为真实记录骑行数据。

2014/4/13 17:29

26天高强度不间断骑行,让我非常疲惫。国内这段路的骑行很艰难,加上海拔不断抬升,体能消耗太大,故而深感疲惫。由于签证时间所限,我又不能停顿。自己选择的路,必须勇敢走下去!

2014/4/15 0:54

一路向西骑行,除了辛苦艰难,最难排解的是孤寂。甘肃接近新疆的这一区域本来就属戈壁荒漠,很多路段几十上百公里没有人烟。在路上骑行很难遇到一个人,偶尔有车辆从身边路过,也只能听见汽车的轰鸣声和喇叭声,只有孤独的身影与我相伴相随。我想,耐得住寂寞是一个行者最

中国·雅安·宝兴

需具备的素养。

2014/4/15　10:58

　　这两天北疆天气变幻莫测，用当地人调侃的话说，两天经历了一年四季，天热热死人，天冷冻死人，气候反复异常真是折腾死人。北疆20多年来，这个季节天气未有如此起伏变化，碰上这样的天气，也是上天对我的一种考验。始终莫忘，适者生存是大自然的法则。

2014/4/15　20:17

　　对我来说，东方离西方并不遥远，只不过万里征程而已。一个中国骑士将带着他狂野的梦想，用双脚踩着自行车去丈量西行的轨迹和心路历程！

2014/4/15　21:13

　　多少年来，除外出骑游、冬泳外，我最大的爱好是读书。阅读各种书籍让我不断地扩充、接受新的知识，有了相应的文化境界。读书让我摆脱愚昧与无知，爱读书的习惯让我受益匪浅。书籍是我不断进取的踏脚石。对我来说，精神层面的追求远比单纯意义上的骑行重要。

2014/4/16　19:44

　　由于途经国哈萨克斯坦的签证必须本人面签，我不得已临时中止骑行，15号从乌鲁木齐飞去北京哈使馆面签。我今天上午在哈使馆将签证办妥，晚10点飞往乌鲁木齐。抵达乌鲁木齐后我将抓紧时间赶往火车站购票返回哈密继续西进。途经国签证均已办妥，接下来我将面对更为艰苦的骑行。

2014/4/17 4:29

我是一个完全靠个人拼搏奋斗来改变自身命运的人。向前,再向前,在骑行的路上我又一次读懂了人生的含义!相信并坚持自己的选择,坚定勇敢地走自己想走的路!

2014/4/17 8:03

已买上午9点50分到哈密的火车票,下午3点到达。今年新疆气候异常,凌晨2点飞抵乌鲁木齐时天上飘着大雪,现仍飘着雪花,四周山头上堆着厚厚的雪。看来,这样的天气还得维持一阵儿。

2014/4/18 20:45

从寄存自行车的宾馆一步不少启程西行。骑行103.6公里到哈密所辖的三道岭煤矿歇脚。三道岭煤矿是个露天开采的超大型煤矿,是新疆乃至大西北最大的露天煤矿。我专门到煤矿去观看了露天开采并拍下了老式蒸汽火车运煤的照片。

2014/4/18 21:10

掰指头算起来,出发已一月有余。今天骑行路上碰到一位骑车上班的四川老乡,此公姓刘名永江,在新疆铁路职业技术学院上班,每天骑车往返近40公里路程,亦算骑友。骑行路上,刘老师介绍,他的父辈是援疆人。

上集 | 出国记

中国·雅安·宝兴

2014/4/19　18:47

一大早从三道岭出发骑行到红山口，红山口属哈密管辖，原名十三铺，是原312国道上接待过往人员的驿站。今天骑行距离为105.7公里，离乌鲁木齐还有300多公里路程。

2014/4/19　19:41

这里的风随时随地从不同方向吹过来。逆风尽管让人费力但没有危险性。骑车行进在路上，最可怕最具危险性的是横风，左右摇晃车把，让人无法掌控，最好的办法是下车规避。因我车上的行包面积大，风的阻力相应就大。有几次风势太大我干脆把车放倒在地上，人也迅速蹲下来，以确保自身安全！

2014/4/19　22:00

明天是芦山地震一周年纪念日。此时的我虽万里独行在西进的路上，依然牵挂灾后重建中的故土家园。我作为雅安的子民为雅安祈福！

2014/4/20　20:22

今天一大早从红山口出发，经过近11个小时的艰难骑行抵达鄯善县城，行程135.5公里。今天的风比昨天温柔一些，但在骑行了45公里后，后轮内胎接连两次被异物扎爆，补胎耽误了不少时间。走进新疆地界第一次顶着风沙连补两次内胎，也算修炼修车手艺。艺高人胆大，西行路上放眼量！

2014/4/21 7:42

　　这些天最担心的就是强劲而无序的风。从河西走廊的古浪县起,沿途随处可见风力发电厂,我处处谨慎加小心,有惊无险闯过了风区。此时的我想起维克多·雨果说过的一句话:大自然既是善良的慈母,也是冷酷的屠夫!

2014/4/21 21:14

　　今天从鄯善骑行到吐鲁番,一路顺利,下午4时骑行到吐鲁番邮局加盖邮戳时知悉,从今天晚上开始又将刮起10级以上大风,并降温10度左右。我只好放弃在吐鲁番住一晚的打算,赶到小草湖服务区。今天骑行距离为157公里。

2014/4/21 22:27

　　当骑游成为我生命中的一部分,就注定了我将在颠沛奔波中度日,披星戴月顶风冒雨都是常事。此次跨国西行玩的是心跳,依托的是勇气,支撑的是信念、意志力和充沛体能。

2014/4/22 7:40

　　这是一次全新的未知课题,骑行途中所要遭遇的各种磨难及诸多不可预知的风险,需要我去克服和化解。由于途经国过境签证时间所限,我必须每天骑行100公里以上且要不间断地骑行100多天。如此高强度高密度超越体能承受极限的疲劳运动,对我这样一个花甲老人来说,困难重重。但我始终相信,路是由人走出来的!

上集 | 出国记

中国·雅安·宝兴

2014/4/23 2:49

出发就顶着风爬坡，往前骑行也算逆风飞扬吧！在这样恶劣的气候下偏偏遇上后轮内胎被扎破，不管天气条件怎样糟糕，还得想办法补好车胎。没有水检查被扎处，一般情况下往内胎里加点气将内胎对着额头或眼睛查找，但大风当中，这样的查找办法彻底失效。

2014/4/23 3:15

想尽各种办法才将车胎补好往前骑行，随车携带的打气筒无法一次性将气加足，我只好边加气边骑行。最后在达坂城找到一家摩托车修理铺，借到气枪将气加足后才骑到乌鲁木齐。在中国风谷骑行的这些天，我饱受了风的折磨。

2014/4/23 11:19

"下雪天留人天"，看来我今天要被大雪和路上覆盖着的近十厘米厚的冰雪困在乌鲁木齐。下雪天路上湿滑不宜骑行，不管心里再急都得将前行的脚步暂停下来。一个多月来我每天都在拼命狂奔，是该放缓脚步好好休整，以利再战。

2014/4/23 12:22

特殊的人生经历让我从一个单纯骑游健身的行者慢慢转身，将骑游作为一种文化理念植入心中。对梦想的追逐与神往让自己进入精神层面的探索追求，将我的视野变得更加广阔。诚如爱国诗人屈原所言：路漫漫其修远兮，吾将上下而求索。

2014/4/23 15:07

有幸作为古丝绸路上的现代人，穿行在丝路上（由今新疆吉木萨尔县泉子街镇至吐鲁番市交河故城段，是昔日丝路交通要道，被今人称为"车师古道"），领略到了沿途各种地质地貌和美丽风光的同时，也体验到了在古丝绸路上行走的艰辛。

2014/4/23 15:33

古丝绸之路东起古都长安（今西安），经甘肃、新疆，穿越中亚、西亚抵达地中海。其中新疆段约占全程的三分之一。丝绸之路为大型线形文化遗产，中国与中亚五国2006年达成一致意见，决定联合申遗。丝绸之路的真实性和完整性及普遍意义上的突出价值已远远超越了国界。

2014/4/24 7:41

乌城天空已放晴，但风太大。由于突降大雪，气温陡然间下降了27度，导致水管被冻，从昨天下午起，我所住的宾馆及周边都停水了。没水喝成了一大难题，等超市开门后看能不能买到矿泉水。由于停水还不知能否吃上早饭，但愿能找到地方把肚子填饱。如果风势稍微放缓，我肯定要往前赶路。

2014/4/25 8:10

今天是乖孙罗雨彤一周岁生日。作为彤彤的爷爷我本该等乖孙过完生日再出行，但考虑到行程周期太长还有签证上的原因，我不得不将行期提前。鱼和熊掌不能兼得，人生总会留些遗憾。我在新疆石河子为我的乖孙

上集 │ 出国记

祈福！愿彤彤健康、活泼、可爱！

2014/4/25 21:48

将石河子的邮戳盖上后，我又骑着车游览了时代广场、人工湖等景点，瞻仰了周总理纪念碑，随后骑车西行。今天从石河子骑行到奎屯市，行程116.2公里。天气情况明显优于前两天，但风力仍然偏大。不知是我的运气太好还是太差，西北地区特别是新疆极端恶劣天气都让我给碰上了。看来还真是不受磨难非好汉！

2014/4/26 7:50

由于极端天气，奎屯已停水一整天，无水洗漱倒也无所谓，难就难在到处都找不到水喝，口干舌燥。多年来，骑行让我养成了每到一处都要去加盖当地邮戳的习惯，看似小小方寸间的邮戳是我骑行历程的见证。

2014/4/26 16:48

今天从奎屯到高泉。高泉是新疆生产建设兵团农七师124团所在地。一出奎屯就遇上逆风且夹杂着横风，时而还有沙尘暴相伴相随，所以骑得非常艰苦，异常费力。顶风骑行只是耗费体能，骑得慢些，让人感到最难受的还是从旁边吹来的无规律的横风。

再加上一个劲儿猛刮的沙尘暴让人睁不开眼睛，这时的我骑行在路上时而像扭秧歌，时而像跳迪斯科，还有点像打醉拳！我生怕出事，只好把车停下放倒。北疆的风不如东疆风口地带那么大，但也具杀伤力。从安全角度考虑，我决定入住高泉。今天骑行距离为72.6公里。

2014/4/27 7:03

进入新疆，接连遭遇极端恶劣天气，给骑行带来诸多麻烦。行已至此，又不能轻易停下脚步。漫步古丝绸之路，目睹大自然最真实的面容，也是一种人生的荣光。

2014/4/27 21:54

今天一大早从高泉出发，21点18分才抵达博乐市五台镇，耗时13小时26分，骑行距离180.8公里。总算把昨天落下的行程追补上了。步步为营，才能步步为赢！

2014/4/28 3:55

俄罗斯签证时效期为5月24日至6月22日，从今日算起新疆和哈萨克斯坦的里程相加还有3100多公里，只剩下20多天，不一路狂奔，怎么能按时抵达俄罗斯入境口岸？！这一个多月来的连续骑行，让我感到很疲惫，但又无法停下来休整。

2014/4/28 23:13

今天逆风骑行在雨雪中，到达伊宁所辖的芦草沟乡，骑行距离为126.9公里。这里离霍尔果斯口岸只有39公里。由于我要去伊宁，要去赛里木湖，所以改了路线。今天从五台出发就开始爬坡，爬过60公里上坡路到达赛里木湖，然后是近70公里下坡路。资料显示，这60公里上坡路陡然抬升了1490米，是新疆坡度最大、海拔抬升最快的路段。

2014/4/29 7:44

今天的雨依然下得很大,昨天被雨淋透的鞋尽管借老板的吹风机吹干了点,但冒雨骑到伊宁,肯定又得淋湿。鉴于过境国签证时效所限,时间很紧,我很矛盾很纠结。这里离伊宁只有70多公里,半天就能骑到,但穿着湿漉漉的鞋子,肯定不舒服。这里的天气不同于南方,依然很冷,昨天途经的赛里木湖都还没有解冻。我想等雨下小点再走。

2014/4/30 3:25

昨天在芦草沟乡等雨稍微转小,我冒着小雨骑车赶到伊宁市。前往伊宁途中,我到惠远古城参观了伊犁将军府和清朝禁烟大臣林则徐当年被贬流放惠远的历史遗迹。骑到伊宁已是下午,我抓紧时间办理了外汇汇兑并到自行车专卖店检修爱车,更换了前后轮的内外胎。骑出国门前对爱车进行彻底保养,心里踏实许多。

2014/4/30 8:14

今天骑行的目的地为霍尔果斯口岸,也是国内最后一站。伊宁离口岸不过100公里,下午就能骑到。国内40多天4000多公里的路程都是在为走出国门作铺垫,为了这一天,我足足准备、等待了四年!

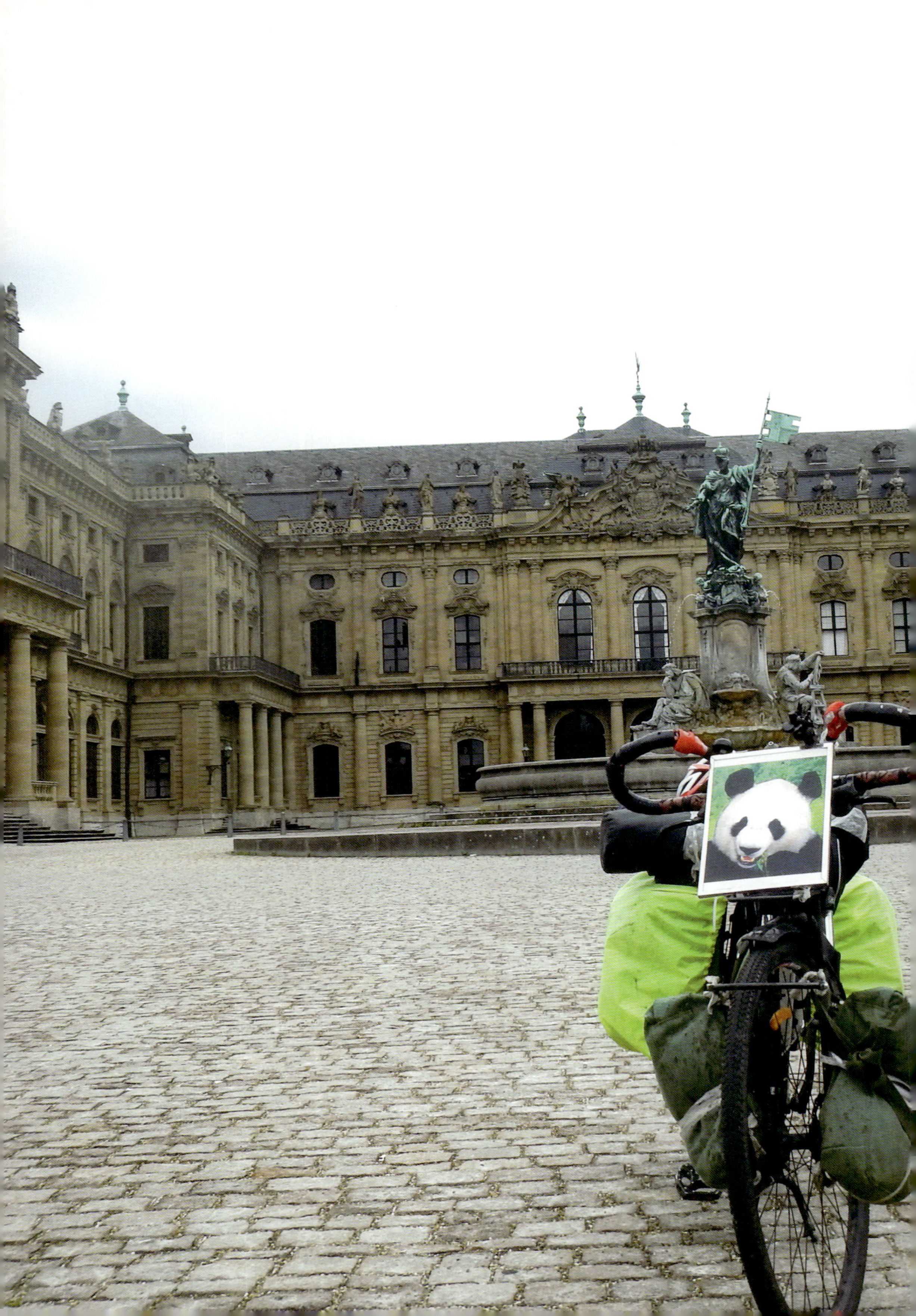

中集

向西，向西

「我想让西方重新认识东方，我要用我这个中国人的一把老骨头，在那边敲出点动静。」

12

手"哑"了

一只萤火虫在无边黑暗里踽踽独行。它的翅膀那样单薄,风却强劲有力,吹得它一会儿高,一会儿低,一会儿闪闪烁烁,一会儿又仿佛断线的珠子般没了影踪。

这只萤火虫,其实是一把电筒,挂在自行车车头上。当遥远处现出另一团亮光,萤火虫不再是天地间唯一的亮点时,已是23时27分。

这就是哈国边防警官所说的餐馆吧。罗维孝支起车,轻手轻脚走向大门。门开着,灯光像一匹布朝他抛来。他的身后,影子长而单薄。

一个女人的尖叫,打破了周遭的静谧:"啊——"

女人站在一张桌子旁,手上拿着抹布。很显然,罗维孝的出现,让她受了惊吓。

罗维孝进也不是退也不是。正在这时,不知从什么地方钻出两个男人,站在女人身后,对着披头散发的闯入者,不觉间握紧拳头。

毕竟是出国后的第一天、第一站,第一次和外国人打交道,罗维孝还没做好心理准备,更谈不上有什么经验。他的第一句话,是拿手说的。没顾得上客气,实际上也不知道该怎么客气,他指指正前方圆桌上的一只空碗,再指指自己的肚子。

右边那个男人看来是明白了他的意思，拿下巴颏儿朝桌上杵了两下，示意他进屋说话。

如同沙漠里遇见一眼泉，心中激动，从罗维孝喉口里一股脑儿涌出："谢谢，谢谢！"

"这不自己人吗？"那个男人一拍大腿，兴奋地说："看你又比又画，长发披肩，穿得又别具一格，还当你是老外！"

"我也没想到是'内伙子'（自己人之意），龙门阵可以随便摆呀！"罗维孝脸上的天，晴开了。

谈话间知道，这儿的确是一个饭馆，接待对象为长途汽车驾驶员、长途客运的旅客。挺着啤酒肚率先开口的男人是这家名为"加热肯特"的饭店的老板，另一个男子高高瘦瘦，是掌勺师傅。老板是新疆塔城人，厨师和员工都是他的亲戚。因为过节，通关口岸关闭，没有车辆和人员来往，除了两口子和厨师留下看店，其他员工放假回国，探亲去了。

罗维孝冲女主人说了一堆"对不起"，这才对着瘦高个不好意思地拍拍肚子："这个点，你们肯定下班了。不过这家伙，它要给你添麻烦。"

罗维孝滑稽的表情、风趣的话语，引得刚才如临大敌的几个人笑出了声。

"你才会推卸责任呢！"瘦高个冲罗维孝扮个鬼脸，进厨房去了。

"坐坐坐！"老板娘将一张椅子推到罗维孝身边。罗维孝却摆摆手，说了一句"我还有个伙计呢"，径直走向门外。

"伙计"是他的自行车。看看KT板的大熊猫头像，再看看鼓鼓囊囊的行包，老板娘蒙了圈。她对罗维孝说："跑这么远来'遛猫'，太夸张了吧。哈萨克斯坦只有1700多万人，国土面积却排全球第九，几十公里不见人烟，常有的事。你的'伙计'要是半道上出了状况，呼天天不应，唤地地不灵。"

她的话头，挑起了罗维孝的得意："哈萨克斯坦，我只是借道，我和我的自行车，要到法国去！"

连老板也被这话吓了一大跳："看样子，估计你连'英格里席'都不会。一出国门，可不就成了哑巴？"

罗维孝这才如梦初醒般拍了一下脑袋："咋就忘了呢！我虽然没有'英国女婿'，但有'英国女儿'。"话毕，他从行包里取出个类似录音笔的东西，在夫妇俩面前一晃："我这'女儿'，是语言天才。"

好奇心化成一句话，从老板嘴里跑出来："你闺女的声音，我们听一听。"

快译通是从网上买的，临出发才到货，说明书只看了三行，就被一堆事挤到边上。临时抱佛脚，才发现佛脚不是随随便便抱得稳的。比这糟心的是，罗维孝翻遍行包，不见说明书的影子。罗维孝鼓捣半天，硬话软话说了一堆，"女儿"一言不发。

瘦高个这时候端来几串烤羊肉、一盘蔬菜、一碗马奶子，给了罗维孝短暂的安慰。可一番狼吞虎咽后，罗维孝的目光又斜倚在了"女儿"身上，愁肠百结的样子。男主人善解人意，宽他的心："不是还有手语吗？这门语言，聋子也能听清！"

老板娘仍是为罗维孝担心："你一个人在外面闯，家里人的心悬在半空。路上有什么情况，最好给家里通报一下，耽搁不得。"

听了她的，罗维孝拿出手机。离开哈国海关时，电话拨不出去，这会儿依然拨不出去。罗维孝好生沮丧：明明在国内就开通了国际漫游，这家伙却"水土不服"，成了哑巴，同快译通合伙怄人！

瘦高个接过手机，拨弄一通后说："手机没毛病，打不通，是因为这里没有国内网络信号。"

瘦高个这句话，无异于在热锅下加了一把柴。罗维孝头上冒汗："手机没信号，我就失联了。失联一天可以，几十天可不得了！"

瘦高个浅浅一笑："我有一张多出来的本地卡，你拿去用。只是里面没话费，你明天经过镇子时，别忘了充点进去。"

茫茫海面飘来一截木头，虽然不能带来足够的安全感，但手上到底有了抓拿。只是说到结账，罗维孝又埋怨起自己来。在伊宁，他将随身携带的钱大部分兑换成了美元，以为可以靠它打天下。然而，哈萨克斯坦的人难得用到美元，拿老板的话说，"见都没见过，根本不认识"。虽然饭店老板是中国人，可以用人民币结算，但是出了这间屋，哈国境内，没有坚戈，只怕寸步难行。他向老板说出了自己的担心，老板笑笑："这还不简单？换点给你就是。"

1元人民币兑换29坚戈，这里的汇率，和银行一样。再问吃饭、住宿怎么收费，老板说："我们没有住宿业务，但是你可以在毡房将就一夜，不要钱。至于吃饭，你就给个500块吧！"

"表面住宿不要钱，实际上，吃个饭，你高高举着竹杠。高点也行，可这是高上天了！"罗维孝还没出口的话，老板从他的脸上看见了。他这两个字补得及时："坚戈！"

这道算术题不难做，罗维孝松了一口气，脸却红了：吃和住，人家只要17元！

踏出国门的第一个夜晚有了容身之处，罗维孝的心，却迟迟难以安定下来。有钱不一定花得出去，60多年没遇到过的事，现在遇到了。这还不是最重要的。今晚碰见中国人，有话好说，有事好商量。明天只怕就没有这么好的运气了。快译通一天班还没上就退了休，往后这一路，谁为自己说话？连话都说不利索，路怎么赶？吃喝拉撒怎么解决？手机也成哑巴

了。虽是有了卡，是不是充得上话费，是个未知数。万一就此"失联"，家里人不得急个半死……

罗维孝不敢往下想了，可是他不招惹这些事，这些事偏要招惹他。侧身向左，一堆脑袋对着他问："之前怎么搞的？"翻过身去，又是一堆脑袋杵在面前："之后怎么对付？"

毡房外，风呼啦呼啦吹了大半宿。罗维孝的眼皮，下半夜才粘到一起。

第二天一早，罗维孝悄悄出门，没有惊动老板。知道人家难得放个假，难得睡个懒觉，他没好意思打扰。

四五个小时过去了，自从离开"加热肯特"，除了偶尔有民居散落在公路附近，除了满眼风吹草低，罗维孝没看见一个活物，包括牛羊。体力被坑坑洼洼的路面耗去一多半，却没有食物填充，残余部分面对低血糖的攻击，很快招架不住。强烈的饥饿感和眩晕感不断发起攻击，罗维孝快要撑不住了，哪知"扑哧"一声，后轮先趴了窝。

前不着村，后不着店。知道呼天唤地都是白费力气，罗维孝把体力里的残兵败将收拢起来，拉开架势补胎。就是这时，一辆轿车在他的旁边停下，3个20岁上下的年轻人下车向他走来。

来者何人？好人坏人？联想起霍尔果斯口岸边防警官说起过此处治安情况，罗维孝的心，像被一只手揉了一把。那只手并没有从他的心上离开，而是把蹲在地上的他提了起来。要说那时候大脑里还真不缺氧，起身、退步的这个过程，罗维孝想好了应对之策：走一步看一步，以不变应万变。如果他们只是路过搭讪，好说好商量。如果他们不怀好意，强龙压不过地头蛇，三十六计走为上。想到"走为上"，罗维孝把周边环境迅速做了扫描。"扫描"的结果让他心里略微踏实了一点：公路一侧是个缓坡，另一侧坡度很陡，汽车下不去。只要下了陡坡，他们拿他没辙。

那几个人似乎并没有要为难眼前这个外国人的意思。他们先是围着自行车转了一圈,再是对车上行包指指点点,在大熊猫圆圆的脸盘上细细抚摸,其中一个身穿"李宁"运动服、染了黄发的小伙连声高呼:"CHINA!PANDA!PANDA!CHINA!"

虽说英语到底有多少个字母在罗维孝这里是一笔糊涂账,"掐哪儿""潘得儿",同"三口油""估倒拜"一样,倒是都在他的掌握之中。罗维孝隐约看到了走出困境的曙光。

对方接下来叽里呱啦的一通话,在罗维孝听来,却像是在唱戏,且是"地方戏"。看来还得靠身体语言打交道,罗维孝从车架上取下水杯做牛饮状,又将杯盖拧开,杯口向下,倒出满瓶干渴。

对方眼神不差,反应也快,当中一个,朝车上喊了一句什么。

副驾驶座一侧车门打开,走出一个小伙。小伙也是20岁出头,两只手上,各拿着一瓶饮料。

接过其中一瓶,罗维孝拧开瓶盖,一咕嘟倒进口中。

焦渴的火苗被浇灭了,饥饿的火焰还在燃烧。

罗维孝拍肚子,像拍一面鼓。几个小年轻被逗乐了,刚才为他拿水那位,回车上取来三张饼。

一口气吃下两个,还想吃第三个,但是罗维孝劝住了自己。下一顿饭在哪里还不知道,得给自己留后路。

是时候各奔前程了,对方说"拜拜",罗维孝说"再见"。汽车开出很远还在向他鸣笛,罗维孝的眼泪不争气地流了出来。

"世上还是好人多",一路上念着这句话,罗维孝来到阿拉木图。

过去的76小时里,罗维孝完成了430.5公里行程。中间一个小镇有些规模,罗维孝再次交上好运,遇到一个在此工作的中国人,在同胞帮助下

中集 ｜ 向西，向西

中国·雅安·宝兴

充了话费，给家里报了平安。电话里，李兆先让罗维孝稍事休整，一来容身体喘一口气，二来也是熟悉环境，为接下来的行程摸索经验。罗维孝没有听她的，继续往前冲。哈萨克斯坦签证6月1日才过期，但是俄罗斯的签证，5月24日生效。同样是时间，该浪费的尽管挥霍，该抓紧的必须抓紧。这一路上，"一着不慎，全盘皆输"，罗维孝不敢犯错，不敢浪费时间。

阿拉木图这个地方，罗维孝以前就觉得亲切。1937年10月至11月，苏联第一批援华航空队队员从莫斯科出发，搭火车前往阿拉木图。从莫斯科运来的飞机在这里组装、试飞，苏联飞行员在这里集合，然后飞往新疆。此外，中国第一位"王牌飞行员"——雅安芦山人乐以琴，也曾在此地接受培训，驾机飞往国内。因为"亲上加亲"，罗维孝出发前查阅资料，阿拉木图这一页看得细。他由此得知，这座城市1936年到1991年间为哈萨克苏维埃社会主义共和国的首府，1991年至1997年间为哈萨克斯坦共和国首都。1991年，《阿拉木图宣言》在此签署，正是这一纸文件，宣告独立国家联合体的诞生。如今，虽然首都的光环不再，这个哈萨克斯坦共和国最大城市、"一带一路"重要节点城市，仍是中亚地区第一大城市，仍是哈国乃至整个中亚的金融、工业、科教中心。

来到阿拉木图市区，草原上那一套不管用了，罗维孝被一泡尿憋得难受不堪。他不知道哪里有公共厕所，也不知道这地方是不是有公共厕所。渴了可以指着嘴巴，饿了可以拍打肚皮，"撒尿"两个字，手怎么"说"？哪里告急指向哪儿，不被人打成熊猫眼才怪。罗维孝的手，"哑"了。然而，水火不留情，没有泄洪通道，保不住会堤毁人亡。眼看就要决堤了，罗维孝的脑子里嗡嗡响个不停。

一家饭馆门口的广告，给了罗维孝解决问题的灵感。画面上，一个小屁孩端着自己身上的茶壶嘴儿，茶壶嘴儿高山流水，滋滋冒着热气。罗维孝进到店中，将一个伙计拉到门口，指指画面上的茶壶嘴儿，再朝胸口指指自己。亏得罗维孝的"手语作文"不算偏题，伙计的理解能力超强，洪水才没有泛滥成灾。

找旅馆，又是一道难题。双手合十放在耳边，将头一歪，这样的手语并非人人都懂。偶尔有人猜对，询价砍价，又是一道沟壑。也曾找到两家酒店，罗维孝前脚进大厅，后脚退出来。酒店太豪华了，和他的预算不匹配。另两家看起来亲民些的，除了坚戈，别的都不认，而罗维孝身上的坚戈，只剩几张零钞。

罗维孝怏怏走在街上，满眼都是天线，却没有一根可以接通。深藏在人群里的孤独如野马狂奔，"嘚嘚"之声越来越响亮，越来越急促。罗维孝的脑子清醒起来：这样下去，我会不会疯掉？

也许疯了还好，至少不会被世界近在咫尺却又远在天边的现实摧残折磨。罗维孝的嘴角，溢出一丝苦笑。

中国·雅安·宝兴

— 13 —

来不及道别

　　碰了一鼻子灰，罗维孝站在酒店门口生闷气。他生别人的气，也生自己的气。"别人"是街上行人，也是酒店职员。他们没有耐心听他的手说话，对风尘仆仆的他，缺乏兄弟般的热情、同志般的关心。默默批评自己，他更是不留情面：都说不打无准备之仗，你呢？一门外语没学过，还不知道提前落实好"翻译"。这个错误就够严重了，还有另一个——"弹药"虽是备得足，"枪""弹"却不配套。下了地狱才后悔，说的就是你这号人！

　　罗维孝的视线，无意间和自行车车头前方的大熊猫的视线碰撞在了一起。大熊猫咧着嘴，笑得没心没肺。鬼知道它在笑啥，但是此刻，罗维孝认定了，它在嘲笑自己无助、无奈、无能。它这一笑，罗维孝反倒镇定了些。"知耻后勇嘛"，他是对着它说的，更像是对着自己。

　　一串铃声从远处传来。循声望去，一个30多岁的男子，骑着一辆自行车，车轮转得飞快。那人只是从眼前经过，没有停下，也没有减速的意思。"骑友"这个概念，在罗维孝10余年的骑行生涯中，早已深入骨髓。骑友也是友，在家靠亲人，出门靠朋友，向他求助不算碰瓷。罗维孝大脑反应快，手脚也不慢，推着自行车向前几步，将洋骑友和他的"洋马儿"

截停下来。

对方脸上堆满愠怒之色，直到被眼前这个冒失鬼的长头发、长胡子和挂满行包的自行车激起兴趣。他更感兴趣的是自行车车头前的小可爱。"PANDA！ PANDA！"洋骑友脸上、眼里，满满都是惊喜。

意识到眼前满面尘土的异乡人有事求助，洋骑友拿出了十足的热情。罗维孝的手，替他开了口："我要睡觉。"

他的嘴巴，其实也没闲着。

这一次没有对牛弹琴。洋骑友向着刚刚过来的方向指了指，掉转车头，翻身上车，说了一声"GO！"

"GO"，罗维孝听成了"走"！当时他还在纳闷，洋骑友既然会说汉语，干吗不多说两句。

开心不过100米，洋骑友的自行车掉了链子。

链条从齿轮脱落，套上去要不了两秒钟。可洋骑友拨弄半天，无济于事。

罗维孝凑上去，一眼看出，自行车因变速器乱挡导致链条脱落，而没有脱落的部分，卡死在了链盘、车架之间。同自行车的交情，对方显然不如自己深，罗维孝撸袖子当起修理工。很快，链条解放出来，车轮转成风车。

洋骑友从车座下取出一张毛巾，递给罗维孝。擦过手，还回毛巾，罗维孝说出一个"走"来。

他是投石问路，看对方是不是真的会说汉语。

人家耳朵好着呢，没有听成"GO"。

罗维孝不知什么地方出了问题。却见洋骑友摸出手机，翻找起了电话号码。

"这是要把我交给110？"罗维孝迅速否定了自己的想法，"这边不一

定有110。就是有，想图省事交出去，他早出手了。"

　　洋骑友要他接电话。罗维孝彻底蒙圈了。这样的情况在国内遇到过，多半是晚上九十点钟，喝高了的朋友给朋友打电话，听说旁边还立着个他，非要大着舌头东拉西扯，不着调地侃上一通。可这是什么地方？哪里来的朋友？

　　罗维孝还在犹豫接还是不接，手机已被塞到手上。狐疑地贴到耳边，条件反射地"喂"了一声，他的嘴巴合不上了。电话里，一个声音说："我的朋友，就是你帮忙修车的那位，是个律师。朋友说你帮他修了车，他还说感觉你是个中国人，看样子遇到了麻烦。"

　　三天没听到中国话了，突然听到，罗维孝怀疑自己身处梦中。然而，他看见了，太阳明晃晃挂在空中，他听到了，电话里的人还在说话："我叫胡尔曼·谢力克，新疆人，在中铁中亚办事处工作。我的工作地点就在阿拉木图，你别走开，我马上开车过来。"

　　"好，好，好……"听筒里传来忙音，罗维孝还舍不得从耳边移开手机。

　　幸福来得太突然。不大工夫，一辆黑色越野车开过来，一个四十上下、穿条纹衬衫的男子下车后，径直走到罗维孝面前，向他伸出右手："你好，我是胡尔曼·谢力克。"

　　"起先不好，现在好了！对了那个，我叫罗维孝，我想找一个旅馆，但他们听不懂我说的话。好在遇到这位兄弟，带我找旅馆，哪知车子掉了链子……你若不来，今天晚上，我恐怕只能在大街上过夜……"罗维孝握住对方的手，激动得语无伦次。

　　胡尔曼·谢力克和律师朋友上了车，让罗维孝跟在后面。当他们把罗维孝带到一家门脸气派的宾馆门口时，罗维孝发现，自己先前曾经来过，又被自己的预算请了出来。上次没进去，这次当然也是。他笑着告诉胡尔曼·谢力克："我想另外找一家旅馆，价格跟你这个人一样温柔。"

胡尔曼·谢力克会心一笑，露出两排整齐的牙齿。和律师朋友简单商量后，胡尔曼·谢力克示意罗维孝继续跟在汽车后面。接下来去的这家旅馆具有慈善背景，房费只要1000坚戈，很合罗维孝的意。

第二天早上，不到8时，罗维孝正办理退房手续，胡尔曼·谢力克再次出现在他的眼前。头天临走时，胡尔曼·谢力克主动问起罗维孝在阿拉木图的行程，表示愿意为他担当向导。兑换坚戈、到邮局"报到"、去阿拉木图移民局办理落地签，罗维孝并没有十足的把握能顺利搞定，但是考虑到接下来还将不止一次面对这些问题，他决意将其作为一次"实习演练"。至于到中国驻阿拉木图总领馆去认门走亲戚，他则胸有成竹——"自己家的地盘，还不是来去自如？"胡尔曼·谢力克最放心不下的，恰好是罗维孝未必进得了总领馆："去总领馆，至少需要提前15天预约。警戒区由哈方负责值守，没有预约，相当于你没有通行证。"

"一定要去？"胡尔曼·谢力克问。

"必须去。使领馆就是远方的家。"

先易后难。有胡尔曼·谢力克这张活地图协助，罗维孝办妥前三件事，没走一步冤枉路。当他们兴冲冲去总领馆时，好话说了一大堆，安保人员却是寸步不让，罗维孝才知道胡尔曼·谢力克昨日所言非虚。

罗维孝取出护照、盖满邮戳的旗子和《问道天路》，作为敲门砖。两个保安却如见了炸药雷管般警惕起来，要他立即退出警戒线。

罗维孝还想打嘴仗，胡尔曼·谢力克拦住了他："就当入乡随俗，客随主便吧。毕竟使领馆外面的土地，每一寸都是人家的。"

弯道超车，胡尔曼·谢力克拨通总领馆值班室电话，简要介绍了罗维

中国·雅安·宝兴

孝的情况。几分钟后,负责文化事务的黎领事打来电话:"杜德文总领事对罗老师非常赞赏,但是他有重要外事活动,委托我和赵领事同你们会面。"

回了一趟远方的家,又如愿以偿地在骑行旗、笔记本和《问道天路》上加盖了中华人民共和国驻阿拉木图总领馆大红印章,罗维孝浑身每一个毛孔,都在咧着嘴笑。

道了谢,罗维孝就要出发了。胡尔曼·谢力克却不答应:"不回家是缺乏家庭观念,不陪我吃顿便饭,是不给我面子。"

罗维孝连连摆手:"已经没少添麻烦,怎么好意思再让兄弟破费?"

"你都拿我当兄弟了,客什么气?"胡尔曼·谢力克说完,不由分说,推上罗维孝的自行车便往前走。

只有客随主便了。边走边聊,两个人来到一家新疆人开的饭馆。

从头天到当天,胡尔曼·谢力克像一个提问机,一有机会,就把脑子里层出不穷的问号挪到罗维孝面前。之前问罗维孝的骑行经历,问他如何说服家人同意并支持他的"骑游事业",问芦山地震的创伤和重建,问大熊猫的前世今生。上菜、吃饭的间隙,"提问机"又启动了:"罗老师,这一趟天远地阔,花费不是小数字。有这笔钱,飞来飞去玩两趟,也是绰绰有余,干吗非要当这自讨苦吃的苦行僧?"

罗维孝反问他道:"想听真话,还是想听假话?"

"假话,就别说了吧。"

"这年头,真话往往没人信。"

"我信。"

"真信?"

"真信。"

"那好,我摆几句老实龙门阵。就拿老弟来说,至少精通两国语言,这身本事，在哪里找不到饭吃？出国，为啥？为个活法！活法对了，苦也是甜，活法不对，睡在金山银山上，该失眠照样失眠。"

见胡尔曼·谢力克双手支在腮帮子上，专注如一个小学生，罗维孝的演讲天赋被进一步激发："三万里路上，我有四个心愿：走一走祖先的路，晒一晒熊猫的家谱，亮一亮中国人的肌肉，圆一圆心里的梦。你也别笑我吃大白菜的命，操天下人的心。想当年八国联军到中国，干了多少丑事坏事龌龊事。今日中国，再不可同日而语，他们当中，有人未必知道。即使知道，未必承认。走这一趟，我想让西方重新认识东方，我要用我这个中国人的一把老骨头，在那边敲出点动静……"

说话间酒菜端了上来。担心影响次日赶路，罗维孝一再推辞。胡尔曼·谢力克妥协了，妥协得却不彻底："俗话说，酒壮英雄胆。俗话又说，美酒配英雄。罗大哥如关云长单刀赴会有胆有魄，兄弟心中的佩服二字，必须借一杯啤酒代替！"

既然是"必须"，既然是一杯，罗维孝改了主意。他想起了胡尔曼·谢力克昨天说过的话：入乡随俗，客随主便。这两句话，接下来的行程里用得着。此时此刻，就是接下来的开始。

接过酒杯，接过胡尔曼·谢力克的话，罗维孝说得坦诚："要说佩服，哈萨克斯坦有那么一点儿你不得不服。一个屋檐下住着约140个民族，兄弟不阋于墙，大智慧。"

胡尔曼·谢力克端起酒杯："你有英雄气概，有家国情怀。遇到你是我的福气，有缘千里来相会，我满心满意敬罗哥一杯！"

碰杯，干杯，续杯。续杯是罗维孝主动提出来的："兄弟，这杯我敬你。雅安山好水好人好，你一定要找机会去一次，陪我喝两杯！"

他这一说，胡尔曼·谢力克的心思上了路："你接下来的行程，免不

中集 | 向西，向西

中国·雅安·宝兴

了紧赶慢赶。不过，无论如何惜时如金，到了晚上，千万别走夜路。在哈萨克斯坦，'狼外婆'不是传说。"

罗维孝笑笑，"我给家里写过保证书，安全第一，不走夜路。所以，狼，不怕。"略微停顿，他又说："要说怕的也有，哑巴赶路，容易赶成死路。"

好像是早就准备了这句话，胡尔曼·谢力克说："我开车带你出城。出了城，就是M36号公路。另外，我给你写个纸条，路上遇到人，让它帮着问路。"罗维孝正感动得不知说什么好，胡尔曼·谢力克又说："我的手机24小时为你值班，在哈萨克斯坦境内，遇到意外状况，随时打电话过来。"

哈萨克斯坦境内行程，多亏有胡尔曼·谢力克（左）"导航"

罗维孝感动得都说不出话了，他端起杯子，用杯中酒把涌至眼眶的液体压了下去。

平时不怎么喝酒的罗维孝差不多是创下了个人饮酒史上的最高纪录，直接后果是第二天早上和胡尔曼·谢力克见面时，他想打个招呼，却先打出一个酒嗝。

跟在胡尔曼·谢力克的汽车后面向M36号公路进发，罗维孝很难不想起这位古道热肠的小兄弟两天来无微不至的关照，想起真情和友谊的点点滴滴。人一分神，自行车又少汽车两个轮子，"四条腿"和"两条腿"，不知怎么就拉大了距离，大到罗维孝的目光，捕捉不到前车踪影。罗维孝正着急呢，车胎爆了。当然不能在大街上补胎，罗维孝把车推到街边，从行包里翻出笔记本，寻找胡尔曼·谢力克的电话号码。他的声音是沿着另一个刚刚从对方手机里撤退的电话的路线传过去的，因为先前心思用在了通话上，胡尔曼·谢力克也是这时才知道他掉了队。罗维孝说不清自己所在位置，胡尔曼·谢力克只有掉转车头慢慢搜寻。偏偏这时候，领导打电话来，有个十万紧急事务，胡尔曼·谢力克必须赶去处理。

来不及道别，罗维孝已是单枪匹马。靠胡尔曼·谢力克头天写好的纸条领路，罗维孝好歹是出了市区，连猜带估摸，将自行车车头，对准了M36号公路。

哈萨克斯坦的公路宽度不成问题，路况却无法和国内相提并论。自行车像蜗牛在老树上顽强蠕动，皲裂的树皮，消解着它的努力。不知将在何处落下的夜幕，隐伏在夜幕里的传说，驱使着罗维孝铆足劲儿赶路，就连吃口干粮喝口水的时间，他也节约到了极致。

天一点一点黑了下来。挂在自行车车头前方的电筒，成了唯一光源。

天上没有月亮，没有一丝星光。四下一片漆黑，无边无际的草原，被

宽广的黑暗和寂静占据。此刻，荒野中的独行者，密不透风的夜的帷幕笼罩下的车载电筒，如同海面上的一粒帆影，沙漠里的一棵草，是明明有，却更像无的存在。埋头骑行3个多小时后，罗维孝呼吸越来越急促，心跳声越来越大——他想起了胡尔曼·谢力克的话，"到了晚上，千万别走夜路。在哈萨克斯坦，'狼外婆'不是传说"。远处偶尔传来狼嚎——也许只是风声，被耳朵误读成了狼嚎，罗维孝感到浑身肌肉在不断收缩，要缩成一个核桃、一粒黄豆才罢休似的。他的心，比灯光晃动得还要厉害。

这天的目的地是科帕。但是一个小时前，甚至更早一些，罗维孝已经打定主意，任何一个村庄，都可以成为他的科帕。意志力推着罗维孝一点点往前走，此刻，他已不是赶路。他在逃生。

双眼花了。罗维孝腾出一只手揉了揉，又好像没花。

前方亮着几盏灯，稀稀拉拉，却又结结实实。

23时13分，罗维孝对着不远不近的几盏灯，向自己讨要答案：这里是科帕？

应该是的。阿拉木图到此地的里程，和路书上标注的差不多。

又像不是。科帕虽然不是一个大地方，但是，似乎不至于冷清至此。

总之是有地儿落脚了。然而，罗维孝心里还没晴开，又被阴影填满。

——越来越近的，快速奔跑的阴影。

14

"值班电话"

说如临大敌一点也不为过——别说两匹狼，就算只有一匹也不好对付。罗维孝顺手推倒自行车，拳头捏成石头，马步一蹲，做出了破釜沉舟的架势。

说不上殊死一搏，就连虚张声势也并非出自他的本意，这一连串动作，只是条件反射。

两张黑影居然慢了下来，"汪汪"叫着，停在五六米外与他对峙。

是狗，不是狼。当耳朵做出判断，罗维孝松了一口气。也是这时，远处，有人大声喊话。狗吠闻声而止，无边无际的寂静，从四周包抄过来。大约有三秒钟，空旷的原野上，罗维孝只能听见自己的呼吸和心跳。他不知道远处站着什么人，不知道接下来会发生什么，不知道该如何应对。

孤绝、悲壮的情绪，如黑夜般弥漫在他的心间。

一串脚步声由远而近，一个人在离罗维孝两三米处停下。借着电筒灯光，罗维孝得以看清，这是一个50多岁的男子，上身穿黑T恤，外面套红背心。相由心生，罗维孝安慰自己，这个人看起来不像坏人。由于逆光，对方看清罗维孝，节奏慢了半拍。当这半拍跟了上来，他的脸上，显得阴晴不定。

中国·雅安·宝兴

闯入者看起来是一个外国人,这是他不曾想到的。这个外国人粗服乱头的样子,更是令他吃惊。

罗维孝先开了口:"这里是科帕吧?我是中国人……"

除了眼睛睁得更大了些,对方毫无反应。罗维孝这才反应过来,我和他,都是"外国人",而自己说的,在对方,也是"外语"。

罗维孝指着自行车,又指着自行车车头前的大熊猫,尽可能简单地告诉对方,他从哪里来,要到哪里去。他知道自己说的纯属"废话",但是"废话",这时候也是无用之用——僵局,"打"才能"破"。

那个人嘴里又冒出两句话来。

他在说什么?

"我听不懂"?

"你需要什么帮助"?

那个人的话罗维孝听不懂,而罗维孝比画半天,人家也是一"字"不识。说不清自己的意思,听不懂对方的话,自己就成了哑巴聋子,就不能在这里落脚,也就意味着,今天的流浪至此只是打了一个逗号,而句号不知躲在何方。短暂松手的巨大的危机感,重新攫住了罗维孝的心脏。

对方掏出一部手机,盯着手机屏幕,可能只是想看看时间,也可能是在考虑,要不要给什么人讲讲这里的情况。僵局就这样被打破了——他的手机,让罗维孝记起"值班电话"。

从自己的手机里调出胡尔曼·谢力克的电话号码,罗维孝又有些犹豫。这个时间,他真没关机?就算果真如此,这个时候叫醒人家合不合适?而且,就算人家真愿帮忙,隔天隔地的,只怕也是鞭长莫及?

"值班电话"竟然通了!

胡尔曼·谢力克的声音,是埋怨、兴奋与焦急的混合体:"罗老师,你可急死我了！从中午到现在，我反复给你打电话，都是无法接通。我担心你在哪个分路口走错了路，或者遇到危险。你打电话来，我心头一块石头，总算落了地。"

一股暖流涌上心头，填满眼眶。一盏灯的等候是家的温暖，一部手机的等待是亲人的牵挂。在深不见底的黑夜，在异国他乡的土地上，也有一个人、一盏灯、一部手机，期待着自己的消息，牵挂着自己的安危，这样的温暖，如何不让人心潮澎湃？毕竟不是抒发感情的时候，而且眼前还立着一个人，立着一个困境，罗维孝感谢的话说得简洁，说明眼下处境，也只用了三言两语。

胡尔曼·谢力克听明情况，让罗维孝把电话交给眼前的人。胡尔曼·谢力克像一条船，罗维孝和对方，是隔河相望的两岸。有了船，两岸交流便捷多了。"逗号"变"句号"，眼前这位哈萨克族牧民决定免费接待罗维孝，并为他准备第二天的干粮。

"床"是布艺沙发，主人拿来枕头被子，罗维孝却连连摆手，继而钻进随身带的睡袋，把头靠在垫了自己衣服的沙发扶手上。他怕弄脏沙发、寝具，主人看得明白。主人的热情却不是罗维孝全然拒绝得了的，当他拿来羊皮袄搭在睡袋上，罗维孝连声道谢，从心底捧出"三克油"。

那一夜，罗维孝睡得香甜。

第二天早上，罗维孝起床后，男主人和看起来是他母亲、妻子与一对儿女的家人已等在大理石餐桌旁边。桌上摆满面饼、蔬菜、奶酪，还有一大盘手抓羊肉，当地人叫它"别什巴尔马克"（罗维孝后来知道，哈萨克斯坦人早上一般不享用"别什巴尔马克"，将这道哈萨克族经典美食错时奉上，完全是拿他当了贵客）。面对马奶茶般浓郁的盛情，一向粗枝大叶的罗维孝，感动、兴奋又忐忑。想要一片树叶却得到一片森林，这让他喜

中集 | 向西，向西

中国·雅安·宝兴

好心的一家人，帮助罗维孝度过"可怕"之夜

不自禁，也让他踟蹰不安。

　　享用完丰盛美味的早餐，男主人递给罗维孝一本相册。当一个五口之家的生活在眼前打开，那首以"江村"为题的诗，像舒缓温柔的背景音乐，萦绕在罗维孝的脑海。相册翻完，罗维孝却是意犹未尽。从行包里取出《问道天路》，他指指扉页上的老者，又指指他们面前的自己，脸上那一片天，比屋外还要晴朗。虽然语言不通，但是从男主人和他的家人脸上，罗维孝看见了想要看见的欢愉。

　　又到了告别的时候，男主人将一袋吃的递给罗维孝，却无论如何不肯收钱。双方正相持不下，胡尔曼·谢力克打通了罗维孝的电话："昨天你走错路了。眼下有两个选择，一是原路返回阿拉木图，找到M36号公路的起点；二是通过一条乡村便道，斜插到M36号公路。抄近道比原路返回，大约节约200公里。"

"当然走近道！"罗维孝脱口而出。

"但是，"胡尔曼·谢力克接续上了被罗维孝打断的话，"这条多年前修筑的路，因为沿途人烟稀少等原因，早已废弃不用。因此，这条路上，水和食物没有保障，手机信号时有时无，路况非常糟糕。如果不是十万火急，不建议你去冒险。"

胡尔曼·谢力克说话的时候，罗维孝也在思考。时间本就不够用，还走了一天冤枉路，如果舍近求远，往欠下的账上再添一笔，偿还的压力就更大了。

想到这里，罗维孝对胡尔曼·谢力克说："没有路还可以闯一闯，何况有路。"

胡尔曼·谢力克仍是放心不下："罗大哥，这里毕竟和国内不同。人生地不熟，还是小心谨慎为好。"

"胆大骑龙骑虎，胆小骑猫骑兔。前怕狼后怕虎，我就不出来了，大门不出二门不迈，最安全！"罗维孝一副胸有成竹的语气，"吉人自有天相，放心吧兄弟！"

红背心一家把罗维孝送到路口。自行车骑出很远，他们还在原地挥手。罗维孝忍不住一次次回头，眼见着五个人被传送带一样的公路，慢慢送往天边。当人影渐变成黑点，天空下起雨来。罗维孝伸手去抹脸上的雨珠，才发现那一场雨，是从心里头下下来的。

当天天黑前，罗维孝回到了通往哈萨克斯坦首都阿斯塔纳的M36号公路。当晚，罗维孝借宿在一个纤维板和塑料布搭就的窝棚边上。这是一个简陋到了接近于露天营业的路边临时小饭馆，为过往司机和旅客提供简单餐食。起初，老板并没有收留他的意思，因为仅有的一张床，也是由两张

方形餐桌临时组合而成。好在此地有手机信号,罗维孝请胡尔曼·谢力克帮着说了一通好话,老板勉强答应,以400坚戈,"卖"一个铺位给他。

其实也说不上铺位,只不过是同意他在这里打地铺。想着至少不担心狼出没,罗维孝在心里说了几个"运气好"。罗维孝翻出帐篷、睡袋准备睡觉,老板却对着他发了一通脾气。过了半天,罗维孝才明白过来,饭店还没到打烊时间,自己往地上一躺,相当于断了人家的财路。

总不能枯坐傻等。通过手机短信,罗维孝向亲人、朋友分享心情:

我作为一个现代人,年过花甲还能骑着"洋马儿"穿行在古丝绸路上,用双脚丈量亚欧版图,穿越别国的疆土,一路上尽管受尽磨难吃尽苦头,但阅尽美景无限。且歌且行,且行且摄,我已用相机拍摄了上千张人文自然美景。横跨亚欧,尽显CHINA老年骑士风采,吾此生幸矣,足矣!春风得意马蹄疾,不用扬鞭自奋蹄!

晚11时,老板长长打了一个哈欠,示意罗维孝,可以就地卧倒了。却是一个无眠夜——窝棚就在公路边,每当有车经过,像是地震来袭。好不容易迷糊过去,却有人拍他的肩膀。原来是饭馆老板提醒他:天快亮了,我要营业了,你该走了。

太阳跃出地平线时,罗维孝的双脚已在脚踏板上。近处是开满鲜花的草甸,稍远处的浅丘上,叫不出名字的树木精神饱满,再远处,草甸、浅丘交替着向看不见的天边延展。朝阳的光芒柔软可人,花、草、树木和泥土发出的香味,被微风调和在了一起,使得那香味立体可感,而那看不见的柔软,化身为了心情的美容师。罗维孝情不自禁哼起了《春之声》,哼到动情处，他怀疑进而坚信，这清润娟洁的旋律，就是为此时此刻的此情此景而生……

耳边传来异响，自行车出了状况。

检查发现，变速器莫名乱挡，链条断为两截，其中一端卡在变速器里，死活取不下来。强制脱离只怕适得其反，罗维孝不敢任性，只能向路过的司机求助。

先后有两个司机停车，尝试帮罗维孝解决故障，却都徒劳无功。罗维孝再次拨通"值班电话"，胡尔曼·谢力克给出建议：想办法搭乘汽车，去有条件的城市修车。

又一辆小型货车的司机为罗维孝踩下刹车。得知货车将前往阿斯塔纳的反方向后，胡尔曼·谢力克拜托司机将罗维孝捎到头晚借宿的小饭店，在那里找到纸和笔，写清罗维孝面临的困境，请求顺路的司机捎他到阿斯塔纳。

司机答应了。罗维孝和他的自行车，搭上了一辆来自乌克兰首都基辅的货运汽车，这辆车的目的地，正好是阿斯塔纳。胡尔曼·谢力克已替罗维孝打听清楚，两地之间虽然有一个城市，但生了病的自行车不可能在那里找到医院，因为哈萨克斯坦地广人稀，自行车只是极小众的娱乐工具，就算在阿斯塔纳，能否找到修车铺，找到配件，也是未知数。

同好心的司机交流，罗维孝全程靠手，对方也是如此。一会儿你比我猜，一会儿我比你猜，双方竟把对方的"话"，"听"了个八九不离十。比如当罗维孝说出"我渴""我饿"时，对方立马给他吃的喝的，而当他提出不能白吃白喝，对方所"说"的"事情不大，算了算了"时，他也听得明白。

货车司机以车为家，白天开车，晚上住在卧铺。当晚，司机有意让罗维

中集 ｜ 向西，向西

中国·雅安·宝兴

·151·

帮助罗维孝走出困境的乌克兰司机

孝睡卧铺，自己在驾驶座上和衣打盹，罗维孝哪敢僭越。上半夜，罗维孝睡得还好；下半夜，气温下降，他几次冻醒。天快亮时，罗维孝感到一群蚂蚁在脖子上结队游行，睁眼方知，不知啥时候，司机为他盖了一床毛毯。

因货车不能进城，第二天，快到阿斯塔纳城区时，司机把罗维孝和他的自行车卸在了一家饭店。见这位带他走出窘境的司机对自行车车头前的胖家伙喜欢得不行，罗维孝取下胸前的大熊猫徽章，双手奉送给他，又请饭店伙计帮忙拍了一张合影，这才满怀不舍地同他道别。

罗维孝又一次被抛到了语言的荒村。关键时刻，还得拨打"值班电话"，而这个电话，从不让他失望。

"如果找不到修车的地方怎么办……"罗维孝道出了他的担心。

胡尔曼·谢力克过了两秒钟才回答，但是语气笃定："实在不行，去找大使馆！"

"都这时候了，老弟还有闲心开玩笑。"罗维孝郁郁地说，"大使馆开修理铺——还是自行车修理铺，这也太离谱了！"

"罗哥你这是典型的聪明一世，糊涂一时。大使馆是一根藤，华人华侨，都是藤上的瓜。那么大一个华人圈，未必拿一辆自行车没办法？"先于这段话，胡尔曼·谢力克的笑声传进耳朵。

罗维孝这才开了窍："对呀，有困难找警察，在国外，大使馆不就像咱们的保护伞吗？我刚到阿拉木图时，大使馆还发了欢迎短信！"

15

惊动大使馆

在阿拉木图时，黎领事给了罗维孝中国驻哈萨克斯坦大使馆的值班电话。电话接通，值班人员问清情况后表示，马上把他的情况向领事部汇报。

不多一会儿，罗维孝手机响了。有人在听筒里说："我是中国驻哈萨克斯坦大使馆领事部主任，我叫窦晓兵……"

像一个失足落水的人在一阵扑腾后踩到河床，罗维孝心花怒放："总算找到组织了，窦主任。我这会儿呀……"

窦晓兵打断了他的话："你会英语吗？"

"不会。"罗维孝敛起笑容。他不知道人家干吗问这个。

"哈萨克语呢？俄语呢？"

"也不会。"

"德语、法语会不？"

"不会。"

"那我就不明白了，你一个六七十岁的老者不好好在家待着，一个人跑这么远，不是瞎胡闹吗？"从对方的语气里，罗维孝看见了一张紧绷着的脸。

"我办了护照，办了签证，做了路书，怎么就瞎胡闹了？"

"一门外语都不会,一个人骑车满世界跑,不是瞎胡闹?"

"从四川到新疆,从新疆到阿斯塔纳,几千公里路,我这不是走过来了吗?!"罗维孝提高了声调。

"那是运气好。运气差点儿,会出大事的。闹得不好,还会引起外交纠纷!"窦晓兵的语气愈发严厉。

罗维孝来了气:"窦主任,您可别逗啊!我是中国公民没错吧?您在大使馆上班没错吧?大使馆有责任为中国公民服务,这也没错吧?"

罗维孝连珠炮似的发问,窦晓兵万万没想到:"这么说你还有理了?"

罗维孝答得不卑不亢:"不仅有理,还控着股呢!"

窦晓兵的音量有所下调:"看样子,你的自行车,大使馆不管不行?"

罗维孝答:"这个我说了不作数。就连首问责任制在这里作不作数,我也不知道。"

听得出窦晓兵也很犹豫:"你既不是政务考察,也不是商务活动,而是纯粹的个人行为……"

这次,罗维孝打断了他的话:"您可以说我是个人行为,我也可以说我是热爱自己的国家,传播中华文化。"

窦晓兵的语气彻底柔和下来:"归根结底,我是为你的安全担心。既来之则安之,我先给你联系一家华人旅馆。至于修车,我发动华人提供帮助。不过预防针我可打在前面,修得好修不好,不敢打包票。"

饭店地处郊区,很难打到进城的车。在窦晓兵的沟通下,正好要进城办事的饭店老板的女婿,同意将罗维孝捎带进城,只是他的轿车空间狭小,无法将自行车一并带走。50天来,罗维孝没有和他的爱车分开过,将它孤零零扔在这里,他不放心。可是,他也知道,暂时的分开,是为了更好地团聚。

中国·雅安·宝兴

饭店老板的女婿——一个肌肉发达的大高个——把罗维孝送到窦晓兵联系好的旅店，留下一张名片，匆匆走了。旅店老板沙克什60岁开外，是阿斯塔纳侨领。握住罗维孝的手，沙克什说："听窦主任讲，您是大熊猫文化使者，是一个平民英雄。"

罗维孝没想到窦晓兵会如此这般"当面一套背后一套"，也没想到眼前的沙克什，会让他生起相见恨晚之感，因此也就直奔主题，"我的自行车出了状况，得想办法尽快修好"。

"自行车在阿斯塔纳是稀罕玩意，修自行车只怕比修飞机火车还难。"沙克什面有难色。不过紧接着，他又安慰罗维孝："汽车修理厂，我们中国人还是开了那么几家。汽车修得了，自行车——应该也修得了。"

第二天一早，一个名叫塔力哈提的华人开着越野车，到酒店接罗维孝，去取他的自行车。塔力哈提告诉罗维孝，他2006年从新疆阿勒泰来哈萨克斯坦念大学，毕业后留下，经营汽车配件。

照着大高个留下的名片上面的电话打过去，传回的却是忙音。循着地址找上门，是一家俄罗斯人开的拳击教练馆。教练馆的人说，这里的确有这么一位外聘教练，但他的电话长期关机。由于他是外聘教练，相互了解不多，同事也不知道他具体住哪里。

"存款"暂且不说，任务结束前，自行车和行包里的证件、资料，抵得起半条命。半条命说没就没，半边天说塌就塌，罗维孝傻了眼。

罗维孝失魂落魄，塔力哈提感同身受。待罗维孝情绪稍稍稳定一些，塔力哈提说："我们去M36号公路边上找一找，或许能找到那家饭店。"

只能如此了。头天进城已是黄昏时分，到处都是月朦胧鸟朦胧，加之罗维孝当时并未留意路边建筑，找一个并不起眼的饭店，等同于大海捞针。塔力哈提的神情，从焦虑到疲惫："昨天走的，到底是哪一条路？"

"也许就是这条路……好像又不是……"如此答过两次后，罗维孝不说话了。

汽车来回转悠，没有目的地，没有尽头。

"看来只有报警了。"油表快到底了，塔力哈提的耐心，也到底了。

"不行不行！"罗维孝连连摆手。

"为啥不行？"

"也许人家并非恶意。事情到了警方，一个小误会，没准会引申为国际问题。"

话音落处，罗维孝眼睛亮了——他看见了那家饭店！说起来真要感谢刚刚停在饭店门前的一辆货车，是它重复的昨日场景，激活了罗维孝的记忆。

汽车从转盘处掉头回来，刚一停下，罗维孝便以百米冲刺的速度冲向餐厅后院。

半条命失而复得，罗维孝喜极而泣。老板也很好奇："你们是怎么找过来的？"罗维孝请塔力哈提转告他："靠直觉，靠信念。"

塔力哈提开着车，找遍了阿斯塔纳的主要街道，真的没找到一家"自行车医院"。眼见罗维孝蔫得像断了电源的充气拱门，塔力哈提说："到我的汽修厂试试吧。"

"这岂不是高射炮打蚊子？"罗维孝嘴上这么说，心里却想，只怕炮管打烫，未必能占着蚊子便宜。

塔力哈提从电话里揪来几个朋友，其中一个叫藏哈尔的留学生，出国前爱玩摩托车，成了"临时首席工程师"。有道是三个臭皮匠顶个诸葛亮，蛮力加巧力，车还真修好了。只是，藏哈尔告诉罗维孝，偏方治怪病，治标不治本。这个型号的自行车，哈萨克斯坦肯定没有，因此，在哈

国买到配件断无可能。

　　解了燃眉之急，已是不幸中的万幸，罗维孝对塔力哈提、藏哈尔等人千恩万谢。塔力哈提边洗手边回过头说："要谢就谢大使馆。我们在外面全靠大使馆撑腰——国家腰杆硬，我们腰杆才硬。"

　　以前听到这样的话，罗维孝会垂下耳朵。他听不得别人唱高调。高调里往往藏着阴谋，他一向这样认为。但有时例外，比如此刻。

　　塔力哈提的话无意间提醒了他，该去大使馆，当面道一声谢。罗维孝给窦晓兵打电话，请求接见。窦晓兵说，客气话就不说了，不过，我还是愿意和你这个远道而来的独行侠摆摆龙门阵。

　　说定了次日一早见面，窦晓兵让罗维孝等在旅馆，他派车来接。罗维孝谢绝了他的好意，坚持骑车过去，理由是他想借此为刚"出院"的自行车"体检"，如果有问题，现在解决还来得及；此外，难得来一次，他要骑着车，慢慢欣赏阿斯塔纳的城市风光。

　　次日刚用完早餐，藏哈尔来到酒店，陪同罗维孝前往大使馆。

　　刚见面，窦晓兵就是"哎哟"一声："罗老师感谢人，真是力量十足。"

　　罗维孝赧然笑道："不好意思，我在家时天天举哑铃，一激动，下手重。"

　　窦晓兵的话翻了页："我已上网查过，罗老师是响当当的英雄汉！"

　　"这话说的，哪见过瞎胡闹的英雄汉！"罗维孝边说边笑。

　　"哈哈，罗老师还在生我的气。不过说起来，我们也有些缘分。"

　　罗维孝竖起耳朵。

　　"你的自行车在拉萨几进几出，我呢，也算得上资深援藏干部。去年调到这里，算是给你打前站。"

　　罗维孝开怀大笑："这玩笑开的。第一次打电话，我还以为您是黑脸包公！"

"职业病，严肃惯了，千万别见怪。"

"不打不相识嘛，感谢还来不及！"

……

还有工作等着窦晓兵，盖好大使馆印章，罗维孝起身告辞。窦晓兵送他到门口，递上一张名片："没有走出哈萨克斯坦之前，需要我出面协调的地方，尽管开口——首问责任制嘛！"

阿拉伯格调与欧式风情混搭，赋予阿斯塔纳鲜明独特的城市个性，而窦晓兵、沙克什、塔力哈提、藏哈尔输出的乡音乡情，让罗维孝与这座陌生的城市之间，有了某种精神上的默契。他喜欢上了这座以前没有来过以后很难再来的城市，恨不能把哈萨克斯坦总统府、巴伊杰列克观景塔、名噪四方的"大帐篷"统统装进手机。藏哈尔也由衷喜欢上了眼前这个老头儿，他对罗维孝说，多待几天吧，川菜虽说名满天下，但阿斯塔纳的马肠、抓饭和包尔沙克（油炸面疙瘩）、别斯巴尔马克（肉菜拌面片）还是值得品尝一番。

回到宾馆，对照路书量化分析后，罗维孝对5月24日前进入俄罗斯边境口岸有了把握。"一张一弛，文武之道。"之前一直埋头赶路，既是时间倒逼，也是风雷火炮的性情所致。现在，因为搭了一段汽车，时间有了节余，罗维孝决定听从藏哈尔的建议，给人和车放一天假。

车休息了，罗维孝却没有真的闲着。

当天是藏哈尔的生日。睁眼第一件事，罗维孝给他发去短信：

藏哈尔，今天是你20岁生日，首先向你表示祝福，祝你生日快乐！业精于勤荒于嬉，行成于思毁于随。祝你学业有成，快乐生活，向着自己的目标努力前行！

中集 | 向西，向西

中国·雅安·宝兴

· 159 ·

阿斯塔纳街头入眼是画

顺利走到今天，离不开胡尔曼·谢力克倾力帮助，罗维孝把自己的最新动态向他做了通报。很快，胡尔曼·谢力克发来信息，为他接下来的行程支招：

最好请人用俄文写一封介绍信，路上用得着。另外，常用的日常用语，也请他们对照写下来。

第三条短信，罗维孝发给孙前、高富华等人：

今天是2014年5月12日，是汶川特大地震6周年的特殊日子。此时我尽管身在异国他乡，但依然在心里为灾后重建的家园祈福。6年前的今天，为圆从4条不同路线走进西藏的高原梦，我一个人骑着单车，正孤独艰难地穿行在滇藏线上。现在的我，为圆心中梦想，行进在通往法国的路途上。肯取势者可为人先，能谋事者必有所成。

忙完这些，罗维孝仍是意犹未尽。之前几天里，经历了太多曲折和意外，收获了太多真情和感动，他要讲给随身携带的笔记本，讲给未来岁月里的自己：

……

我的自行车在哈出故障后，在阿斯塔纳期间的相关事宜，都是由大使馆领事部窦晓兵协调授意，侨领沙克什找人协助完成的。尽管沙克什先生没有直接参与修车等具体事情，但这一切又都是经他调度安排的。我从心里感谢沙克什老先生，并祝愿他的事业兴旺鼎盛。

确切地说，塔力哈提这个从新疆来哈的新生代华人对我在阿斯塔纳期间的帮助是最大的。他在知道我的自行车出现故障后，张罗来得力哥们儿把脉问诊。在将我的自行车修理到能上路骑行后，他依然热心地给我提供帮助。

塔力哈提在知道我不懂外语后，特意将一本中俄文对照的日常用语翻译本赠送给我。有了它，路上问询相关问题时，也就有了应对能力。

在阿拉木图，我偶然遇上了胡尔曼·谢力克。在阿斯塔纳，我经窦晓兵主任牵线，认识了沙克什、藏哈尔等数名华人。他们亦是我在哈期间的"福星"和"贵人"。他们作为在哈华人，对我这个来自国内的自由骑行人肝胆相照，协力护行，激励着我孤独打拼，自由自在地去做自己！

……

罗维孝的吃和住，沙克什统统免单。罗维孝很想和这群重情重义的华人多待几天，沙克什等人的挽留，也是情真意切。但是既然选择了远方，便只能风雨兼程，对于他们，对于自己，他能说的都只能是："梁园虽好，非久恋之家也。"

16

"姓潘的"帮了大忙

　　M36号公路在阿斯塔纳转了一个弯，从东南转向西北，从残破转向平顺。

　　骑行之"路"，仍是危机四伏、坎坷曲折。15日，后轮钢圈上，两根钢丝出现松动，同不敢轻易招惹的变速器一样，让人提心吊胆。16日，计划骑行距离151公里。由于途中遭遇沙尘暴，接着又遭遇暴雨，当日"任务"只完成三分之一。19日，罗维孝腰伤复发。20日，腰伤与横风沆瀣一气，意欲把罗维孝摁倒在地上摩擦。除此之外，从阿斯塔纳到哈俄通关口岸，800多公里路段上只有7个地方具备食宿条件，而且这个人口1700多万的国家有约140个民族，作为官方语言的哈语，使用人口只有一半，其余使用俄、英及部族语言，沟通费时费力……

　　诸如此类的种种困难，罗维孝不会轻易向家人和朋友提起。他怕他们担心。他认同柏拉图的观点，"无论如何困难，不可求人怜悯"。他喜欢孟子的那一段话："天将降大任于斯人也，必先苦其心志，劳其筋骨，饿其体肤，空乏其身……"

　　5月22日下午，"笨鸟"罗维孝，早于俄罗斯签证生效一天半，"飞"到哈俄通关口岸。"笨"是"嘴笨"，罗维孝没能提前打听清楚，不像之

前经过的中哈海关配套完备，酒店、集市、银行应有尽有，这里的海关，就是一座孤岛。

无奈之下，罗维孝回撤35公里，在一个名为哈拉巴万克的小镇落脚。塔力哈提接替胡尔曼·谢力克，成为"远程翻译"，在他的帮助下，罗维孝入住一个家庭旅馆，倒头就睡。一觉醒来，已是次日下午3时。同样是在塔力哈提协调下，酒店派人陪罗维孝去银行兑换了卢布。

塔力哈提赠送的小册子上，水、面包、牛奶、宾馆、理发……中俄对照的日常用语一应俱全。因而，第二天还未放亮，揣着卢布和小册子上路，罗维孝想起一句话，"手中有粮，心中不慌"。罗维孝却也知道，意外和明天永远不知道哪一个先来，独在异乡为异客，一个小小意外，也能断送前程。晨风打着湿漉漉的口哨，想和他聊上几句，他却不敢分心走神。

危险仍是尾随而来。一辆红色轿车，大约在他刚出发时就跟在身后了，走走停停，停停走走，却没有超车的意思，一副没有目的地的样子。事出反常必有妖，警铃刚在大脑中拉响，红色轿车便加速追赶上来，紧贴着自行车疾驶而过，也没见打双闪，停在了七八米外的前方。

汽车刮到了左后侧行包，自行车一阵摇晃，罗维孝跌下车来。罗维孝起身去找轿车司机讨说法。"眼睛长在脑门上了！"这句话冲到舌尖上了，只待他一开口，就会弹射出去。

罗维孝的脚步慢了下来，停了下来。

汽车里走出二十来岁的两男一女，肩并肩向他逼近。

罗维孝连连后退，不由自主。对方步步紧逼，目露凶光。

不是意外，是阴谋。这个判断随着他们的逼近强化、固定，而走在中间的那个女人的一头红发，骤然照亮了罗维孝的昨日记忆——在银行兑换完卢布往外走时，他差点和一个女人撞到一起，那个女人，脑袋上也像是着了火。

看来他们早盯上他了，劫财来了。看来今天，不是鱼死，就是网破。

豁出去了，拼了！罗维孝慢慢退到自行车边，突然切换成快进模式，俯身扶车，翻身上车，箭一般射了出去。他早看准了，中间那个女人，是人墙的薄弱环节。

那几个人还没来得及做出反应，墙体已被撕开一道缺口。眼见罗维孝夺路狂奔，他们气急败坏，驱车猛追。

罗维孝回头看，发现汽车是正对着他来的，没有减速的意思。这是两国交界的三不管地带，难不成，我的这条小命，今天要不明不白丢在这儿？罗维孝被一闪而过的念头吓了一跳，随即警告自己，你的任务还没完成，你的家人在等你回去，你可以为梦想献出一切，却不能任宵小之辈为所欲为！

好汉不吃眼前亏，车头一扭，罗维孝连人带车冲向路边。

路基由沙石铺筑，高度不下50厘米。车到路边，罗维孝的双脚已着落地上。提着自行车车头，他不管不顾地跳下路基。

罗维孝若是慢上一秒，他和他的自行车将被汽车撞飞。但是时间一分为二，有人快了一秒，有人慢了一秒。那三个人愈发恼羞成怒了，他们中的一个从汽车尾厢里取出砍刀，另外两个人一左一右，向罗维孝扑了上来。

鱼死网破的时候到了。罗维孝放倒车身，麻利地取下链条。没有进攻，也没有后退，他将链条拉直，钢枪般横在胸前，然后稳稳站定，毫无畏惧地目视前方。一个军人的底色，浮现在他瘦削而刚毅的脸上。

罗维孝不相信一根铁链能让人望而生畏，将豹头环眼的妖怪打回原形。可那几个家伙的确是乱了阵脚，相互挤挤眼睛，灰溜溜退回车上，开车溜了。罗维孝这才发现，不知什么时候，车头对着海关方向的大型拖挂

中国·雅安·宝兴

货车在路边排成了长龙，几个司机在对峙现场的不远处围观。显然，众目睽睽下，那几个家伙不敢为所欲为，这才逃之夭夭。那些司机并没有张口为他说话，但是，他们的出现和沉默本身，已是最大支援。

一个外国老头对阵一群地头蛇，没有卑躬屈膝，没有磕头如捣蒜，他们无声的支持，大概源于此吧。此刻，战局锁定，雌雄决出，司机们齐齐按响喇叭，向胜利者表达祝贺和敬意。

眼泪，野马般从罗维孝眼眶里冲了出来。

上午10时，罗维孝抵达哈国海关。通关资料毫无瑕疵，通关手续办得顺利。行程2640公里的哈萨克斯坦之旅就此结束，24天来的一幕幕回闪眼前，罗维孝百感交集。他想好了，三万里长路上拍下的照片，他要精心保存，回国后印成画册，作为永久纪念。怎知检验过境物品时，罗维孝对于相机的格外在意，引起了边防警官的注意。警官要过相机，打开电源，不由分说地翻看起来。相机重回手上，罗维孝发现，他在哈国境内拍摄的照片，被删得一干二净。罗维孝也不声张，待和警察拉开距离，他取出相机储存卡，另外塞进去一张。"你可以删，我也可以恢复"，他暗自笑道，"斩草不除根，说明业务水平还不行，还得加强学习。"

开心与傻眼，相距只有一公里。俄罗斯通关口岸，一个胖警察核验完护照、签证，递给罗维孝两张表，示意他对照填写。罗维孝一看，蒙了：表格上的文字他从没见过。定眼再看，每一个字母，都在咧嘴笑他。

他想请警察帮忙，嘴犹犹豫豫张开，又老老实实合上。他在胖警察面前比画几下，人家正忙得不可开交，根本无暇理会。塔力哈提曾告诉罗维孝，俄罗斯边防官员执法严厉，即使手续齐全，也未必能顺利入境。当时罗维孝并未在意，而眼下境遇，似乎正在将塔力哈提的提示变为谶语。

总不能让一泡尿活活憋死。他想给窦晓兵打电话，可转念一想，一公里前也许有用，现在已是俄罗斯地盘，不在他的"信号"覆盖范围。翻出塔力哈提送的小册子，上面内容，跟通关表格八竿子打不到一起。过去的20多天里，每当变成"睁眼瞎"，变成会说话的"哑巴"，他也后悔当初没与牛华绘结伴同行。他的后悔，之前是草，现在是树。罗维孝额上背上，沁出了密密的汗珠。

自行车车头前的大熊猫咧嘴笑他。罗维孝盯它一眼，嘟哝一句："看热闹不嫌事大。"大熊猫仍是笑而不语。此时无声胜有声，罗维孝开了窍：当初带它上路，本来也有一层用意——万不得已时，请它出面融通。养兵千日，用兵一时，是时候请它出把力了。

罗维孝取出一面旗子，不声不响递进岗亭。胖警察停下手上工作，目光里满是狐疑。引蛇出洞，这是第一步。紧接着，罗维孝一只手指着自行车上的KT板，另一只手做出个"请"的动作，把胖警察从座位上抬了起来。

像太阳刹那间穿透云层，又像戒备森严的城门訇然洞开，看到笑眯了眼的大熊猫，胖警察脸上的沟壑，被兴奋和激动瞬间填满。只见他三步并作两步出了岗亭，一边对着大熊猫头像"潘得儿，掐哪儿"地叫，一边摆手扭屁股，惹得同事和等待过关的人们忍俊不禁。

再次接过护照、签证和通关表格时，胖警察理解了罗维孝的意思，对他帮忙填写表格的请求没有拒绝。

新征程，新起点，需要一点仪式感。罗维孝拨通高富华的电话，回放完俄罗斯口岸戏剧性的一幕，道出"中心思想"：这一回，"姓潘的"没有白来。

"姓潘的？"高富华云里雾里。等罗维孝揭开谜底，他笑得直不起腰。

高富华也有一个好消息要带给罗维孝——戴海杜在邮件里说，他本

中国·雅安·宝兴

人,以及埃斯佩莱特,非常期待罗维孝先生到来。

　　人们喜欢把周遭事物作为心情的镜像,其实更多时候,一个人的情绪,才是着落在天地万物上的颜料。若是心情不好,阴天是一张板着的脸,淅淅沥沥的雨水是止不住的泪;若是心情好,雷也成了振臂欢呼,雨也呼应着热泪盈眶。虽是这么想,面对戴海杜的一片盛情,罗维孝不敢把骄傲的头颅抬得太高。光俄罗斯境内,就有2590公里长路需要丈量,革命远未成功,得意为时过早。

　　就拿乌云密布的眼下来说,防止误入歧途,就是一个挑战。M5号公路是通向莫斯科的干道,但是中途,要切换到M7号公路。连接莫斯科和下一站拉脱维亚的则是M9号公路。俄罗斯面积1700多万平方公里,却只有1.43亿人,国道并不能享受中国式优待,大约一半没有铺装路面。

　　尽管一路小心谨慎,罗维孝还是鬼使神差,偏离了主路。

　　发现走错了路,已是错了很久之后。偶尔有车辆经过,间或有房屋出现,罗维孝指着路书上的"M5"字样,又照着塔力哈提的小本子"慈德拉伏斯特伊捷"(您好)个不停,可别人要么缺乏耐心,要么根本不明白他在废什么话。也许老天有意强调每一个目标的抵达都要经历风雨曲折,罗维孝已被焦灼和饥渴折磨得筋疲力尽,天上又下起瓢泼大雨。

　　这是罗维孝从老家出发以来遭遇的最粗暴的一场雨。雨点生着利爪,不大工夫,就在他的帽子与衣领间撕开道道口子,雨水顺着刚撕开的口子,漫灌进他的前胸后背。疲累、饥饿、无助的情绪无不长着势利眼,此刻更成了帮凶,一次次想把罗维孝撂倒。它们却看走眼了,看错人了。一个军人的意志品质原本就是一块好钢,在多年骑行经历的熔炼锻打后,更加坚硬,更加富有韧性。罗维孝是绝对不会举手投降的,别说身上还有一股劲儿,就是力气的弹夹打空了,他也会端着刺刀往前冲,直到吐出最后一口气！

几座房屋摇摇晃晃撞到眼前。其中一座像是厂房，前面停放着几辆摩托、一部汽车。终于得救了，罗维孝像在鸣沙山下发现了月牙泉，兴奋得浑身战栗。

骑车变推车，罗维孝快速靠拢厂房。离大门还有七八米，他不得不停了下来——凉鞋被虚软的泥地"脱"去一只。比这更糟心的是护泥板吃了一肚子泥，自行车走不动了。一咬牙，一用力，罗维孝扛车上肩。可人是铁饭是钢，饥肠辘辘的人是锈迹斑斑的铁，脚下一软，车把人压倒在地。

"扑通"声响过，屋里走出两个人，一个扶他起来，一个帮忙抬车。进到屋中，脱下沾满泥浆的手套、雨衣，罗维孝身上，轻了一千多斤。也是这时，他大致看清，远处是几排牛舍，稍近处是饲料加工区。想来，这是一个奶牛场，把他和车"请"进来的两个人，死死盯着他看，表情难以捉摸的另外两个人，刚才正忙着为牛埋锅造饭。

"这雨够大，浇下一个老外。"他们眼里有话。

罗维孝想说的却是"我冷，我饿！"

打开行包，罗维孝请出"翻译"。

"慈德拉伏斯特伊捷"，罗维孝套起近乎，脱口却是"痴呆啦，护士，一姐"。

看起来像是领头者的那个人才不管你"一哥""一姐"，张口就是"卢布里，卢布里"。一边说，一边做饮酒状。

俄罗斯人好酒不是秘密，可自己身上湿着、肚子空着，这个人却张口钱闭口酒，罗维孝心有芥蒂。可思想和行动各有各的分工，人在屋檐下，不得不低头，他掏出20卢布递上去。本来对方要40卢布，罗维孝不答应。他始终相信这一点——坏人之坏，一半靠自己放养，一半是别人放纵。

中集 ｜ 向西，向西

中国·雅安·宝兴

　　那个人得到的不止20卢布。另外几个人鄙夷的眼神，够他喝几壶了。
　　明火执仗打劫、想在苍蝇腿上榨出二两油来的是管事的，另外几个虽在这儿打工，却是另一路人。目前的处境让罗维孝心里一松一紧，松的是自己有可能得到进一步救助，紧的是看似公平的命运，常常本末倒置，它时常对恶棍和无赖网开一面，却对善良的人们，只抱以假惺惺的同情。
　　管事的被20卢布支走后，饥饿和寒冷卷土重来。连请"翻译"都来不及了，罗维孝指指肚子，指指嘴，喉头耸动几下，咕咕有声。明白了他的意思，一个穿圆领T恤的男人转身出门，紧接着，屋外传来了摩托车马达的轰鸣声。另一个和罗维孝个头相当的中年男子，从电炉上取下不锈钢

奶牛场里的"难兄难弟"

小锅，径直朝牛舍走去。另外一个人，也是他们中最年轻的一个，俯身拧开电炉，示意罗维孝靠近取暖。

走向牛舍的男子回来时，不锈钢小锅里盛满牛奶。牛奶很快煮开了，等它凉下来，仿佛要几个世纪，罗维孝比揭不下新娘盖头的新郎官还要着急。

这时候，圆领T恤顶着一头雨珠进了屋，递给罗维孝一个半透明的塑料食盒。罗维孝嘴里都快伸出手了，可黄灿灿的煎饼没能紊乱他的心神。并拢双脚，挺直腰身，把食盒贴在前胸，对着圆领T恤深鞠一躬，又对着另外两个人深鞠一躬，他才打开食盒。

一个谦谦君子的形象，一秒钟就被吃相颠覆。罗维孝实在太饿了，恨不得一口将面饼一扫而空。饭得一口一口吃的定律和饿得眼冒金星的现实打起架来，罗维孝被呛得咳个不停……

吃饱喝足，天黑尽了，罗维孝被安排在锅炉房歇息。锅炉房里有且仅有一张长条凳，罗维孝仍是心满意足。近朱者赤，近炉者热。好在雨停得及时，罗维孝得以出去"避暑"。

几头奶牛闲庭信步，或许在想着心事。当眼神和其中一头撞在一起，罗维孝忍不住问它："明儿个，不会又是冰火两重天吧？"

那头牛冲他伸长脖子，打了一个响鼻。

中国·雅安·宝兴

— 17 —
进退之间

　　罗维孝在蒙蒙细雨中出发。

　　这天的主要任务是回归主路。

　　应该是从海关出发不久，罗维孝就走错了路。从哈萨克斯坦延伸过来的M5号公路上岔路很多，每到一个路口，何去何从，都是一道选择题。罗维孝家所在的雅安市雨城区，是318国道和108国道的交叉点。没有导航系统以前，时不时有人向他问路，有问"318"怎么走的，有问"108"如何去的。罗维孝从来都是热情对待，耐心说明，然而，因为方言产生的误会，或者因为缺乏方向感，经他"点拨"，依然迟迟走不上正道的，不是一个两个。国内尚且如此，何况是在完全看不懂路牌、很少碰得到人、沟通全靠一双手的异国乡村了。走错路不奇怪，不走错路才不合逻辑。

　　当日下午3时，罗维孝成功"纠偏"，回到M5号公路。

　　"开小差"花掉一天多时间，罗维孝并不为此沮丧。甚至，他并不觉得这一天多时间是白白浪费。没有发现，没有收获，没有精神上的愉悦和启迪，这样的时间，才是被浪费掉的。可是这一天多里，他欣赏了亚欧接合部的迷人风光，深度体验了俄罗斯的民族风情、独特美食，深切感受到了超越民族和国度的人间真情。庄子说，无用之用，方为大用。后来和朋友讲起这段历程，罗维孝会重复庄子这句话，再在后面，加上自己的话："误入桃源深处，才是人生旅途上的大惊喜、大幸运。"

烦心事还是缠上了罗维孝。

离开阿斯塔纳后，经过应急处理、斩草未能除根的自行车链盘问题，始终是罗维孝的一块心病。这些天，罗维孝坚持"稳定压倒一切"，对它诳着哄着，轻易不变挡，前方一旦有陡坡，都是跃身下"马"。回到M5号公路，例行检查，自行车后轮又有两根钢丝出现松动。之前后轮就有两根钢丝起了二心，罗维孝采取"捆绑式疗法"，将它们与相邻的钢丝绑在一起。知道这不过是权宜之计，他也只能老调重弹，因为如果听之任之，引起车圈变形，麻烦会大过钢圈本身。

忙完就该上路了。这时，一辆自行车骑了过来。由于骑行方向不同，罗维孝在路的左半边，那辆车在右半边。车速很快，就要从罗维孝面前经过时，骑行者临时起意，点了刹车。

自行车在离罗维孝几米处停了下来。随即，骑行者下车、掉头，推着车走到他的身边。

这是一个身材健硕、胡子花白的老头，目测60出头。绽放在老头脸上的笑意，热烈堪比三角梅。这三角梅却不是为罗维孝绽放的，而是为他自行车车头前面的大熊猫头像。

"潘得儿，潘得儿！"白胡子老头连声叫着，似乎不等到一声"哎"，根本停不下来。

"唉！"罗维孝叹口气，摇摇头。

这声"唉"要表达什么？

羡慕？

嫉妒？

中集 | 向西，向西

中国·雅安·宝兴

爱车"生病"，白胡子老头施以援手

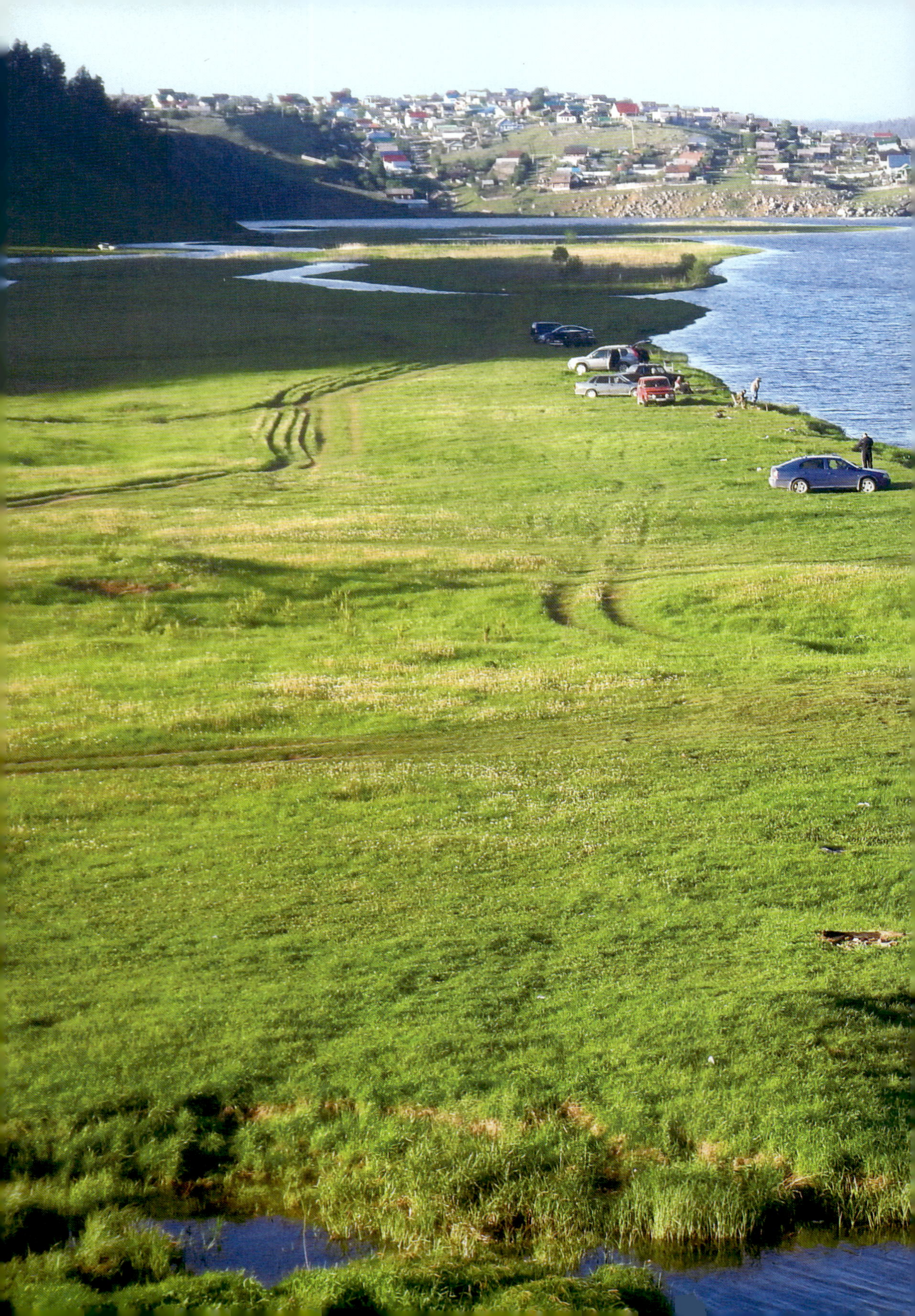

总是很受伤，总是被路上的风景疗愈

顾影自怜？

他不知道。

白胡子老头扭头看他，随即张开双臂，是拥抱的意思了，罗维孝脸上，阴转晴。

聊了怕是有一分钟，两个人才意识到，这是鸡同鸭讲。

还是肢体语言靠得住。罗维孝蹲在爱车前，边拨弄松动的钢丝边自说自话："松了，扯拐了，老哥你可有办法？"白胡子老头穿戴严整的衣帽、发达的肌肉和他仪表光洁的"洋马儿"，给了罗维孝强烈信号：这是一个骑行达人，资历不浅。

白胡子老头挨着罗维孝蹲下，弹琴般抚弄过几根钢丝，起身向自己的"宝马"走去。罗维孝以为他要不辞而别，却也不便阻拦。哪知人家取下一个工具盒，旋即转身回来。

捆绑钢丝的细绳，他拿刀子割了个七零八落。座凳向下，车轮朝天，从车身上卸下后轮圈——他比画出来的意思，罗维孝看得明白，配合到位。死马当成活马医，罗维孝想，人不能沉迷赌博，但是不可能有一个人，一生里不经历几次豪赌。有人拿青春赌明天，有人拿性命博前程，而此刻，百分百信任白胡子老头，赌注不大，赢面大。他知道遇到救星、遇到"洋雷锋"了，对方的一举一动都让人信任，一招一式都驾轻就熟。

罗维孝剥下车胎，递上车圈，目光送去一句话：请开始您的表演。对方不知什么时候从工具箱里翻找出了4根颜色各异的钢丝，放在脚边。松动的钢丝被一一卸下，又被花花绿绿的钢丝顶替了原来位置，整个过程行云流水，严丝合缝。安好、调正钢圈，白胡子老头露出了满意的笑容。罗维孝更是乐不可支，连说了三句"斯巴西博"（谢谢之意）。

很多想说的话，罗维孝没法表达出来。如果可以，他想对白胡子老头

中国·雅安·宝兴

说，您不仅帮我解决了现实困扰，摆脱了潜在威胁，还像老师一样，教给了我深刻的道理。长途骑行，无论如何都该带上修车工具、必要备件，这是第一课。第二课，在中国骑行界，我也是响当当的人物，也曾自命不凡。在您这里，我找到了差距，看到了不足，懂得了什么叫"山外青山楼外楼，还有高人在前头"！

罗维孝希望再次得到拥抱，白胡子老头在满足他的愿望后提出，在大熊猫头像前合影。他们中一个做出眼神或动作，另一个马上就能心领神会，仿若很多年前，彼此就是形影不离的兄弟。

有时候，分别是重逢的起点；有时候，挥手即永别。罗维孝知道这是永别，知道与白胡子老头重逢，只能靠回忆成全。所以，目送白胡子老头离去，对方的影子早已隐没进了连天碧草，他仍不舍得收回目光，不舍得收起不停挥动的手。

没有一片记忆的土地上，只生长灿烂美好。连续很多天没吃到可口饭菜了，天天顿顿，罗维孝都靠面包、煎饼充饥。茫茫草原上，很少遇到集镇，就连可以歇脚的村庄和农户，也是可遇而不可求。对此，罗维孝早有防备，随身携带的金维他复合维生素片，就是为此准备。长时间没有蔬菜水果补充，体内酸碱饱和度失调引发的动荡，让金维他复合维生素片的"维稳战线"一败涂地。罗维孝嘴唇皲裂如干裂的稻田，鼻孔则像有木塞楔着。脸上肌肉也出现了间歇性抽搐，一下，一下，又一下，在嘴角撕出一道缺口，口水滴答不停。相比起面瘫的迹象来，眼睛干涩引起的视线模糊，以及大脑缺氧导致的意识迟缓更加令他揪心，因为眼睛撒谎或者反应跟不上行动，带来的都可能是灭顶之灾。自从走上户外骑行这条路，即使是在自然环境无比恶劣的青藏高原上，罗维孝的身体也从未如此坚决地与意念闹过分裂。意志和肉身是一对搭档，如同自行车的两个轮子，其中之一起了二心，另一个就成了土牛石田。罗维孝越来越为接下来的际遇担心，沮丧、惶恐、伤感，袭扰着他的内心……

　　到底是身体还是意识玩忽职守已不重要了，实际上两者之间的责任也难以分得清楚，唯一明明白白摆在面前的现实是，车又翻了。果子沟那次是身体压在车身上，这一回，沉重的自行车和行包将罗维孝压在身下，任由他使出浑身解数也动弹不得。

　　这个时候想起果子沟孤苦无依的一幕来，无异于往鲜血淋漓的伤口上，插进明晃晃的钢刀。但人总是容易在凄凄惨惨戚戚之际，一头扎进岁

中集 | 向西，向西

中国·雅安·宝兴

月深处的风雪。悲观的情绪牢牢控制着罗维孝，"继续前进"和"体面撤军"，不是头一回在他思想的擂台上争强斗胜，却从来没有哪一次像今天这样，前者节节败退，后者步步为营。也许下一秒，胜利者和失败者就要站定在各自位置，却是此刻，死神的阴影在天空掠过，罗维孝陷入昏迷。

睁眼时，罗维孝躺在路旁草地上，一男一女一左一右分列两侧，焦灼地等他醒来。见他睁开眼，一个激动地叫出了声，另一个的开心，和牙齿一起露了出来。从他们的手势中，罗维孝隐约明白了事情的始末：他摔倒时，山坡高处的他们正好看见，继而把他抬到路边，自行车和全套装备，

也全部转移到了安全地带。

伸展四肢，扭扭腰，担心的情况没有出现。除了运气，能感谢的只有眼前这两个好心人了。救命之恩，何以为谢？除了鞠躬，除了"三克油"，罗维孝什么也拿不出来——哪怕一句发自肺腑的感激的话。看着他们上车，看着汽车走远，之后，对着广袤无边的草原、灰蒙蒙的天，对着一头牵系梦想、一头勒紧脖子的路，罗维孝似哭似笑似吼似叫朝天一声"啊——"。

天空为之变了颜色的那一声喊里，包含太多太多。多到时隔多年，罗维孝无法一一辨析。有一点，却是清晰无误："老罗啊，脱下军装，军魂犹在，不能退！"

也许是那惊天动地的呐喊唤醒了命运的良知，那一天，俄版"活雷锋"，再次与罗维孝不期而遇。

天快黑时，异物又一次在自行车轮胎上捅下窟窿。芝麻掉进针眼里，前边有个汽车修理部。伊宁替补的备胎派上了用场，到底让人开心。更令他开心的是，老板开过自行车行，链盘上的老痼疾遇到克星。

老板要收摊了，罗维孝赖着不走。他指指店铺角落铺位，又指指自己，再双手合十，放在右侧耳边，睁眼打起呼噜。罗维孝想问老板附近可有旅店，老板摇了摇头。一颗心正往下掉，老板给拎了起来。只见他走到门后，将倚在墙角的木板一斜、一拉、一放，如同施了魔法，一张折叠床跃然眼前。

顾不上客气了。罗维孝指指嘴，指指肚子。老板抿嘴笑过，打开液化气炉子，烧上水，示意罗维孝少安毋躁，转身出了门。不一会儿，老板拎着一袋吃食回来。西红柿、黄瓜、红肠、肉罐头，都是致命诱惑。

出于制式或是别的原因，罗维孝的手机可以正常收发短信，电话却经常打不出去。担心"半失联"的状态让家人担心，填饱肚子后，罗维孝想借老板手机，同妻子说两句话。国际漫游不便宜，老板递手机给他，没有一点犹豫。

家中电话无人接听。再打儿子手机，听筒传来一句"你所拨打的电话，不在服务区"。

罗维孝快快把手机还给老板。老板正伸手接，罗维孝改了主意。

这一次，居然通了。

塔力哈提的热情扑面而来。看得出老板不是什么有钱人，罗维孝不敢说太多，不敢跑题："我马上到莫斯科了，但手机一直'扯拐'。麻烦帮我给家里打个电话，就说我吃得好、睡得香，除了身边缺个伴，一切跟家里没两样。"

塔力哈提排除万难才止住笑："罗老师您这么风趣，俄罗斯人肯定喜欢您！"

"三角电话"一扫，罗维孝和老板之间的沟通障碍，成了秋风里的落叶。这位乌兹别克斯坦籍老板告诉罗维孝，他将为其量身定制一张路线图，直通莫斯科。

18

"主场",红场

6月6日中午,罗维孝抵达莫斯科。这是值得欢庆的时刻:一路过关斩将,今日再下一城;连续22天的急行军,迎来缓冲期;心心念念的红场、克里姆林宫,哼了几十年的《莫斯科郊外的晚上》,就要降临眼前……

喜和悲都是闲时的事。空荡荡的肚子咕咕叫着,等着他去抚慰。

告别邓池沟以来的经验一再告诉罗维孝,有人的地方就有吃的,就有活下去的把握。店铺林立、人头攒动的莫斯科街头,经验失效了。罗维孝想吃一顿大餐,闭门羹却是连吃几碗。

他看中的第一家饭店,人进去,被一张冷脸挤出来。

第二家。没人撵,却也没人搭理,只当他是空气。

罗维孝想敲开的第三道门,竟然无法近身——一个金发女郎从玻璃门后出来,挡在他的面前。大路朝天,各走半边,罗维孝往边上靠,她也往边上靠。罗维孝靠向哪边,她靠向哪边。罗维孝明白过来,不是他挡了她的道,是她要挡他的道。

罗维孝知道为什么。不外乎怕他影响饭店形象,或者消费后付不起钱。罗维孝已20多天没理发、没修胡子,连续三四天没洗过澡,此刻的

中国·雅安·宝兴

他，披头散发，污手垢面，加上同样灰头土脸的自行车、雨渍斑驳的行包，正合了"满面尘灰烟火色，两手苍苍十指黑"的句子。加上身上的短裤、短衫，自己也许被当成了流浪汉吧！从金发女郎的眼里，罗维孝看到了嫌弃，而她不时拿手在鼻孔前扇动时表现出来的难受，完全就是在说："这里不欢迎你，臭不可闻的人。"

金发女郎身材修长，脚下台阶，进一步抬高了她的骄傲。罗维孝也知道此时的自己形象邋遢，仪容潦草，但他同样清楚，天底下没有一件事，比吃饱肚子重要，比活着重要。罗维孝想好了，这顿饭非吃不可，非在这里吃不可——为了肚子，也为了尊严。我手上拿着护照，兜里揣着卢布，凭啥不让我进去。凭啥不进去？他竟然想起了家乡的敬酒歌，"喜欢你也要喝，不喜欢也要喝，管你喜欢不喜欢，也要喝"。他还想起一句诗，"穷居闹市无人问"。继而又想，我比你穷？未必！别看你花容月貌，鲜衣华服，光是门缝里看人这一点，格局就和我不在一个档次！

罗维孝定定看着她，也不进，也不退，也不吼，也不闹。他相信沉默的力量，坚持的力量。

见他不识趣，金发女郎恨恨地，两手叉在腰间。那意思三岁小孩都能看懂：我要用扩张出来的身体面积，挡回你的痴心妄想。

罗维孝心里却是乐开了花：你把门一挡，我进不去，别人也进不去。这和雅安人打麻将好有一比：牌一推，自己和不了，别人也和不了。

虽然平日不玩牌，但这俄罗斯打法的"麻将"，罗维孝还是想奉陪一把——也不洗牌，也不砌牌，以静制动，其乐无穷。

这当头来了几个客人，眼前"牌局"，看得他们云里雾里。有人"抱膀子"，罗维孝更来了精神，用雕塑般的沉默，数落起对方的势利。

金发女郎又急又气，脸上一忽儿挂着红苹果，一忽儿长着青疙瘩。情急之下，她对眼前老头动了火，噼里啪啦，嘴里炒起豆子。

反正一句听不懂，骂过风吹过。不费一枪一弹打得对方眼冒金星，罗维孝满脸得意。

这时候，一个留着大胡子的男人（罗维孝后来观察认定，他是饭店老板，或者经理）走出来，噼里啪啦，又炒了一锅豆子。

金发女郎红脸让到边上。大胡子握了罗维孝的手，将他让进店里。

刚在一个靠窗的座位坐下，服务生送来菜单。服务生是个小个儿，笑得很接地气。罗维孝的眉头，却再次蹙在了一块儿——手上菜单，俨然一部天书。

书是死的，人是活的，罗维孝站起身来。服务生以为他是知难而退，岂料罗维孝走到邻桌旁，没再向前移动。伸脖子往餐桌上看了一眼，他招手叫来服务生，指着桌子中央一道菜，"来一个！"

这是把餐桌当作菜单使了。服务生哭笑不得，餐桌上的客人，也是面面相觑。

如法炮制，换了两份"菜单"，罗维孝又点了两道菜。看见很多人在喝一种饮料，罗维孝又要了一瓶。

口感好坏，价格高低，不在考虑之列。罗维孝要的是感觉，是气质。

结账时发现，这家饭店的消费，比金发女郎温柔多了（以致罗维孝后来怀疑，老板至少给他打了五折）。三道菜，一瓶卡瓦斯（一种俄罗斯饮料），加上后来追加的一瓶啤酒，合计427卢布，折合人民币80挂点零。罗维孝心满意足，派出40卢布小费。

时间不早了，得找地方住下。

根据之前掌握的资料，参照四周建筑的高度、密度、风格，罗维孝大致判断出，自己身处二环、三环之间。三环以外景点很少，二环被称为

"花园环线"。红场、克里姆林宫、圣瓦西里大教堂是一定要去看一看的,它们位于最内环。罗维孝想在最内环找住处,却不知道通往"心脏"的路,该走哪一条。

站在十字路口,罗维孝在熙熙攘攘的人来车往中寻找目标。他的目标不确定,也不模糊。他想找到一辆自行车,准确地说,是找到一个骑自行车的人。有道是"物以类聚,人以群分",一路走来,关键时刻,骑行者总会雪中送炭。

似乎是受罗维孝心情影响,进城时还敞晴着的天阴了下来。俄罗斯人崇尚体育运动,但是喜欢自行车运动的人,不如德、英、意、西、荷等欧洲国家多,更不能跟他要前往的法国相比。一年一度的环法自行车赛,是全世界自行车户外运动顶级赛事,法国人对自行车运动的热爱,丝毫不输足球。可惜这里不是法国,10多分钟过去了,竟是一无所获。扶着自行车,罗维孝站在莫斯科街头,周遭一片喧腾,内心一片冷清。

"履道坦坦,幽人贞吉。"《易经》中的这句话,浮上了罗维孝的心头。继续等吧,相信吉人自有天相,相信天无绝人之路。当他打定主意,又一个句子闪现眼前:"沉舟侧畔千帆过,病树前头万木春。"

一缕春风从远处吹来,肉眼可见。是一个身着浅绿色运动服、头戴红色骑行帽的中年男子,骑一辆黑白相间的自行车,从罗维孝的左手方向,向着他所站立的十字路口快速驶来。救命稻草必须抓住,罗维孝向他挥舞右手,嘴上大声"哈罗"。

哪知人家没有停,没有减速,甚至没有多看他一眼,"欻"地飙向了他的右手边。

就这样让他绝尘而去,刚才就白等了。罗维孝决定主动出击:你的余光里没有我,我就站到正前方!

罗维孝的爆发力少有人能比。养精蓄锐之后，更是速度惊人。不大工夫，罗维孝追上了红帽子，再猛踩几下脚踏板，超出两个车身。

罗维孝一个急刹，把自行车横在对方前面。

后来者处置稍有不当，两辆车铁定撞在一起。车及时刹住了，红帽子却是怒发冲冠。就势放倒自行车，他对着罗维孝大发脾气。罗维孝自知理亏，不敢顶嘴，红着脸听任对方发泄不满，同时展开自我批评：老罗同志，浮躁了，冒进了。每临大事有静气，忘了？心急吃不了热豆腐，忘了？"耐心之树，结黄金之果"，也忘了？

待他回过神，那人早骑车跑了。一想到"机不可失，时不再来"，罗维孝又追了上去。

追上对方于他不难。汲取刚才的教训，这一次，他先侧身向红帽子点头致意，再把车停在离其数米远的前方。当对方停稳在跟前，罗维孝满脸带笑，伸出右手，递上一句话："伸手不打笑脸人。"

人家听不懂他的话，却如他所言没发脾气。而且，在握住他的手，又盯着他自行车车头前的大熊猫看了两眼之后，那人脸上露出了笑意。

事不宜迟，罗维孝拿出之前打印好的莫斯科图文资料，指点着红场及其周边景点。接着，他又动作加呼噜，道出想在红场一带找地方住的意思。

红帽子示意罗维孝跟着他走。

10多分钟后，小学课本上的克里姆林宫，跳到罗维孝的眼前。红帽子用眼睛询问"是否停留"，罗维孝连连摆手，接着比出"枕头"。

很快找到一家宾馆，看看门庭，罗维孝没有进去。他从兜里摸出一张卢布，在红帽子面前一晃，右手食指、拇指比出个"厚"来，摇摇头；又比出个"薄"来，做出"OK"手势。

连找几家，罗维孝都在比"厚"。也曾担心红帽子耐心透支，看他的脸上一直晴着，罗维孝也就放下了心。终于，在离红场五六百米的一条巷子里，罗维孝相中了一个家庭旅馆。房间里安着上下铺，干净整洁，配有厨具。罗维孝想好了，自己煮点饺子、鸡蛋吃，能省几个钱。每晚住宿费400卢布，折合人民币不过80元，最是令他满意。

罗维孝对不打不相识、打了也不知道名字的向导感激得不得了，可等他拿到房间钥匙，"三克油"还没送出去，人家早没影了。

7日，莫斯科一日游。功课还得做在前面。罗维孝找出给红帽子看过的图文资料，请旅馆老板为他绘制地图，标注出他要前往的几处景点，并留下旅馆电话号码，以免迷路失联。

罗维孝没有急着出门。他太累了，个人卫生，也该拾掇拾掇。

罗维孝倒下不过一秒，枕头上响起鼾声。梦刚开了个头，就被一根绳子拉扯回来。旅馆门前小广场上，一群人载歌载舞，《莫斯科郊外的晚上》，是抛进窗口的绳头。紧接着，是《喀秋莎》《三套车》《小路》……罗维孝睡不着了，情不自禁下了楼，参与到狂欢之中。别人跳，他跟着跳，也不管动作变形走样。别人唱，他跟着唱，人家用俄文，他用中文。罗维孝的加入，起先让人惊讶，继而大受欢迎。人们为特立独行的中国老头鼓掌、喝彩、发出尖叫，热情的小广场，成了他的"主场"……

这一天的经历，给了罗维孝太多思考。人与人之间终归是有距离的，地理的、文化的、心理的隔膜，像有形无形的墙，使世界上最聪明的物种，轻易看不清彼此面目。但这其实也是认知的误区，因为人与人之间的隔膜，一弯浅笑就可洞穿；人与人之间的信任，一个手势就能建立。人与人不仅可以共享快乐，而且可以因共享而放大快乐。多数时候，你防备别人时，别人贴近胸膛的手，只是想为你捧出心中暖意……

从双塔门楼进入，从红场"零公里"标识向外延伸。克里姆林宫、圣瓦西里大教堂、国家历史博物馆、新圣母修道院……每到一处，罗维孝都久久迈不开步，宛如刘姥姥进了大观园。

没承想还有"彩蛋"。

罗维孝正在圣瓦西里大教堂前拍照，一个来自中国的旅游团闯入他的视线。招呼一打，龙门阵一摆，大家竟是难舍难分。终于可以不用猜哑谜打手语，可以让憋在肚子里的话出来透透气儿，可以让自个儿相信，我不是聋子也不是哑巴，罗维孝无比激动。旅行团是全国各地"散装"来的，他们对罗维孝单骑西行三万里的壮举交口称赞，羡慕他"宝刀未老"，感谢他"为国争光"。集体合影后，人们又要单独与罗维孝同框。导游急吼吼跳了出来："行程本来就紧，你们还'超支'了10多分钟。"

就要各奔东西，一个重庆哥老倌冲罗维孝打趣："等你走完全程回四川，找你打成都麻将。"

"麻将就免了，不过欢迎你们来雅安，品味雅雨，品尝雅鱼。"罗维孝笑着作答，仿若此刻，他站在青衣江边。

中集 | 向西，向西

中国·雅安·宝兴

莫斯科不相信眼泪，却见证了罗维孝正在创造的奇迹

19

繁华荒野

6月8日,在莫斯科,罗维孝又待了一天。

准确地说,寻找出城的路,他花了差不多一天。

这个有着上千万人口的欧洲第二大城市,楼房鳞次栉比,街道纵横交错,像一张大网扣在地上。孤零零的罗维孝,像是困在了网中央。

鱼从网上挣脱出来不容易,罗维孝更难。路牌他不认识,就是一个"路"字,他也说不出来。莫斯科市民和街头值勤的警察倒也热情,只是罗维孝在他们面前是"哑巴",他们中的多数在罗维孝面前是"聋子"。隐约猜对了他的意思的人也是有的,但是穿过九街十八巷才出得了城,没人能把脚下的路,从始至终指认给他。

他的目的地是M9号公路入口。M9号公路通向拉脱维亚。

找到路口,天已快黑了。起个大早赶个晚集,没影响罗维孝第二天闻"机"起舞。手机闹钟,他定在6时15分。

莫斯科离拉脱维亚东部城市雷泽克内679公里,如果顺利,4—5天,罗维孝就能进入拉脱维亚。但是不顺利。出发次日,罗维孝闹起肚子。俄罗斯西部草原盛产治愈系风光,虽说肥水流了外人田,肚子闹腾,罗维孝起初也没计较。但是半天过后,罗维孝嘴唇裂开了缝,嗓子干得冒烟。本

中国·雅安·宝兴

来，罗维孝带了一瓶5升装饮用水。但是，凉水下去，肚子闹革命，理由更充分，动静更大，罗维孝不敢打草惊蛇。腿上、腰上力量打起退堂鼓，罗维孝的心气，却一点没有下滑。命运的脾性，他早摸透了：你乐观，它就给你希望，你想放弃自己，它撒手比你更快。

前面停着一辆集装箱货车，看样子抛锚了。货车司机通常备有开水，罗维孝的腿上，突然有了力气。

司机趴在车头检修故障。罗维孝停好车，拿着空水杯走过去，"哈罗"一声。司机回头，布满油污的脸上，堆起亮晃晃的笑。

晃晃水杯，凑到嘴边，做出饮水的样子，再把倒不出一滴水的杯口向下，罗维孝的"话"，"说"得很是流畅。

没有半点迟疑，司机从驾驶室拿出一个金属保温杯。若他将杯中水分我一点，要还是不要？罗维孝内心还在做斗争，司机已打开瓶盖，杯口朝向下方。

也是一个空杯子。罗维孝苦笑着挥挥手，就要转身离开。那人却一把拉住他，然后再次踩着脚踏板，将半个身子探进车内。

这一次，他拿出了一个热水瓶。

瓶里同样空空如也。直到这时，那人才两手一摊，用双肩抖出个抱歉的意思。

几个简单连贯的动作，流露出不假雕饰的诚恳。货车司机并未开口说话，但罗维孝听到了，听懂了——"我是真的没有水了，要不然，统统给你都没问题"。

向高贵的行为致敬，若要诚恳，便是学着去做。想到自己一时用不着凉水，而货车司机不定什么时候能修好车，在这荒疏之地无水可喝，一定十分难受，一只脚已经踩上了脚踏板，罗维孝又折转身来。罗维孝是悄无声息走过去的。把自己带的那瓶水放到汽车脚踏板上，他同样小心翼翼。

　　瓶子还没开过封，司机修完车，发现这瓶水，一时喜不自禁。当想象中的画面在脑海闪现，当意识到几十天来都是从别人那里得到帮助，今天，伸出援手的那一个人是自己，罗维孝被身体里的不舒服拧在一起的眉头，如眼前道路平铺开去……

　　6月11日15时28分，罗维孝结束了俄罗斯境内2590公里行程，抵达拉脱维亚边境口岸。

　　俄罗斯通关口岸并无卡顿。骑车经过缓冲区，来到拉脱维亚海关验证点，递上护照、签证的同时，罗维孝递上路书和旗子，递上《问道天路》。

　　罗维孝不觉得这是多此一举。于他，"通关"是过"语言关"。旗子和书，都会帮他说话。

轻松一刻

由此引发的动静之大超乎想象。岗亭里，一位边防警官刚刚打开骑行旗，就对着别在胸前的对讲机，高声喊叫起来："潘得儿！""掐哪儿！"

海关口岸不止一条验证通道，这名警官从岗亭里出来的同时，其他岗亭里的三名警官应声过来。

他们当中，有人牵着旗子，要同罗维孝合影。有人站在自行车前，等着与罗维孝同框。被人"追星"，罗维孝没有头脑发热。他知道，相当程度上，他是沾了"CHINA"的光，托了"PANDA"的福。

拍照，罗维孝配合到位；填表，一名女警官主动帮忙。办完通关手续，罗维孝正式踏入真正意义上的欧洲版图（俄罗斯相当一部分国土分布在亚洲大陆架上），而接下来骑行所要经过的立陶宛、波兰、德国，当然也包括法国，3000多公里路线上都是申根公约国，再没有通关手续的阻碍牵绊。行无国界的全新旅程即将开启，"洋马儿"还没上路，罗维孝的心已起飞。

进入雷泽克内市区，罗维孝又抓瞎了——语言不通、没有欧元，城市再繁华，也是生僻荒野。

几个小时前，罗维孝收到一条手机短信："中国驻拉脱维亚大使馆愿意为您提供帮助。"罗维孝翻出短信，拨打起大使馆值班电话。

电话响了两声，传来一声"您好"。罗维孝简要介绍了自己的行程，继而诉起苦来："我不懂外语，想去银行兑换欧元，找不到路。"

值班人员表示会将他的情况上报领事部，让他耐心等待。大约过了10分钟，领事部工作人员打电话告诉罗维孝，已将其情况通报给一位当地华人，他会提供帮助。

我们中国使馆的工作人员总该是可信的吧？罗维孝正自言自语着，一个自称朱峰的人的声音从手机听筒钻进耳朵："大使馆说罗先生遇到了麻烦，委托我提供帮助。我现在在从首都里加返回雷泽克内的路上，请告诉我您在哪个位置。"

"我在雷泽克内。"急切答过，罗维孝又觉得这话等于没说——你咋不说"我在拉脱维亚"呢？"在成都"和"在春熙路"，两码事。

果然，对方笑了："雷泽克内说大不大，只有40来万人；说小不小，2600多平方公里。我得知道您的坐标。"

环顾四周，到处是建筑，到处是招牌，他却一字不识。如何为自己定位呢？一座建筑的前面？一座建筑的背面？一座建筑和另一座建筑的正中间？罗维孝沮丧极了："要是认得到那些洋文，我也不用给你们添麻烦。"

朱峰隔空支招："您就近找一个人，让他和我说话。"

前方有一家商场，罗维孝走到收银台前，冲工作人员点点头，递上手中电话。

有朱峰远程翻译，兑换欧元、入住宾馆、下馆子噘上一顿，都是迎刃而解。终于可以安心睡一觉了，刚脱下一只袖子，有人敲门。

人生地不熟，谁会来敲门？罗维孝不免紧张。他正不知如何是好，"砰砰砰"，门又响了三下。硬着头皮打开门，眼前站着一个中年男子，脸盘子清瘦洁净。定眼看，男子鼻梁上架副银色边框眼镜，厚实的镜片，没挡住眼睛里的热情。

"我是朱峰，上海人，在拉脱维亚从事物流行业。"

罗维孝脸上春暖花开："原来是救苦救难的朱先生。谢谢，谢谢！"

朱峰笑道："都是中国人，都是一家人。出了国门，亲上加亲，用不着客气。"

不客气就不客气。罗维孝玩起"脑筋急转弯"："朱先生闻到我口臭没？"

中国·雅安·宝兴

"没有啊!"

罗维孝黠笑着亮出话里的话:"20多天没跟自己人说话,我怀疑闭出了一张臭嘴!"

朱峰哈哈大笑:"要臭也是臭味相投。我这'泼出门的水',也是难得遇到'娘家'来人。这会儿登门拜访,就是想约罗先生吃个便饭,听听乡音,说说家常话。"

罗维孝连连摆手:"饭已吃过,不搞重复建设。何况刚才杀鸡用牛刀,哪能再让您破费。"

朱峰跟着说道:"我说吃饭,如同你们四川人说吃茶,就是一个说法。您不会一门外语,竟然一个人跑这么远来,还要跑那么远去,还是骑的自行车。我摊牌了——今儿个,就是想和咱们的'中国阿甘'喝一杯。"

"阿甘不敢,阿Q有点。"听他这么说,朱峰便知,尽管勉强,这"请帖"他是接了。

两人边走边聊,来到一间酒吧。罗维孝本想喝矿泉水意思意思,怎奈朱峰心诚:"喝酒一来解乏二来杀菌,治个水土不服什么的特别管用。"

酒吧里多是"娘子军",罗维孝道出心中疑惑。

朱峰说这番话时面色庄严:"这是二战后遗症。波罗的海沿岸是苏联范围内德军进入最早、撤出最迟的战区,您之前骑行的M9号公路,就是当年德军的进军路线。那时的拉脱维亚是苏联加盟共和国,11.4万多人在二战中丧生。直到如今,女性人口仍占这个国家总人口的54%,占比稳居世界第一。这个国家的女性知识层次高,外形条件优秀,但是结婚成家,反倒是'男方市场'。"

罗维孝端起酒杯:"朱先生儒雅帅气,事业有成,在这里一定是香饽饽。"

我从熊猫老家来
——"CHINA 罗"丝路单骑法兰西   法国·比利牛斯·埃斯佩莱特

朱峰（左）等人和罗维孝合影

朱峰笑了："我在新加坡上大学时，读的是国际贸易。大学毕业来拉脱维亚工作，认识了现在的妻子，一个土生土长的拉脱维亚人。"

"那么现在，您是华侨了？"话出口，罗维孝又埋怨自己不该"查户口"。

朱峰没有见怪的意思："按政策，我随时可以移民过来。但是不瞒您说，我是中国籍。"

罗维孝好奇心又犯了："刚才在路上听您说，拉脱维亚的绿卡很难拿。能拿不拿，这是为何？"

朱峰沉吟片刻，缓缓说道："张明敏那首歌，罗先生不陌生吧？'洋装虽然穿在身，我心依然是中国心。'这是肺腑之言。不过话说回来，这里边

也有生意上的考虑。中国现在不光是全球最大贸易国，还是全世界第二大经济体。一个中国人把中国制造推销到欧洲，更加理直气壮、名正言顺。"

罗维孝酒杯举得高："人在曹营心在汉，为兄弟的重情重义，杯中酒，一口闷！"

朱峰爽快举杯："在天不怕地不怕的罗先生面前，我又何足挂齿。啥都不说了，兄弟先干为敬！"

两个酒杯，"咣当"碰在一起。

放下酒杯，朱峰说："如果罗先生给面子，我想请您留下过节。"

罗维孝以为自己听错了，应付着"哦"了一声。

朱峰笑笑，接着说道："拉脱维亚靠近北极圈，每年这个季节，每天只有两个小时在夜里，其余时间，都在日光下面。就是那两个小时，太阳也并未真正消失，天边会透出微光。至于极光，这里比国内北极村的还要壮观。6月20日，一年一度的'白昼节'开幕，世界各地的游客都往这儿赶，吸日月之精华，采天地之灵气。有道是来得早不如来得巧，罗老师既然赶上了，就不要留下遗憾。"

朱峰提到了北极村，就是不提到，他的前半段话已让罗维孝记起，2010年，自己曾千里走单骑，去了漠河一趟。远在天边尚要苦苦追寻，近在眼前，岂能轻易错过？然而，罗维孝知道，他不能答应，不能停留。写作文免不了"插叙"，但中心思想只有一个，不能轻重不分。昨天，高富华在短信里说，戴海杜发邮件通报，"埃斯佩莱特对罗先生到访高度重视，已经着手相关准备工作"。要是在这里耽误了时间，因小失大不说，如何对得起国际友人的一片盛情？

朱峰也是一片盛情。见罗维孝低头沉思，以为他在算经济账，朱峰爽快表态："这几天的吃和住您不用担心，全部由我安排！"

罗维孝心中感动，能写三页纸。但他没说一句感激的话，只是告诉朱峰："先别说'白昼节'了，光是因为朱先生您，我也想多待几天。但是时间紧迫，实在身不由己。"

　　朱峰再次举杯："将军赶路，不追小兔。罗先生的骑士风度，不是没有来头。"

　　将杯中酒一饮而尽，罗维孝向相谈甚欢，却很快就要相别于江湖的朋友，道出心中感言："没有遗憾的人生，不是圆满的人生！"

中集 ｜ 向西，向西

中国·雅安·宝兴

—— 20 ——

峰回路转

穿越哈萨克斯坦，穿越俄罗斯，如同手指头戳穿一堵墙。拉脱维亚全境地势低平，将267.8公里行程甩在身后，罗维孝只用了两天时间，感觉是捅破了一张纸。

立陶宛是一张更薄的纸。境内行程153公里，罗维孝只用了一天。

就在这天，高富华发来短信："昨天我写了一条关于你的稿子，新华社发了全球通稿。"

滴的一声，通稿内容，出现在了罗维孝的手机屏幕上：

大熊猫文化使者罗维孝骑行至拉脱维亚

新华网成都6月13日电（高富华）"我已离开俄罗斯，进入拉脱维亚。"13日，大熊猫文化使者罗维孝从拉脱维亚给家乡亲人打回电话。

今年是中法建交50周年，也是大熊猫科学发现145周年。1869年，法国人阿尔芒·戴维在四川省雅安市宝兴县的大山中发现了大熊猫，并把这一珍稀物种制作成模式标本介绍给了世界。

1964年，中法建交，中国向法国赠送了两只大熊猫。2000年，在阿尔芒·戴维逝世百年之际，法国埃斯佩莱特"戴维亲友团"到雅安追寻先贤足迹，埃斯佩莱特与宝兴成为友好市县。

"我要当大熊猫文化使者。阿尔芒·戴维把大熊猫介绍给了世界，而我要把大熊猫文化带给世界。"3月18日，雅安退休工人罗维孝从当年阿尔芒·戴维发现大熊猫的地方雅安市宝兴县邓池沟出发，踏上回访阿尔芒·戴维故里之旅。

生于1949年的罗维孝退休后，喜欢上了骑游运动，在10年时间里三上青藏高原，骑行川藏、青藏、滇藏、新藏公路，用自行车轮丈量祖国大好河山，在31个省、市、自治区留下骑行足迹，他也因此被骑游爱好者称为"CHINA骑士罗"。

"再不出门，就老了。"从3月18日出发以来，罗维孝克服语言不通、水土不服、自行车修理难等困难，独自一人骑行在欧亚大陆上，途经中国的四川、甘肃、新疆，于4月30日进入哈萨克斯坦，经过哈萨克斯坦、俄罗斯，6月13日进入拉脱维亚，预计在7月中旬抵达大熊猫发现者——阿尔芒·戴维的故里法国埃斯佩莱特，完成他跨越欧亚大陆的骑行壮举。

罗维孝随身携带了四面自制的旗子，沿途加盖邮戳，他用这一独特的方式来见证他的骑行路线和时间，并将其中一面作为赠送给阿尔芒·戴维故里的礼物。

……

还沉浸在"被通稿"的兴奋中，罗维孝已踏上了波兰的土地。这是一片巨星闪耀的天空，肖邦、居里夫人、哥白尼都是令人仰望的星辰。但罗

中集 ｜ 向西，向西

中国·雅安·宝兴

维孝很快又成了"瞎子""哑巴"，脚下的路再次和他捉起迷藏。

"日盖兹，日盖兹，日盖兹……"罗维孝逢人就问，长腔短调都使上了，却没有人知道他在说些什么。出发前，曾有朋友告诉他，外国地名是音译而来，照着路书念，八九不离十。这招之前也用过，未必屡试不爽，偶尔也会奏效。眼下这是怎么了？他和对面的人，怎么也调不到一个频道。

罗维孝像没头苍蝇四处乱撞，不知怎么就上了高速公路。汽车"嗖嗖嗖嗖"掠过，像子弹飞。前方不知通往何处，越往前，罗维孝心里越是没底。

一辆警车追上来，在车载喇叭里向他喊话。

靠护栏停下，罗维孝的脑子，有那么一刻成了幻灯屏幕，打着8个黑体大字：坦白从宽，抗拒从严。

警车上走下三男一女，个个膀阔腰圆。

"……"女警开口，声音威武。

"你说啥？"罗维孝说完才反应过来，他的话和对方一样，等于没说。

女警又说了一句话，同时摊开一只手。

"够直接的。小心那句话，伸手必被捉。"如此想过，罗维孝思想上转了个弯："好汉不吃眼前亏，识时务者为俊杰。"

罗维孝递上一张兹罗提（波兰本币）。女警的手猛地往回一收，表情比刚才难看。

嫌少？真黑！罗维孝加了一张兹罗提，递上去。

女警脸色，愈发不好看。

莫非当我"偷渡"？罗维孝递上护照，说了一声"CHINA"。

女警接过护照，快速浏览过后，在一个本子上写写画画。

验明正身后，就该物归原主、抬手放行了。罗维孝以为会是这样，哪料警察没有归还护照，也没有放他一马的意思，几个人走到一旁，把他晾在一边。

时间被过往车流带走，罗维孝焦躁不安，四个警察却仿佛遗忘了他的存在，只顾着谈笑风生。他们想怎样？罚款？没收护照？带我回警局？一走了之，或者把我遣送回国？

罗维孝心里七上八下，目光起伏不定。恰是脚上凉鞋映入眼帘之时，他的内心笃定起来。

"光脚的不怕穿鞋的，"他就是这么想的，"看谁耗得过谁。"

他漫不经心的态度迎来了局面逆转。大约过了一个小时，护照完璧归赵，警察示意他跟紧警车。

警察带他下高速，摁了一声喇叭，自顾自走了。

是又一次沾了"潘得儿"的光？还是他们看出来了，眼前这个中国人，不是省油的灯？又或者两者兼而有之？罗维孝不知道。他知道的是，只要能继续前行，抵达目的地，一切节外生枝，摩擦碰撞，都是插曲，都是擦伤。

罗维孝和警察的博弈，并未就此结束。

警察不是之前那拨。

事情是这样的：下了高速，罗维孝想找个地方稍事休息，一个热心司机，将他带到附近教堂。没过多久，来了三个警察，示意他跟在警车后面。罗维孝感觉情况不妙，却又身不由己，只能老实跟着。警车走走停停，几次三番过后，靠边"稍息"起来。罗维孝这就够蒙了，又一辆警车停在后面，是辆中巴。不顾罗维孝阻拦，自行车被抬上中巴车。警车调头，开进一座修道院。车停稳，人下车，罗维孝还没回过神，已有一群修女上前围观，如同打量一个稀有物种。

罗维孝不知道警察闹的哪一出，事情走向，显得扑朔迷离。

中国·雅安·宝兴

事发突然。如同兔子躲逃猎人，罗维孝向着修道院大门，猛地蹿了出去。出了大门，他仍全力奔跑，汽车风驰电掣从身边驶过他也不管，警察高声喊叫他也不管，自行车还在中巴车上他也不管，直到跑到两百米外路口处他才停下来，遥望着目瞪口呆的警察和面面相觑的修女，吐出一口气。

意外固然意外，却是别人的意外。还在警车上时，罗维孝就在研判并规划事情走向——这几个警察看起来不好沟通，扭转局面，要靠出奇制胜。这个"奇"，就是把水搅浑，把事闹大——只要不和对方发生肢体冲突，只要没有过激行为，防止授人以柄，主动权就在我的手上。

一个多小时后，又一辆警车开进修道院，同另外两辆会合。看样子，警察们站着开了一个短会，然后分头上车。三辆车从修道院鱼贯而出，在罗维孝面前停下。打头的车上走下一个刚才未曾见过的大个子警察，向他伸手，表情和蔼。罗维孝握住了他的手，却摸不准他的意图。这时，一个身材高挑、年龄和罗里差不多的鬈发男子从第二辆车上走下，来到罗维孝身边，试探着说了一句话："请问……您是不是中国人？"

的确说的是普通话，八成标准的普通话！罗维孝以为是幻觉，又怀疑自己正做着黄粱美梦。他揪了一下大腿，差点叫出声，而鬈发男子接下来说的，仍是再亲切不过的中国话："我能确定您是亚洲人，但确定不了您是中国人还是日本人、韩国人。如果您是中国人，也许我可以帮到您。"

"中国人，我是中国人！"罗维孝激动得两手发抖。

"我在波兰司法部工作，我有几个朋友，是孔子学院的老师。我有中文名字，我叫亮剑。"亮剑的语气像棉团一样轻柔，"我们猜想，您是遇到了困难？"

中巴车上，自行车保持原样，行包里的东西完整如初。罗维孝取过护照递给亮剑："我的目的地是日盖兹。这些警察不好说话，几个太极，打

"冰释前嫌",罗维孝与波兰警察合影留念

得我晕头转向。"

"太极?"亮剑比了个"野马分鬃","他们会打太极?"

"嗨!就是踢皮球。"罗维孝给自己当起"翻译"。

看看脚,看看罗维孝,亮剑也是晕头转向。

"这是一个比方,意思就是你不想管,我也不想管,都想吃闲饭。一杯茶,一杆烟,一张报纸看半天。"罗维孝说到这里,亮剑隐约听明白了。只见他搓搓手扯扯衣角,红脸说道:"中国话太高深,我只不过学了个皮毛。不过,这些警察也想帮您,只是语言不通,有劲儿使不上。"

亮剑斩"乱麻",局面峰回路转。警察们争相与罗维孝合影,用笑容、握手和拥抱,消除先前误会。面对此情此景,罗维孝无比感动。他为

中国·雅安·宝兴

自己感动。面对复杂艰难局面，自己没有妥协、气馁，没有方寸大乱，而是凭隐忍、耐心、斗智斗勇迎来了转机。他也为波兰警察的克制、专业感动。过去的大半天里，4辆警车、10余位警察因他出动。对于一个单枪匹马的外国老头，他们表现出了极大的忍耐、包容，让罗维孝同时感受到了世界的大和"家园"的小，感受到了平和宽容的"待客之道"。至于亮剑"友情出场"，不光让他有了驶出苦海的舟，还有了通向前路的桥——有他在，如何前往日盖兹，问题将不是问题。罗维孝要求自己记住这个日子，2014年6月20日，星期五。这是此次行程中极其重要、特殊的时间节点，值得在未来的岁月里反复回望。

警察离开，亮剑留下。看过路书，亮剑乐了："全波兰都没有一个叫日盖兹的地方。不过，您今天的目的地，远在天边，近在眼前——这里就是兹盖日。"

日盖兹，兹盖日，看来是路书开了个小小玩笑。罗维孝哭笑不得，亮剑为他做起"精神按摩"："中国不是有句话吗？摔了个跟头捡了个元宝——歪打正着。"

"懂得不少呀。"罗维孝脸上晴开了，"您这水平，可以去中国教书！"

亮剑笑得腼腆："我这是'关公面前耍大刀'。不过您别不信，我是地地道道中国迷，四大名著都看过。"

"一定还看过《亮剑》。"罗维孝说，"您这名字，不是抄袭，就是盗版。"

亮剑哈哈笑了："有一说一，真别说，您和李云龙一样，浑身是胆。"

罗维孝连连摆手："我是有胆无谋。要不然，也不会落到这步田地。"

"这叫'有缘千里来相会'。"话题一转，亮剑说，"天快黑了，今天去我家住。"

亮剑的家是一幢两层别墅，外观新颖别致，室内敞亮洁净，楼梯旁的钢琴、钢琴上方的饰件，透露出庄重、雅致的气息。何人不起故园情，温馨、浓烈的家的气息，让罗维孝的心，飞到了九霄云外——老太婆和儿子、儿媳，还有刚过完周岁生日的小孙女，都还好吧？你们是否知道，此时此刻，我在遥远的波兰，一个叫兹盖日的地方，深深地想念你们？

罗维孝的思绪，被一个声音拉了回来："儿子，来了客人，怎么也不早说？"

亮剑母亲是一位70岁的老太太。经由亮剑介绍，罗维孝知道她是一名内分泌科医生，至今坚持工作。她有一个座右铭："帮助别人是最大的快乐。"

听儿子讲过罗维孝的故事，老太太用欣赏的目光看着罗维孝："我没去过中国，但罗先生让我更加了解中国。您让我对中国之行充满向往。"

罗维孝的"邀请函"发得及时："一定要去，越快越好！到了中国，一定要去四川，去雅安。到时候，我请你们吃火锅，品尝砂锅雅鱼。"

老太太脸上笑容可掬："为了吃到四川火锅，还是先让您尝尝我的手艺。"

欧洲人的热情和血脉里的严谨是并行不悖的双车道。母亲哼着曲子去厨房后，亮剑对罗维孝说："我非常荣幸能以一名翻译的身份认识您，您对外语一窍不通，仍然横跨欧亚大陆，让人佩服。但是罗先生，您不觉得这是在用生命冒险吗？'一失足成千古恨'，您不知道？"

罗维孝笑得漫不经心："您是不知道，我喜欢马克·吐温的一句话：'当幻想没了以后，你还可以生存，但你虽生犹死。'"

亮剑的语气严肃起来："警察之前有过预案，如果您不懂汉语而且一意孤行，这个时候，您可能已经被铐起来了。"

中国·雅安·宝兴

罗维孝和亮剑（右）有个约定：中国见

罗维孝有如被点了哑穴，又被当头一棒。当他缓过劲来，这句话说得庄重诚恳："我一开始的准备确实不够充分。而且今天，和警察周旋时，我的确没有考虑到问题的严重性。"

亮剑的语气，恢复到了刚到家时的柔和："无论如何，您用勇气和智慧支撑，走了这么远，相当难能可贵。一会儿吃过饭，您尽管放心休息，明天由我陪您到科宁。到了科宁，德国就不远了。"

罗维孝真想大喊一声，"太攒劲了！"替而代之的，是他含蓄矜持的东方式表达："这样，多不好意思！"

21

一级离谱

最后10公里。属于波兰的最后10公里。

欧洲高速公路大多是开放式，一不小心就会误入其中，就像眼下这般。想起波兰交警的威严，再想想传说中德国人的严苛，罗维孝脑中掠过一句俗语：才出虎口，又入狼窝。怎料老虎这个点了还在他身上抓挠，警察再次拦下罗维孝，示意他出示证件。

有了之前的教训，罗维孝多长了一个心眼。他装作不明白对方意思，磨蹭半天才取出路书，慢条斯理说："不是我不缴费，你们也没个收费站。"

对方当然听不懂他的话——真要听得懂，他也不可能这么说。可警察还是生气了，其中一个蒜头鼻大笔一挥，在图上画了个大大的马叉！

罗维孝又急又气："嗨嗨，干什么呀！和尚打伞，无法无天！"

人家压根不理他，倒是拿出电话拨打起来。很快，来了几个边防警卫队的人，二话不说，给罗维孝戴上手铐。事情还在变得更糟，一个手臂比他大腿还粗的警卫队人员，动手搜他的身。罗维孝急得吹胡子瞪眼："你们还是不是文明人？！"罗维孝一边嚷着，一边用手肘死死护住贴身衣兜里的护照。他想，只要我不动手，只要护照在我手中，谅你们不敢怎样。

也许是被他的咆哮所震撼，又也许是从这张东方面孔上看到了更为丰

富的信息,对方犹豫一阵后,把自由归还到了他的两只手上。

不战而屈人之兵,罗维孝的激动和得意,在他后来写下的《行无国界》一书中表露无遗:

> 我虽不能制衡这些执法者,但我为自己逆境中的奋起抗争而感到自豪。我遇强不弱的风范和过硬心理素质,让我怒放出了一个中国行者的智慧之光。一个人的生命应该是有张力的,一个自然的我、狂放的我才是最真实的我,这是男人应有的素养与质感。行动大于思索。基于此,我不由地派生出了笑傲江湖的侠客情怀。通常情况下,笑傲江湖,需要霸气做资本,否则就会"笑话于江湖"。这几名拦下我的交警,竟然当着边防人员的面,向我竖起大拇指,赞赏我不畏强暴。我为自己赢得了如此的尊重而感到舒坦和骄傲!我用我的自信和内心强大的力量捍卫了人格尊严,并将险情化解。一个人挑战自我和未知,勇气和智慧缺一不可。我的自我评价为:智商能达及格线,情商能打73分,胆商超一流,接近满分线,权且给个99分……

夜幕下的法兰克福,警察把罗维孝带到酒店,仍不急着离开,而是用手势提醒他,自行车轮胎该加气了。罗维孝想去科隆大教堂参观,当他指了指109米高的顶柱,警察心领神会,为他手绘了一张地图。

接下来的德国行,罗维孝不止一次误入高速。每次交警将他引出歧途,都是春天般得热情。其中一次,是个雨天,将他带到一条乡村公路后,警察竟然送给他一条毛巾。

后来发生的事,可谓一级离谱。罗维孝正在一个坡道上爬行,两辆警车追赶上来。罗维孝犯起嘀咕，这一回，总该不是冲着我吧？问号还没画利索，警车一前一后，将他夹在中间。罗维孝从车牌一眼看出，就是前面那辆警车，刚才拦下他，把他带上这条路。

莫非这条路也不能走？罗维孝心里正打鼓，刚才给他毛巾的警察冲他走来，只是笑笑，也不说话，就将他的自行车手动转体180度。直到警车调了头，罗维孝脑子里的弯还没拐过来：一会儿往东一会儿往西，这是闹的哪一出？在两辆警车夹持下走出两三公里后，罗维孝愈发糊涂了——警车居然带他上了高速路！更不可思议的是，警车不曾变过车速——他们开车的脚，仿佛不是踩在油门上，而是踩在自行车的脚踏板上。如此走出十多公里后，警车下了高速，又带着罗维孝在一条小路上走出十多公里，上了一条大道，才同他挥手作别。

过了好一会儿，罗维孝才为纷乱的情境理出头绪：因为高速公路上自行车不能通行，他们"撵"他下去；担心他被坏天气影响行程，更是担心他的安全，又把他"请"了上来，并为他"开道"，做起"贴身侍卫"。

想当年，八国联军入侵中国，犯下的罪行罄竹难书。谁能想到，时过境迁，一个中国退伍老兵能够如此扬眉吐气，一而再、再而三得到超乎意料的优待。如果不是中国一天天变得强大，这一切只能是天方夜谭。历史长河浩浩荡荡，激浊扬清，广袤的地球村，正在以美美与共的历史姿态，将所有村民的命运连为一体。德国警察为自己开的"小灶"，到了"营养过剩"的程度，罗维孝的周身血液，差不多就要到达沸点。

高富华转发来的一条短信，让炽烈的火焰更加旺盛："你们可以通知罗维孝先生尽可能7月10日到吗？这样我们可以更好地准备一个欢迎仪式。我跟市长先生会面了，他将在市政厅组织一个仪式。另外，我们还会去戴维神父故居，罗维孝先生可以上楼，在窗户边上拍照。"

中集 ｜ 向西，向西

中国·雅安·宝兴

　　戴海杜辗转传递的信息，让罗维孝听到了法国的门闩为他拨动的声响。法国官方的态度，是对中法人文交流的看重，也是对一个"中国草根"的认可。激动之余，罗维孝也有遗憾，也有隐忧：法国给了长达一年的签证，进入欧洲，原以为就进入了漫游状态。如今，前路漫漫，时间的余额却已捉襟见肘，只有风雨兼程、快马加鞭，方能如期赴约。

　　好在不缺动力。埃斯佩莱特方面翘首以待，国内权威大报《光明日

德国科隆街头，罗维孝的脚步停不下来

报》，也在为罗维孝加油助威。2014年6月15日，该报在第八版（国际新闻）头条位置，聚焦罗维孝的此次旅程。

国宝大熊猫科学发现的传奇

记者日前获悉，有"骑行侠"之称的64岁的中国四川雅安市退休职工罗维孝先生，于今年3月18日从宝兴县邓池沟教堂骑自行车出发，经新疆、中亚、俄罗斯、立陶宛、拉脱维亚、波兰、德国抵达法国，预计行程1.5万公里，历时4个多月，目的地是大熊猫科学发现第一人戴维的家乡埃斯佩莱特，以传播大熊猫文化，弘扬中法友谊。

罗维孝先生的朋友、雅安市前副市长孙前主持了罗维孝的出发仪式，并将此事通告了埃斯佩莱特市市长以及"阿尔芒·戴维之友协会"会长和埃斯佩莱特市前市长戴海杜先生。他希望法国朋友届时能迎接罗维孝。孙前的法国朋友雷蒙·沙堡先生将此消息告诉了本报记者。沙堡先生已同法国国家自然历史博物馆和埃斯佩莱特所属的法国西南部城市巴约讷市商定，共同期待罗先生到来，续写由戴维神父对大熊猫科学发现联结的法中两国人民的深厚情谊。

沙堡先生告诉记者，他早年偶然得知大熊猫的法国发现者是巴斯克同乡。沙堡一回法国就开始查询有关资料，在国家自然历史博物馆找到尘封100多年的戴维神父大量动、植物发现笔记和27页鉴定书等珍贵史料。沙堡于1993年为巴黎自然历史博物馆

中国·雅安·宝兴

出版发行了纪念戴维神父的专著，书名为《云彩与玻璃窗——戴维先生的一生》，作者是著名哲学家、汉学家埃·布丹女士。沙堡先生在书评中写道："19世纪中叶，一位从巴斯克去中国的传教士，著名的自然博物学家在中国腹地发现一只黑白相间的小熊，成就了一项举世闻名的动物学发现：大熊猫。此外还有蝾螈、麋鹿和金丝猴等十多种动物以及65种鸟类、170多种植物至今以他的名字命名。"书中记载，当年戴维神父发现麋鹿后将其运到欧洲，当麋鹿在几经战乱的中国绝迹后又被送回中国重新繁衍，为世界保存了一个物种。

……

为纪念戴维的事迹，沙堡先生创作了一部电影剧本并正积极联系中国投资伙伴合作拍摄，试图以此"描述戴维在中国人民遭受西方列强凌辱的时代对大熊猫科学发现的经过"。他说："大熊猫联结着法中两国人民的友情。"他还呼吁中国使馆协助拯救濒于荒废的埃斯佩莱特市植物园内以戴维神父命名的植物。他透露，巴黎自然历史博物馆馆长非常希望在罗维孝骑行抵达巴黎之际，邀请法国新闻界广做宣传，纪念中法建交50周年和戴维神父对大熊猫的重要发现。

（本报巴黎6月14日电　本报驻巴黎记者　梁晓华）

罗维孝把能够上路的时间都用在了路上。6月正值欧洲雨季，被雨水冲溃的视线再次把罗维孝绊倒在地。一辆小型货车打此经过，驾驶员——一个50多岁的农场主——毫不犹豫停下车，将罗维孝扶到副驾驶座上，并用一根长绳将他的自行车捆在车后，连人带车带回自家农场。女主人帮罗维孝清理、包扎好受伤的手肘，又为他准备了丰盛的午餐。

就在作别德国时，罗维孝得到一个振奋人心的消息：中国联合哈萨克斯坦、吉尔吉斯斯坦共同申报的"丝绸之路"，在卡塔尔多哈举行的第38届世界自然遗产大会上获得通过。从古老中国出发的"丝绸之路"，这个概念由德国人李希霍芬首先提出。一个骑行在21世纪新丝绸之路上的中国人在李希霍芬家乡得到这个消息，该是怎样的心境？你从罗维孝脸上看不到答案。从他的眼睛里，同样捕捉不到蛛丝马迹。

一个人最激烈的情绪，从来都不在形容之上，而是隐藏内心，潜伏骨髓，融入血液。

中集 | 向西，向西

中国·雅安·宝兴

·215·

莱茵河是西欧第一大河，跨过莱茵河，也就进入德国境内

罗维孝西行散记（之二）

2014/5/1　21:04

由于五一放假，进出口岸闭关三天，4号才能通关。我昨日在口岸闭关前进入哈萨克斯坦。进入哈国后我的手机无法与国内联系，找了一张哈国手机卡才得以发出短信，但依然无法直接通话。

2014/5/1　22:01

进入哈萨克斯坦才是我骑行亚欧的开始。高于智商的是智慧，我相信我会用智慧之光去化解和处理好各种未知的难题。

2014/5/2　21:49

由于五一放假，早上开始我就未能吃到任何食物，饿着肚子骑行真不是滋味，好在路上遇到几个哈国青年人送给我食物和水。进入哈萨克斯坦，开始真正体验人在异国的骑行与生存。看起来，语言是沟通交流上的障碍，但却不是主要的问题，关键的问题是哈国地广人稀，食物和水在路上很难买到，增加了骑行的难度。

中集 | 向西，向西

中国·雅安·宝兴

2014/5/3　23:29

经过13小时26分的艰难骑行到达阿拉木图。尽管哈萨克斯坦的签证期限至6月1日，但俄罗斯的签证5月24日生效，倒逼着我不敢有丝毫的懈怠，此时的我不管身体怎样疲惫也得硬着头皮往前推进。

2014/5/5　1:29

昨日上午，在中国驻阿拉木图总领馆，受杜德文总领事委托，黎领事和赵领事友好接待了我，并盖上了总领馆的大红印章。在移民局办理落地签证也十分顺利，本来两天才能拿到的签证20分钟到手。盖邮戳和兑换坚戈都很顺利。

2014/5/5　1:50

吃完饭后往下一个骑行目的地科帕进发。由于不懂哈国文字，在出阿拉木图不远的分岔路口走错了路。这一错了不得，多跑了120公里冤枉路。哈国几十上百公里没人烟，好在一个好心的哈萨克老乡非常友善地接待了我，吃住都在他家。这也是歪打正着，让我有幸亲身体会到哈萨克人原汁原味的生活情趣。

2014/5/5　5:09

昨天在阿拉木图所办之事相当顺利，全靠一个叫胡尔曼·谢力克的华侨开车引路并全力协调。此公1975年9月13日出生，于1997年毕业于陕西师大，供职于中国中铁中亚办事处。本来他要开车带我出城，但由于我途中后胎被扎停下补胎与之错过。尽管我一路上都拿着他书写的哈文问路，但回答都不尽相同才出此错。这也算是给我上了一课，今后行路更应小心谨慎。

2014/5/5 20:36

昨天由于路书上所标注的科帕不应出现在我要骑行的路线上，因而错跑了120多公里。我今天未折回阿拉木图，而是从另外一条乡村公路骑行100多公里穿回到主路上。这条乡村公路上既无人烟又无手机信号，更无食物和水的补充。好在昨晚接待我的善良的哈萨克斯坦好心人，不仅免费向我提供了食宿，还为我备足了今天的食物与水。我已成功将误骑的里程抢了回来！

2014/5/7 6:03

昨天一早从住所出发，骑行30多公里后自行车链条断链，我只好停在M36号公路上修车。几个路过此地的好心驾驶员帮助我将断链接好，后再次卡链。我只好打通谢力克的电话向他求救，他不仅帮我翻译、沟通，还帮我出主意想办法，我从心底感谢他。

2014/5/8 1:09

在中国驻哈萨克斯坦大使馆的协调下，我终于在午夜住进了新疆同胞在哈国首都阿斯塔纳开办的宾馆。这次由于车链脱断和变速器故障，在哈萨克斯坦派生出来的异国奇遇所产生和折射出来的超越种族、超越国界的爱心善意，让我看见了人性之美。我从心底感激这些好心人。

中集 ｜ 向西，向西

中国·雅安·宝兴

2014/5/8 8:08

这次在异国所经历的一切对我来说永生难忘。如果不是偶然间在阿拉木图与胡尔曼·谢力克相识的话，后面的事情很难预料。应该说谢力克是我在哈国这段时间给我帮助最大的人，是他直接和间接的协调，帮助我摆脱了困境。这一切对我来说不容易，真的不容易。接下来的关键问题是将车修好继续西进。

2014/5/8 8:36

哈萨克斯坦的国土面积比新疆地区面积大，人口比新疆少。这就决定了骑自行车的人不多，自行车出故障很难找到修车店和会修车的人。大使馆协调当地华侨帮助我解决修车问题，唯愿天助人助将车修好再行上路。

2014/5/8 19:49

在中国驻哈使馆的安排与协调下，通过哈国华侨的努力终于将车修好。说来可能没人相信，一个华侨开着汽车几乎跑遍了首都竟然找不到一家修自行车的店铺，好在几位华侨略有一些相关经验，最终排除了故障。关键的问题是这里无法买到更换的配件，他们建议骑到俄罗斯再说。

2014/5/9 16:17

今天我骑车到中国驻哈萨克斯坦大使馆作了答谢。使馆领事部主任窦晓兵和诸位领事与我进行了面对面交流并针对我的骑游路线和行程提出了建议意见。他们在我的路线图上加盖上了使馆的大红印章并与我合影留念。

2014/5/10 10:14

自3月17日起，近两个月时间的狂奔让我感到体能透支，我想好好休整几天，缓解一下疲劳。接下来的行程依然充满不确定性，我必须调整好身体和心态去面对不可预知的一切。天助人助还得自助，信天命尽人事是不变的信条。

2014/5/10 13:41

除了语言交流上存在障碍，孤寂和食宿上的不便也是无法回避的突出问题。这就需要我保持良好的心态来应对。长距离骑行全凭体力和耐力支撑，能否排除各种干扰和障碍靠的是信念、勇气和顽强的意志。路程已过半，坚持就能胜利。

2014/5/10 16:11

哈萨克斯坦人信奉伊斯兰教，这个国家是典型的草原游牧国度。在哈国，我既见证了草原游牧文化与文明，也见证了阿拉伯文明。在即将走进欧洲见证欧罗巴文明之际，古丝绸路上散发、释放出来的风情如诗画般展现在眼前，让我既兴奋也着迷。

2014/5/12 9:52

今天是汶川特大地震6周年的特殊日子。6年前的今天，为圆从4条不同路线挺进西藏的高原梦，我一个人骑着单车孤独地穿行在滇藏线上。现在的我为圆心中梦想，走在漫漫征途上。肯取势者可为人先，能谋事者必有所成。

中集 | 向西，向西

中国·雅安·宝兴

2014/5/13 12:32

　　骑行不顺反而给了我喘息的机会。经过几天调整，过度疲劳的身体基本上得到了恢复。我准备明天再行踏上西进的征途。

2014/5/13 13:02

　　在阿拉木图我遇见了谢力克。在阿斯塔纳我遇见了在哈国的侨领沙克什和塔力哈提及藏哈尔。这几天全凭他们竭力帮助，我和他们已成为投缘的朋友。

2014/5/14 23:53

　　塔力哈提开车带路，我骑着车跟随近20公里终于进入M36号公路主道，此道路一直通到俄罗斯境内。塔力哈提是个有心人，他帮我画了一张从阿斯塔纳到俄边境口岸的地图并用中文和俄文标注，这张图今天派上了用场。

2014/5/15 7:45

　　昨天一路上都小心翼翼地骑行，生怕自行车出现故障。看来车无大碍，就是后圈有两根钢丝松脱，不得已我用细绳将松脱的钢丝与其他正常的钢丝紧紧地捆绑在一起，也不轻易去变动骑行的速度，再加上路况比前半程要好些，昨天骑了106.3公里。

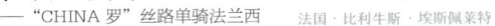

2014/5/15 19:45

今天路上骑行较为顺畅，从阿斯塔纳开始M36号公路的路况明显好于前半段，这段与俄罗斯相连接的道路沿袭苏联时期道路编号，相对于连接中方一端，接近欧洲的路况明显要好得多。今天骑行到60公里外的一个小镇，行程103.7公里。这里离俄方边境口岸还有578公里。看来我离欧洲是越来越近了！

2014/5/16 17:30

今天逆风骑行，加之途中遭遇强沙尘暴，紧接着就是雨。在此情况下我只好改变骑行计划，在M36号公路边的停车场住了下来。今天的骑行距离只有56公里，好在离俄罗斯边境口岸只有522公里，歇歇脚也无妨。

2014/5/17 19:58

今天从停车场出发，骑行距离为94.92公里。尽管未碰上沙尘暴和雨，但逆风和横风却强于昨天。风势和不确定的风向让骑行速度大为减缓，这里的风虽不如新疆那么强劲和邪乎但依然可怕。不管风怎样折腾，我依然在向俄罗斯口岸步步靠拢。

2014/5/18 12:05

可能是这两天与风纠缠太消耗体能的原因，左边腰部旧伤复发，让我骑行起来动作别扭，很难发力。但愿腰伤不要紧，要不然就会影响行程。

中集 | 向西，向西

中国·雅安·宝兴

2014/5/18 17:00

在家千日好，出门事事难。真正迈出国门才体味到其中的艰难。语言环境的彻底改变让我这个不懂外语的中国老头愣是成了开口说不来话，也听不懂别人讲话的哑巴和聋子！好在我这个人适应能力强，要不然就不会坚持到今天。

2014/5/19 21:24

一大早出发，路上骑行11小时27分，到达一个我说不清楚地名的停车场，行程为137.7公里。从今天的骑行情况来看，腰部有些僵硬，致使骑行发力较为艰难，好在今天大部分时间都顺风，对腰部着力点影响不算太大。再加上昨天在住所我一直对旧伤部位进行按摩，从今天的骑行和身体状况来看，尚能在硬挺中坚持。

2014/5/19 22:05

从阿斯塔纳出发前往哈俄通关口岸800多公里的路段上只有7个有食宿接待能力的落脚点，也就是说平均100多公里才有一个可供食宿之地。

2014/5/20 20:22

看来欧亚板块过渡带的风与我较上了劲，今天是横风，强悍得让人难以招架，再加上顾及旧伤，不敢用力过猛。骑行动作的不连贯和不协调自然影响速度，有待于慢慢去调整。笑看狂风横行，又奈我何？

2014/5/21 19:11

今天骑行到库斯塔奈加盖邮戳时，哈族人又一次争相与我合影。中国人骑车来到别的国家，理所当然地成了他们眼中的外国人。一个中国老人敢于单枪匹马在国外游荡，足以说明改革开放后的中国人有足够的自信和勇气与世界交流。

2014/5/22 23:09

我已成功穿越欧亚大陆接合部的哈萨克斯坦。今已骑行到达哈俄海关口岸，由于俄罗斯签证的生效期为5月24日，今天无法办理通关验证。看来只有待在哈俄边境地带休整一天。

2014/5/23 15:50

暂且休整一日才能敲开俄罗斯的大门。此次长距离的跨国骑行对我来说难度确实超过了预判，一个人孤身奋战在异国，而且不懂外语，面临诸多困难。生命的存在是我的底线，以不变应万变、每临大事有静气，则是我处置问题的尺度与方略。

2014/5/23 23:37

一路向西行进，我放飞了自由的心灵空间和想象的思维空间，以豪迈豪放的活力与激情去追逐、寻找、感知真正属于我自己的人生道路与空间世界。将眼睛睁大，用中国人开放的眼光和视野去看世界，既饱了眼福，又大开了眼界。

中集 | 向西，向西

中国·雅安·宝兴

2014/5/26　0:10

　　转眼间我进入全世界国土面积最大的国家俄罗斯已有两天了，这两天对我来说既是新的开始，又意味着新的挑战。在哈期间得到华侨帮助，省了不少的事。今天在宾馆住下后，我在办手机卡的同时买回一公斤速冻水饺自己动手煮来吃，既省钱又补充了热量。

2014/5/31　15:16

　　我进入俄罗斯已8天，正按行程向前推进。这里离莫斯科还有1216公里，由于网络原因无法正常与外界联系。

2014/6/1　21:52

　　走出国门一月有余，步步向前，步步艰难。特别是24日在哈俄边境地带险遭拦劫，自今心有余悸。孤身一人在异国闯荡，一切都靠自己去支撑和应对。

2014/6/6　20:21

　　我已如期到达莫斯科。心态和生理状况均处于良好状态。

2014/6/12　18:59

　　我已成功穿越俄罗斯，进入欧盟成员国拉脱维亚。

2014/6/14 21:28

我已到达申根国家立陶宛，这里离戴维的故乡还有3000公里。我预计在7月10日左右可骑行到达法国比利牛斯省。

2014/6/17 0:34

我已进入波兰苏瓦乌基，这里离德国还有接近一千公里。

2014/6/19 2:52

我已穿越波兰首都华沙。由于语言交流上存在障碍，穿越华沙耗去4个多小时。可以想象我在穿越莫斯科时的难度有多大。

2014/6/24 1:35

我已从波兰希维博津骑到德国法兰克福。这里到目的地还有约2000公里行程。

2014/6/27 7:59

我将于7月1日左右到达法国，但目的地靠近西班牙，预计7月10日左右抵达戴维的故乡。

中国·雅安·宝兴

2014/6/27 23:33

　　进入波兰以后所遇到的麻烦事就是，每日行程上多处出现自行车不能上路骑行，遇此情况必须绕行，增加了骑行的难度与体能的消耗。今天按规划行程只有79.1公里，但绕行大半天后离目的地竟然还有67公里。在不得已的情况下只好找地方住下来再说。看来还真是好事多磨。

2014/6/29 12:28

　　我已到德国维尔茨堡，《光明日报》驻法国记者梁晓华先生已与我取得联系。法国关注、关心我的朋友们都在盼望着与我这个从中国来的骑行侠见面。按路书标示我今天骑行的莫斯巴赫又是高速公路。看来又得想办法绕行方可。

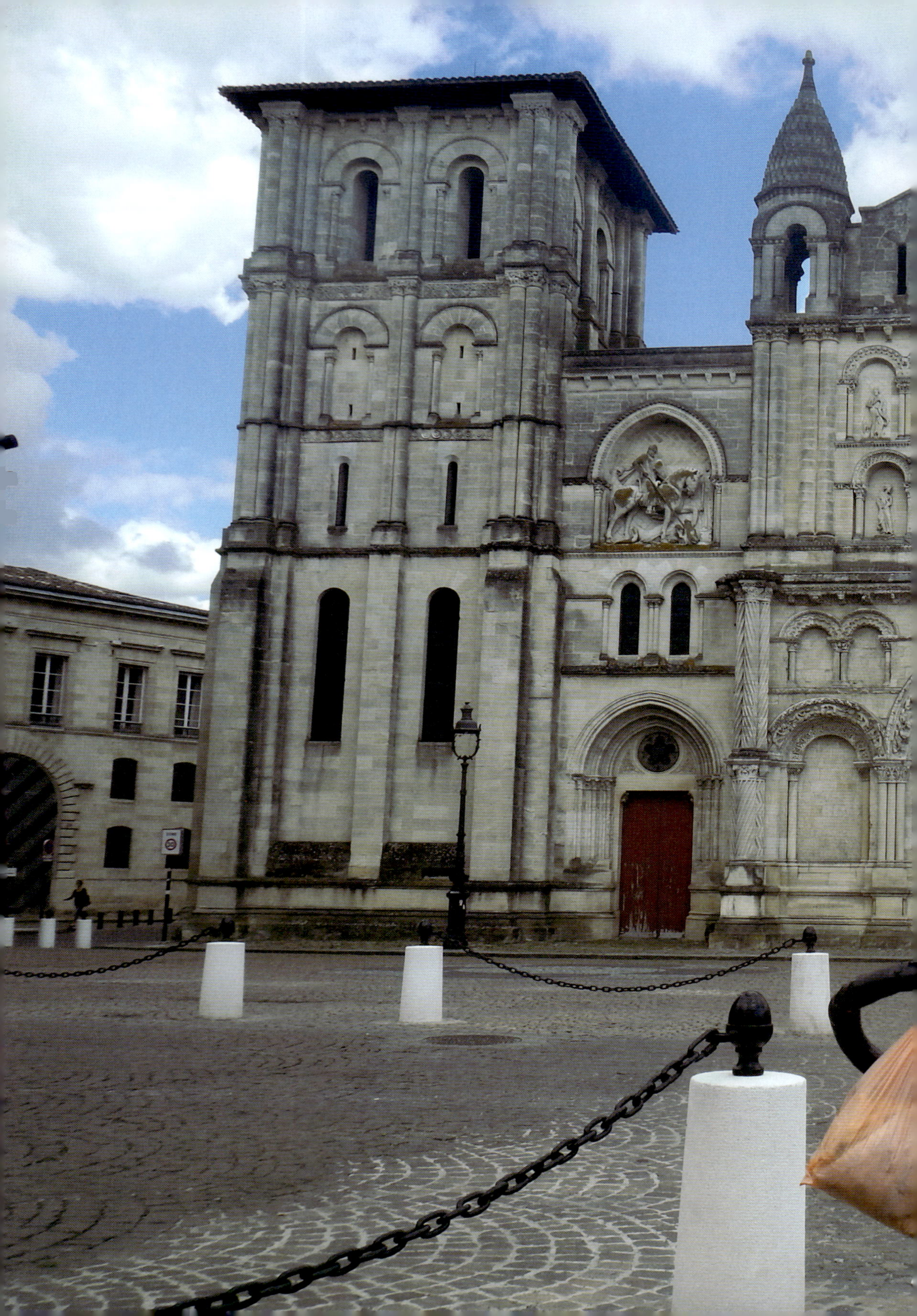

下集

银铃奏响

「我哪是什么英雄，我只是不能容忍自己活得太过平庸。」

22

远方的家

> 长长的商队走过平原
> 步伐坚定，银铃奏响
> 他们不再追求荣耀和收获
> 不再从棕榈树环绕的水井中求得安慰……

如果说卡尔斯鲁厄是德意志留下的背影，斯特拉斯堡便是法兰西的门脸。八国之旅剩下最后一程，《通向撒马尔罕的金色旅程》如清脆的风铃在心间响起。

卡尔斯鲁厄到斯特拉斯堡只有87公里，慢慢腾腾走，午后时分，罗维孝就能为当日行程画上句号。

时间宽松，精神便有了松弛感。如同疏阔河滩上蒹葭苍苍，无边的诗意，无比的激动，在罗维孝心间荡漾开去。

诗意来自文学的星空。《巴黎圣母院》《约翰·克利斯朵夫》，罗维孝是读过的。没有读过的《红与黑》《高老头》《基督山伯爵》《悲惨世界》，从来没有放弃过对他施以诱惑。巴尔扎克、莫里哀、司汤达、福楼拜、莫泊桑、大仲马、小仲马、左拉、罗曼·罗兰……多么明亮、浩瀚的星河啊，想着这些响亮的名字，星光闪烁成了泪光。

新中国成立不久，便与挪威、瑞典、丹麦、芬兰、瑞士等国建立了外交关系。但是，放眼西方大国，无不大门紧闭。就连1954年向中国派遣了代办的英国，也在18年后，才任命了第一位驻华大使。

破冰行动，始自一次"民间访问"。

1957年5月20日，应中国人民外交学会邀请，法国前总理埃德加·富尔及其夫人从香港进入广东，开始中国考察。

考察历时34天。其间，周恩来总理、毛泽东主席先后会见富尔，周总理向他阐述了"一个中国"原则立场，毛泽东主席引用"鹬蚌相争，渔翁得利"典故，晓以中、法、美之间的利害关系。回到法国，富尔写下《蛇龟》一书，介绍此次访华成果。富尔希望更多人和他一样思考，他在书中力挺毛泽东领导下的中国政府："中国选择社会主义道路是符合国情的，北京的政策跟莫斯科有着很大差异，'两个中国'是荒谬的，西方世界应尽快跟北京实现邦交正常化。"

冰钎可以开凿冰窟，冰河融化，要等待季节变迁。

1963年，中法友谊的春天到了。当年，美国、英国、苏联签订了《部分禁止核试验条约》。法国核武实力不及上述三国，测试被人卡脖子，当然不舒服。恰其时，南越局势恶化，美国从中作梗，作为前宗主国元首，戴高乐总统心里更加不是滋味。中法关系发展道路上的"绊脚石"此时已不复存在，戴高乐决定不再以美国马首是瞻，向东方伸出橄榄枝。

秘访中国，使命交给富尔。两国尚未建交，戴高乐不便直接给中国政府或领导人写信。曲线救国，他在看似写给富尔，实则写给中国高层的亲笔信中说："我愿再次向您强调，我重视您下次访华期间同中国领导人的接触。我在彼此最近几次交谈中，清楚地告诉您，我们同这个伟大国家之间的各方面关系为什么及如何的至关重要。请您放心，我完全信任您将要表达的一切和将会听到的一切。"

去柬埔寨见西哈努克亲王，去印度见尼赫鲁总理，然后经香港辗转抵达北京，以及结束北京之行，从昆明飞往仰光，飞往新德里，富尔1963年10月的这次"私人旅行"，全程是"壳"，与毛泽东、刘少奇、周恩来、陈毅商讨中法建交方案，才是深藏"壳"中的"肉"。

信中只字未提委派富尔为特使或授权富尔谈判建交，但是从最后一句话里，周恩来总理看出了玄机。他问富尔："各方面"当中，是否包含了两国政治关系？富尔答，法语的严谨性表达，在这个问题上毫无疑义。

正式探讨中法建交，齿轮就此转动起来。

1964年1月8日，像每个星期三一样，戴高乐将军主持召开部长会议。不一样的是，这一天，他正式亮明立场，承认中华人民共和国。戴高乐说："法国既不是华盛顿的附庸，也不是莫斯科的附庸。中国是一个庞然大物。它就在那里。假装它不存在是盲目的，尤其是当它的存在感越来越强时……"

1964年1月27日，永载史册的一天。"中华人民共和国政府和法兰西共和国政府一致决定建立外交关系。两国政府为此商定在三个月内任命大使。"短短40余字的《中华人民共和国和法兰西共和国之间建立外交关系的联合公报》，引发了震动世界的"外交核爆"。

三天后，爱丽舍宫，千人记者会上，戴高乐发表演讲："法国应该直接倾听中国的声音，也让中国听到法国的声音。目前还在观望的某些政府，迟早会仿效法国。"

几乎同一时间，会见来访的法国议会代表团时，毛泽东指出了中法之间的两个共同点：第一，反对大国欺侮我们，就是说，不许世界上有哪个大国在我们头上拉屎撒尿；第二，使两国间在商业上、文化上互相往来。

历史做出了正确的选择，两个崇尚独立自主的国家，肩并肩站在了一起……

前人栽树，后人乘凉，如果不是毛泽东主席和戴高乐总统高瞻远瞩，携手前行，且不说如今世界格局何等模样，回到具体而微的"我"，哪里有机会踏上这片遥远、迷人的土地……

思绪向左，车轮向右。也可能思绪和车轮互占了对方的道，罗维孝又走错路了，又上高速了。

仍是警察带他下去的。

没有为难他，也没有提供方便。警察在后视镜里看着他出了匝道，踩油门走了。

接下来该往哪儿走？罗维孝不能裹足不前，又怕南辕北辙。

傍晚时分，罗维孝连猜带估摸进了斯特拉斯堡市区。城市的灯火照亮夜幕，阴影和寒意，却在心底蔓延。号称全法最大边境城市的下莱茵省省会城市并没有一张属于他的床位，露宿街头的风险，却又无力承担。已是深夜，罗维孝孤魂野鬼般游荡街头，睡上一个好觉的渴望，在飘飞的冷雨中低下头来。

想到求助总领馆已是23时。电话打与不打，他犹豫不定——虽然听说领保值班电话是全天候的，但这个点打电话，无疑是一种打扰。

别无他法，还是试试吧。

电话响了两声，一个女声钻进耳朵："您好，斯特拉斯堡总领馆值班室。"

"同志，你好！你好，同志！"罗维孝激动得颠三倒四，"我从四川来，我叫罗维孝。差不多找遍斯特拉斯堡，也没有一家酒店愿意给我开房。对了，护照、签证、钞票，我可一样不少。"

"是这样，"值班员解释道，"斯特拉斯堡虽是边境城市，却也是欧洲议会所在地。这几天，欧洲40多个国家的议员在这里开会，选举新一届欧洲议会领导人。所以，他们比您捷足先登。"

"我是说为什么生意这么好，原来是在开会。"罗维孝终于明白过来，为什么刚才去每家酒店，接待人员态度友好，到最后却都说"No"。

"您的情况我马上向领导报告，请耐心等我电话。"

"请问，您贵姓？"

"免贵姓麻。"

"马？那我就唯马首是瞻了啊。"

"麻。麻烦您别客气的麻。"

电话挂断不久，麻领事的声音再次从听筒里传来："很抱歉，我们只联系到一家宾馆……"

"够了够了，广厦千间，不过夜睡一榻！"

"确实只剩一个单人间了。而且，房费要134欧元。"

"那么贵！"罗维孝脑子里，1200元人民币，是比砖头厚的一摞。

"我们再想想办法？"

"不了不了，就它了！半夜三更的，您别再费精神。不过，还有一件事想麻烦麻领事。"

"您讲。"

"我想明天拜访总领馆，一来当面感谢，二来好些天没敞开听过中国话，耳朵都快退化没了。"

"这个——只怕不行。来访可以，但要预约，这是国际惯例。"

"制度是死的，人是活的嘛。对了，您可以上网查查，我罗维孝一不是搞导弹的，二不是瞎捣蛋的。"

"您先歇着，明天回您话。"

住进酒店已是0时。别说这一路，就是这辈子，罗维孝也没在一张床上铺过这么多钱。离天亮还有不到5个小时，每小时240块呢，罗维孝想，一觉睡过去了可惜，可迟一分钟睡着，却要造成4块钱的损失。

到底该睡着还是不该睡着？罗维孝没了主意。

次日一早，麻领事的电话来了："总领事一般不改变日程，不过您不一般。他在网上看了您的资料，决定腾出上午的时间同您见面。"

宾馆离大使馆只有5公里。博坦大街35号，抢在这个门牌号之前，中华人民共和国国徽如太阳般照亮了罗维孝的眼睛。国徽下，门边上，两个黄皮肤黑眼睛的人正在低声交谈。

女士看见罗维孝，快步迎上来："您是罗先生吧？"

"我是罗维孝。您是……麻老师吧？"

"我是副领事闫倩。"闫倩答完，将身边男士介绍给罗维孝，"这是张国斌总领事。"

总领事、副领事下楼迎候一个平头百姓，这礼节大得罗维孝心里头腾挪不开。正思量怎么道谢，张国斌开了口："新华社和《光明日报》都报道了，罗先生是大熊猫文化使者。有失远迎，还请不要见怪。"

罗维孝仍是过意不去："我来总领馆，你们礼贤下士，搞得怪不好意思的。"

张国斌笑得爽朗："罗老师下士上士的，果然是军人出身。不过来到大使馆就算回家了，家里人不兴生分。我已上网查过，罗老师是骑行界的大人物。这一次，您一个人骑着自行车闯荡几个国家，来到斯特拉斯堡，我和闫倩副领事迎接您的到来，是我们作为中国驻外机构的职责所在。何

况您一路上扛着大熊猫文化大旗，开展文化交流，我们理应支持，理应热烈欢迎。"

罗维孝没想到总领事会把自己"抬"这么高，更没想到的是，他对闫倩说："叫家里人都到会议室，听罗老师讲讲他的'西游记'。"

为什么出发，经历了什么，有什么期待，罗维孝的即兴演讲，好几次被掌声打断。最热烈的掌声，献给了他激情朗诵的"打油诗"："朝辞穆坪雅雨间，万里亚欧百日还。两耳鸟语听不懂，轻舟已过万重山。"诗是高富华短信里送给他的，兴之所至，他"借花献佛"。

大声叫好的人中，有张国斌一个。总领事也有小小建议："'舟'改为'骑'，可能好些。"

演讲结束，提问开始。

"这一路上最吃力的是什么？"

"两耳'鸟语'听不懂。"

"那可咋办？"

"要么找'翻译'，要么碰运气——就像碰到总领事、总领馆。"

"要是'翻译'没找着，运气也开了小差呢？"

"借用美国诗人玛丽安娜·摩尔的话，胜利不会向我走来，我必须自己走向胜利！"

"网上说，罗老师只念过几年书。看您出口成章，该是小学读完，跳级念的大学？"

笑声装满整间屋。待屋内安静下来，罗维孝说："我当兵时，右铺是个书虫，心里一声'向右看'，和他成了一个样。别看我头回来欧洲，对巴黎圣母院却并不陌生。书是人的一条腿，可以带你去任何地方。"

"可您这岁数，怎么就吃下了这个苦！"

"苦不苦，想想长征二万五。"

……

是会议就要有个小结。张国斌说下面这席话时坐得板正："罗维孝先生作为64周岁的老人，退休后不在家里安享晚年，而是把自己对大自然的热爱和大熊猫文化结合在一起，开始了富有特殊意义的跨国公益骑行，这样一种自我、自觉、自愿的骑行活动，堪称国际民间交流的典范。他所经过的国家处于不同的语言区，且很多地方是没有人类的荒漠和草原。他用钢铁般的身体和意志讲述了一个不可重复的中国故事，体现出坚忍不拔、勇往直前的民族精神，实在不容易，实在不简单，实在了不起。三人行必有我师，罗老师独骑闯天下，更是值得我们从心底向他敬礼！"

罗维孝还没想好怎么致答谢辞，总领事又有"礼"了。当着所有同事，张国斌将一张面值100块的欧元塞进罗维孝的衣兜。罗维孝奋起"反击"，张国斌佯装生气："当我们是一家人您才来大使馆，对不？一家人不说两家话，对不？"

后一句话好耳熟。罗维孝想起来了，在莫斯科红场，一名中国游客将一张100美元的纸币强塞到他手中时，也是这么说的。

那一次他收下了。这一次，看来也得收下。罗维孝两次说服自己，共用一个理由：妥为珍藏，作为一辈子的回忆！

又是一个没想到。总领馆作了安排，当天中午，外交官们和当地侨界领袖、学联代表，在"大上海"餐厅与罗维孝共进午餐。

下集 | 银铃奏响

中国·雅安·宝兴

·239·

来到领事馆，回到远方的家

说是午餐，实则换了场地，继续"欢迎大会"。年过八旬的法国阿尔萨斯华人联谊会名誉会长董家歧、副会长边杉树等人的热情鼓励，对于罗维孝，又是"热能"的补给、"体温"的传递，及至餐叙结束，宾主双方竟是难舍难分。边杉树邀请罗维孝去家中做客，幽默中不失诚恳："如果您给面子，我在家里的地位，可以提升10个百分点！"

去后方知，边家两口子的热情上不封顶。边太太张罗了一个下午，杯盘碗盏，差点挤下餐桌。最让人心头发热的是边太太的一句话："老家桃园，也就这几个菜能待客。"

边太太原来是台湾桃园人。第一次和台湾同胞打交道，罗维孝不免局促，话也说得客气："让您忙上忙下，实在过意不去。"

边太太谦和地笑笑："您这不是走亲戚吗？客套的话，留给外人吧！"

次日上午，罗维孝伸手握别，边杉树送到他手中的，却是一本手工地图："昨晚，我的女儿专门为您制作了一份详细路线图。图上文字，都是中法双语。这里距埃斯佩莱特1200公里，有了它，往前走，您就有了靠得住的向导。"

新华社驻斯特拉斯堡记者卢苏燕这时候追了过来。头天中午，卢苏燕电话采访罗维孝，意犹未尽。她当时说过，等忙完欧洲新一届议会选举报道任务，会赶过来补充采访。以为她只是说说而已，不料却是真的。罗维孝因边杉树一家涌至眼眶的泪，在见到卢苏燕的一刻挣脱了束缚。

边杉树开车带路，驶出20多公里后，被罗维孝"强制驱离"。不想欠下太多"人情债"是主要原因，此外，作为一个自行车超级王国，法国为骑行者铺设的专用道路非常发达，罗维孝也想放飞自我。路好，景好，心情好，罗维孝感觉倍儿爽。

罗维孝此时并不知道，一条关于他骑行"进行时"的消息，正在互联

中国·雅安·宝兴

网上传播：

追梦法兰西 花甲老翁万里走单骑

新华社斯特拉斯堡7月3日体育专电通讯（新华社记者卢苏燕）"64岁了，早已退休，职业生涯画了句号；儿子成家立业，我也完成了家庭的责任，现在该是实现自己梦想的时候了。"

6月30日夜，独自骑行100多天1.4万多公里后，罗维孝，中国四川雅安一名普通退休工人，抵达法国东部城市斯特拉斯堡。

罗维孝的梦想很简单，出生于雅安的他，年幼时不时看见有西方人独行入藏，既羡慕又钦佩，遂萌生了日后一定也去西方看看的梦想。随着长大后加入保护家乡大熊猫的志愿者行列，他的梦想逐渐具化：骑行回访把中国大熊猫介绍给全世界的西方第一人阿尔芒·戴维的家乡——法国的埃斯佩莱特，把自己的梦想与保护大熊猫结合起来，让梦想升华。

梦想简单，但实现起来绝非易事。从戴维发现大熊猫的雅安市宝兴县邓池沟出发，到位于法国最西南端的埃斯佩莱特，全程1.5万公里，可以想见，这样的行程对于一个只读过3年小学，不懂外语，且年逾花甲的老人来说是一个多么严峻的挑战。

"多少次摔倒，是路上的好心人扶我站了起来；多少次走错路，是好心人引领我走出一程；多少次天黑找不到住所，是好心人留我一夜，"说到这些，老人眼里噙满泪水，"世上还是好人多。"当然，"也有人在路上试图冲撞我，也有餐馆欺负我不懂语言乱开价，但与遇到的好人相比，这些不足挂齿"。

虽然语言不通，但老人自制的印有中国国旗和大熊猫图案的四面旗子以及身上穿的马甲上却盖满了途经地的邮戳。"每到一个城市，我就找邮局，使用的全部是肢体语言。"老人自豪地说，这些是他一路骑行的见证，有地点，有时间，他要把它们送给中国和法国的博物馆，留给保护自然和环境的后人，当然还有自己的子孙，让他们为有他这样的前辈自豪。

"出发100多天，我很少停下来。因我要在7月10日赶到埃斯佩莱特，今年恰逢中法建交50周年，埃斯佩莱特要专门为我举行欢迎仪式。由于坏天气，最少的一天我只骑行了40多公里；因为迷路，原地转圈的冤枉路更是不计其数；但为了如期抵达目的地，最多的一天我骑行了210公里，真的不敢停下来呀。"

"离开家人已100多天，我在异国他乡感到祖国亲人的温暖。"他拿出阿尔萨斯华人联谊会边杉树副会长的女儿为他精心赶制的路线图，"有了这个，就不会再走冤枉路了"。

7月3日一大早，罗维孝整理好行装，向着他的梦想，继续前行。

临行前，他对记者说："我就是一道流动着的风景线，我展示了中国人保护环境、保护大熊猫的决心。为了这次万里行，我准备了很久，我不敢说我成功了，但我敢说，我努力了。"

23

抉 择

有边杉树女儿绘制的地图，又有边杉树和梁晓华远程翻译，3日、4日，罗维孝的骑行之旅一路顺利。

激动之外，更有感动。7月5日，梁晓华采写的报道，再一次大面积占据了《光明日报》的版面，配有罗维孝的红场留影。

然而，任何臻于极致的事物都会制造有违初衷的矛盾，就像香水有毒、蜂蜜腻人，就像太阳总是大面积投放阴影，就像法国四通八达的路网，让罗维孝和他的自行车随时都有路可走，却常常一不留神，就走上了岔路、错路、回头路。

7月6日，罗维孝又被路给搞丢了。"翻译"不是万能的，尤其是在隔着几百公里，罗维孝身边又常常找不到人的情况下。本要前往里昂的他背道而驰，一来一回多走了两百多公里。麻绳总在细处断，罗维孝感冒了。连续几天，雨水也像是迷了路，总在他身边打转。罗维孝虽穿着雨衣，两条腿却暴露在雨水之中。凉意点点滴滴侵入身体，再从额头钻出时，烫得指头不敢相认。

当罗维孝来到一个不知名的村庄时，雨变大了。躲进一个亭子，罗维孝暂时逃过了雨水的包围。

脱下雨衣，罗维孝咳了一声。抖掉雨衣上的水珠，又一串咳嗽掉落地上。

手机响了。这些天里，梁晓华几乎每天都打来电话。

"又迷路了，"罗维孝想诉苦，却从喉咙里跑出两声咳嗽。罗维孝伸手在胸口一阵捶打，没出口的话顺势缩了回去。

"罗老师感冒了？"

"天漏了的样子，一路上没少淋雨。"

"雨天，能歇还是歇一下。"

"人家等着的，你知道。"

"我担心这坏天气影响安全，又担心您赶不上约定的时间。"

"我唯一怕的是迟到。偏偏这几天老走错路，对着瞎子打俏眼，白费了不少劲。"

说到这里，罗维孝又咳了几声。

等到听筒里面安静下来，梁晓华说："事到如今，想要按时赶到，只有一个办法了。"

"什么办法？"罗维孝屏住呼吸。

梁晓华却不正面作答，而是反问他道："从出发到现在，您走错的路、绕过的道加到一起，大概有多少公里？"

"一千公里，只多无少。"罗维孝答过才想，他问这个干吗？

"那就对了！"梁晓华说，"下一站是维希，到了维希，我告诉您是啥办法。"

魔盒打开前的诱惑有着不可低估的力量，到维希的70公里路，似乎比经验中更近一些。第二天，在自己落脚的旅馆里，罗维孝见到了耳朵谙熟、眼睛陌生的梁晓华。

中国·雅安·宝兴

除了长得帅些高些，梁晓华和想象中似乎没有两样。没想到的是，他把夫人孙丽也带来了。孙丽为罗维孝带来一包衣服、一堆药。

"身体还撑得住吧？"梁晓华见面就问。

"革命军人嘛！"罗维孝话刚出口就被身体出卖了，咳得鼻涕一把泪一把。

吃过孙丽递来的药，罗维孝说："客气话、感谢话，不说了。但是恕我直言，你的办法，要不得。"

罗维孝如此态度，梁晓华并不感到意外。虽是头回打交道，但这个老头的执拗，他已明显感知到了。正因这是个犟得几头牛也拉不住的主，昨天想好的主意，他才没"连线直播"。通过高富华绕了一圈，他为的是加强"统一战线"，同时留下缓冲空间、回旋余地。

他的主意是什么？依据又是什么？头天下午，梁晓华发给高富华的短信说得清楚："这几天，老罗风雨兼程，有些感冒、发烧，加上路途劳顿和腰伤，几近筋疲力尽，达到极限，很难恢复体力，按计划前行。他自己也表示已经是60多岁的人，实在不能和年轻人比，加上老走错路，耽误了不少路程和时间，行程已大大放慢。我认为，他此行意义重大，许多中国人和法国人都在关注和期待着他的到达，已经不是个人行为，必须有一个时间安排并且遵守计划。法国方面已按原定7月10日抵达，作了一系列安排，如果延迟，就打乱了人家的既定计划。所以我和他商量，明天我乘火车过去与他会合，然后与他乘火车，走完最后几百公里。这样不仅可以节约时间，还可以使他恢复体力，在接下来埃斯佩莱特和巴黎的活动中保持旺盛精力。我和夫人已订好火车票，明晚与老罗会合。他明天还要再骑行70公里，才能赶到我们计划会合的城市维希。我受法国朋友委托，也因报道工作需要，既被他独闯世界的勇气所感动，也为他孤立无援的处境所激励，能帮他一把，既是我的荣幸，也让我乐此不疲。"

没有时间铺垫，梁晓华正面强攻："罗老师，剩下这段路，我们陪您坐火车。"

"开玩笑！"罗维孝从凳子上弹起来，眼珠从眼眶里挣出三分之一。昨晚接到高富华转发的短信时他这么想，现在，他依然如此认为："目前而言，我的状态的确不怎么好。但是一万多公里路都老老实实走过来了，最后几百公里，自然也不在话下。就算走慢一点，一天的路分成两天走，不出10天，我就能到埃斯佩莱特。我又不是没有这个体力，签证上又不是没有时间！"

听罗维孝说完，梁晓华笑盈盈地说："报社安排我做好您在法国的报道，所以，这是我的工作。我的这个建议，也是在工作层面上和您探讨。"

孙丽这时接过话头："罗大哥这样的孤胆英雄，我们没见过。陪您坐火车走完最后一程，也是想趁机追一回星！"

认定这是"糖衣炮弹"，罗维孝本能地往边上躲："可别给我'抛光打蜡'，人无信不立，孔夫子的话不敢忘。"

"君子忧道不忧贫，也是孔老夫子的话。"仍是微微笑着，梁晓华对罗维孝说，"这个'道'，当然也包含信义。"

"那您还让我投机取巧？"罗维孝剜他一眼。

哈哈笑过，梁晓华说："昨天您说，之前多走的冤枉路不下一千公里。换句话说，您的骑行指标，早就超额完成了！"

罗维孝愣了一下，觉得他说得似乎很有道理，又似乎没有道理——"一是一二是二。拆东墙补西墙，听起来就不是一句好话。"

梁晓华想不明白："这一万多公里路上，罗老师不知转了多少弯。眼前这一个，咋就转不过来？"

罗维孝没吭声，仿佛在给正要转弯的想法腾出道来。闷了又有一会儿，他才悠悠说道："一条牛都剐到尾巴上了，总不能晚节不保……"

孙丽忍不住笑出了声。收住笑，她对罗维孝说："迟到了才是虎头蛇尾！离说好的7月10日已经不到4天了，要想按时，除了坐火车，除了自行车长出翅膀，没有别的办法。"

"实在不行，请他们把活动延后，或者取消。无论如何……"罗维孝还在坚持。

梁晓华敛起了脸上的笑："这个时候说延迟，说取消，恐怕不合适。要知道，这件事到现在已不是您一个人的行为，而是中法双方共同关注的一件大事。"

"那么夸张？"罗维孝也不知道自己是在怀疑梁晓华，还是怀疑梁晓华的话里超出了他的初衷的部分。

梁晓华的表情、语气愈发庄重了："4天前新华社又发了您的通稿，3天前我电话采访您的内容也已见报。国内对您的行程十分关注，法国这边，也是一等一的重视。"

像是被一块糖噎住了，罗维孝久久说不出话来。在梁晓华的注视下沉思良久，他才缓缓说道："两害相权取其轻，我听您的。总不能为了我一个人的想法，毁了咱们的信用。"

梁晓华长长出了一口气："戴海杜先生告诉我，他要到巴约讷火车站与您会合，最后的30公里路，他要为我们——不对，他要亲自为您开道。"

也许是这个时候才想起来，也许是有意为之，梁晓华告诉罗维孝，另外还有一件事，需要他做出选择：法国国家自然历史博物馆希望罗维孝将巴黎作为他开展活动的第一站，并将骑行旗捐赠给该馆收藏。馆方认为，这样无疑会为馆藏增加一抹亮色，而罗维孝在巴黎开展捐赠活动，势必会引起更多关注。

  法国国家自然历史博物馆主动伸出橄榄枝，出乎罗维孝的意料。无疑，他愿意、乐意应承这泼天的厚爱。正是145年前，阿尔芒·戴维将自己制作的大熊猫模式标本捐赠并至今珍藏于此，给了他万里骑行的动力。骑行旗遇见模式标本，算得上老乡见老乡，算得上最佳搭配。换个角度，在法兰西"国"字号博物馆里留下自己的印迹，对这一行是巨大奖赏，对作为一个普通中国人的自己而言，则是至高无上的荣誉。想到这里，罗维孝眼里放光，脸上泛起红晕。

  梁晓华还有后半段话："接受馆方的建议，接下来的行程就要做出调整——将活动第一站，由埃斯佩莱特改为巴黎。"

  罗维孝的脸愈发红了——"君子忧道不忧贫，忘了？'道'里包含着信义，忘了？！"

24

面面俱到

巴约讷,大西洋岸比利牛斯省省会城市。在经图卢兹转车到巴约讷的途中,梁晓华客串起了导游:这里与西班牙相邻,中间隔着比利牛斯山脉。比利牛斯山脉隔不断的是文化和语言传统,因为这一带同属巴斯克人聚居地,通行巴斯克语。巴斯克民族是一个勇敢的民族,多次成功抵御强敌入侵。正因如此,法国人常常称大西洋岸比利牛斯省为"巴斯克",借以表达崇敬……

7月10日,巴约讷。罗维孝搭乘的火车刚一到站,戴海杜高大的身影就出现在车站站台。主人告诉客人,最后30公里由他骑着自行车人工导航,法国电视三台记者也将跟踪拍摄。

虽是满心欢喜,罗维孝不忘揶揄一句:"大市长和光同尘,老罗我受宠若惊。"

从梁晓华口中,戴海杜听懂了罗维孝的意思;从罗维孝脸上,他看到了话里藏着的另一番话语。老头大气地朝罗维孝笑道:"没有一辈子的市长,只有一辈子的朋友。市长早不是我了,但罗先生依然是罗先生。"

罗维孝的心绪,还沉浸在多年以前,沉浸在邓池沟:"您应该说,戴维依然是戴维。"

梁晓华担心这么下去天会聊死。他正暗自着急，戴海杜将一顶高帽扣在罗维孝的头顶："最先听孙前先生说您要骑自行车来法国，我以为只是闹着玩玩。事实证明我闹了一个笑话。也许我太骄傲了。戴维是我们的英雄，罗先生是中国的英雄——也是我们的英雄。"

罗维孝早忘了在临洮时向冯强说过的话，一时心花怒放。得意不忘形，罗维孝对着戴海杜说出这句话，也是推心置腹："我哪是什么英雄，我只是不能容忍自己活得太过平庸。"

两个相隔15000公里的地方，一段145年的光阴，一趟110多天的行程，一个做了4年的梦，一个万众瞩目的时刻，由最后的30公里接引。短短30公里路，成了连通舞台的甬道、呼唤焰火的引信，脚下的每一次发力、车身人身与空气的每一次摩擦，都让罗维孝有了撞击幸福的感触。

不止一次，罗维孝举起右臂，放声高呼："埃斯佩莱特，我——来——了！"

戴维故居位于闹市中心，罗维孝在戴海杜引领下到达时，这里已是人潮涌动。握住"戴维之友"协会会长莎赫莱女士的手，罗维孝仿佛触摸到了戴维的心跳。而那一刻的下一秒，完全出乎莎赫莱女士意料：须发斑白的罗维孝，抬起她的手，轻吻了她的手背。

全场欢呼放大了莎赫莱的惊讶——天哪，这个中国老头，竟然如此绅士，如此沉着，如此古典，又如此开放。莎赫莱女士的话里满是不可思议："我还以为，中国的男士，轻易都不跟女士说话。"

罗维孝"幽默病"又犯了。他对梁晓华说："请告诉沙赫莱女士，在中国，女士也可以叫作先生。刚才，我只是向莎赫莱先生行了一个见面礼。"

屋里人目光转向莎赫莱，看这位身着套裙的先生作何反应。莎赫莱脸

上飞过两朵红云:"女士可以叫作先生？那么在中国，是不是先生也可以叫作女士？"

戴维故居临街墙壁上镶嵌着一块大理石，戴维生平、业绩勒石以记。罗维孝缓步向前，站定，脱帽，深鞠一躬。

这是庄严的敬礼。

这是深情的问候。

这是罗维孝抵达目标的庆祝方式，是他对神交已久的戴维化繁为简的心语。

当罗维孝登上戴维故居二楼凭窗而立，人们的热情水涨船高：当地合唱团演唱起巴斯克风情的迎宾曲，明快欢畅的歌曲把沸腾的现场推向了欢乐的深海。

早前，途经戴维当年就读的小学时，罗维孝没有错过和少年戴维的重逢。此刻，在市长、议长、议员和戴海杜陪同下，他又参观了以戴维命名的植物园。园中物种，相当部分由戴维自雅安采集而来，其中包括被称作"植物界的大熊猫"，在欧洲各地粲然绽放的珙桐。和大熊猫一样，珙桐是友谊的象征。遥想戴维当年山高水远的跋涉，回望自己一百多天来栉风沐雨的征程，罗维孝不觉间湿了眼眶。

听说这里离西班牙不到20公里，罗维孝恨不得立马去"巴斯克总克"走上一遭。但是身不由己，相关方面已做出安排，次日上午为他举行欢迎仪式。

埃斯佩莱特市市政厅，官方组织的欢迎酒会热烈而不失庄重。酒会由议长主持，市长发表演讲。市长很帅很热情，这是罗维孝的第一印象。令他吃惊的是市长准备了讲话稿，这足以说明，人家实实在在拿他当了贵宾。

因盛产一种微辣但果香十足的小辣椒，每年10月的最后一个周末，

戴维小镇一瞥

戴维小镇上的人们，对"CHINA 罗"的故事深度着迷

当地人还会特别为这种唯一获得AOP认证的欧洲香料举办专属美食庆祝活动，埃斯佩莱特有着"辣椒之都"的美誉。市长将一串红辣椒挂在罗维孝胸前，带头鼓掌："祝贺您成为埃斯佩莱特荣誉市民。"

罗维孝进入角色，用时不到一秒。他对市长说："作为市民，我想请您盖个公章。"

清官不管家务事，我们市政府的公章，还不如你们居委会的大印管用。也许一脸茫然的市长是这么想的。罗维孝也不多说，"哗"地抖开一面旗子。

看见密密麻麻的邮戳、印章，在场者无不瞠目结舌。市长最先回过神来："您盖这些章，有什么用处？"

罗维孝答："这是无用之用。它们是我一路走过的脚印，是我通向梦想的阶梯。"

市长同意了。工作人员拿来印章，才发现一模一样的旗子，罗维孝准备了4面。这下连梁晓华也看不懂了："罗老师，您这是'打批发'呀？"

"这叫私人定制。"罗维孝嘴角往上一挑，"这四面旗子，说少不少，说多不多。其中一面，捐给家乡博物馆，这叫不忘本。一面留给我的子孙后代，这叫传承好家风。一面我要留着，等我建成骑行博物馆，就成了镇馆之宝。另外一面，是我给法国国家自然历史博物馆准备的见面礼。"

"这可真称得上面面俱到！"梁晓华兴奋地说，"市长先生一定喜欢这个成语。"

市长果然盖章成瘾似的说："有没有？还有没有？"

就这样，《问道天路》和埃斯佩莱特也"接了个吻"。

欢迎酒会画面当晚在法国电视三台播放。一个中国退休老头在万里之外的法国，成了座上宾，成了媒体追逐的焦点，梁晓华感慨万千："做了

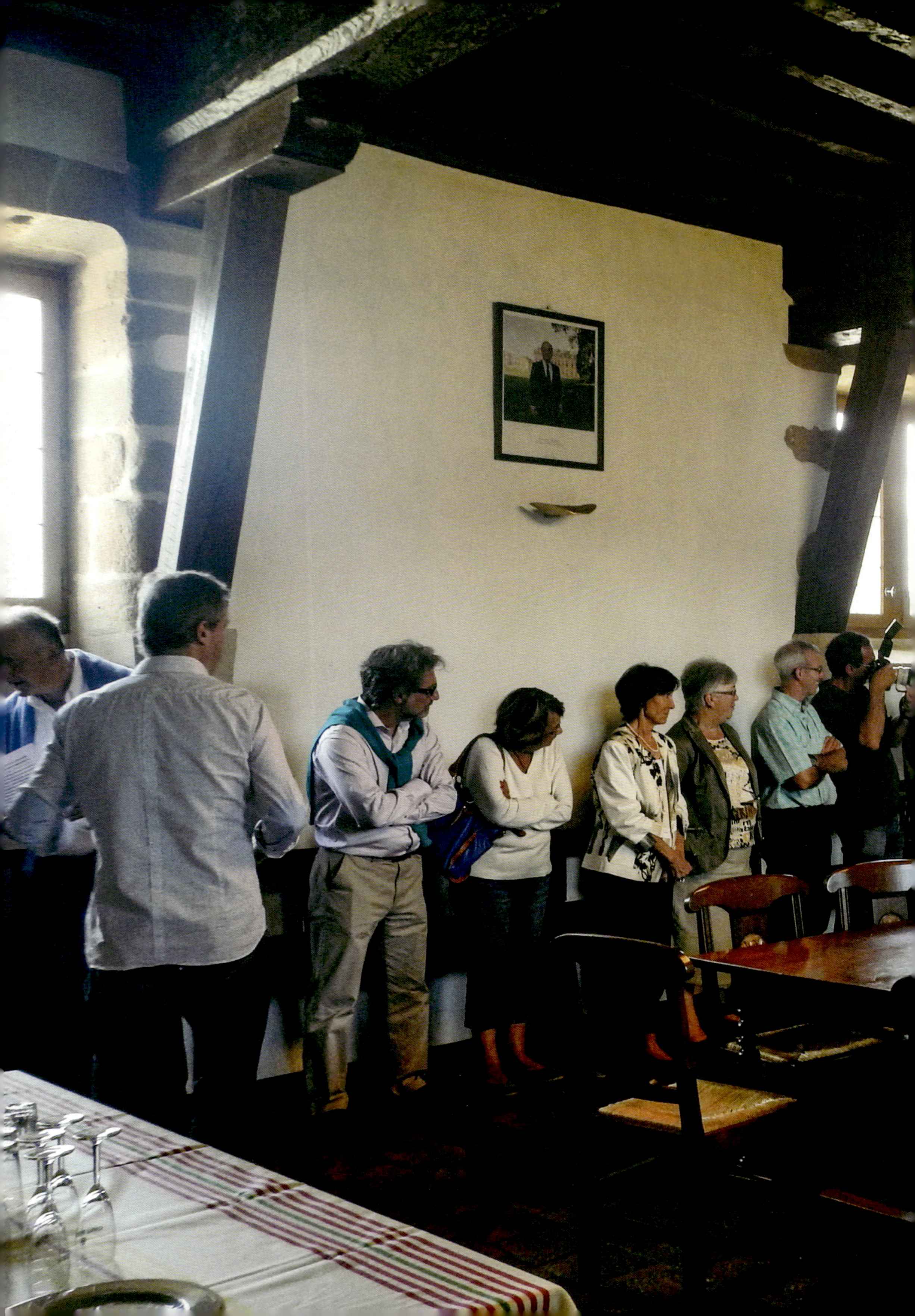

为一个外国普通公民举办欢迎酒会，在埃斯佩莱特是第一次

20多年记者，这回碰到大新闻。"

7月11日上午，"新闻现场"移到了巴约讷市政厅。

市政府分管外事的沙堡女士和当地体育、文化界人士参加的欢迎仪式简洁而温馨。

"64岁的罗维孝先生穿越欧亚大陆来到戴维故乡，一路风尘，骑行万里，依然满面红光，精神抖擞，令人敬佩……"沙堡女士对远方来客表示欢迎，对他勇于追逐梦想，致力于中法文化交流，推行绿色健康出行方式的美好愿景和实际行动表示赞赏。致辞中，沙堡女士还向众人分享了一个好消息：除巴约讷国立美术学院秋季开学时将接收10名来自中国的艺术类留学生，比利牛斯山脚的波城大学企业管理学院也将接收第一批来自四川的企业管理类留学生。她表示，相信"'大熊猫文化骑士'的到来，将是更多中法文化交流的好消息的开端"。

罗维孝的眼泪，又一次不争气地流了出来。泪眼中，他看见沙堡女士手捧一条红纱巾，微笑着向他走来。罗维孝的手抢在前面，是想为自己挽回一点面子。然而，沙堡女士的脚步，并未因此停下。

沙堡女士才不是为他揩泪来的。当她将印有巴约讷市徽的纱巾系在罗维孝的脖子上，他才明白过来，这既薄又厚、既轻又重的纱巾，代表着友谊和荣耀！

法国国家自行车队、橄榄球队退役名将赠送礼物，市政府工作人员不限量加盖印章，媒体紧追不舍地采访……那个早上，罗维孝被感动和幸福层层包围。

新闻还在发生着。7月15日下午，在梁晓华的陪同下，罗维孝如约来到法国国家自然历史博物馆。

博物馆早有安排，让罗维孝和镇馆之宝——阿尔芒·戴维自中国雅安

下集 ｜ 银铃奏响

中国·雅安·宝兴

· 257 ·

沙堡女士为罗维孝佩戴纱巾。宾主双方，激动之情溢于言表

寄来的大熊猫模式标本好好见上一面。

怎么个好好法？馆方破例把大熊猫模式标本从陈列架上抬移出来，让它有一个迎上前来的意思，让罗维孝和阔别故土的"老乡"近距离接触。

眼前的大熊猫皮毛整洁，右前肢向前一步，面容和蔼安详，嘴唇微启，似是有话要说。和它四目相对，罗维孝热血沸腾。他是冲它来的，也是冲自己的心愿来的。得偿所愿的满足，马拉松选手到达终点的喜悦，像两股潮水交汇一处，愈发激越、澎湃。

"老乡见老乡"

下集 | 银铃奏响

中国·雅安·宝兴

在此之前，在"罗维孝大熊猫文化之旅标志物（骑行旗）捐赠仪式"之后，罗维孝接受了媒体采访。

法国电视三台记者问："骑行路上，自行车换了5个外胎、3个内胎，您的精神力量从何而来？"

罗维孝答："我喜欢两句话。一句是中国人爱讲的，'来而不往非礼也'。戴维先生去了我的家乡，我来他的家乡，正可谓有来有往。另一句是维克多·雨果先生讲的，'最大决心产生最高智慧'。这一百多天里，雨果先生与我风雨同行，我要衷心感谢这位法国朋友，他是我一路上的保护神。"

法国《西南日报》记者问："请谈谈您对法国的印象。另外，如果有可能，戴维先生再去您的家乡，将会看到怎样的景象？"

"友谊地久天长"

罗维孝答："刚刚过去的几天里，浪漫之都巴黎给我留下了无法抹除的印象。我参观了卢浮宫、埃菲尔铁塔，我在香榭丽舍大道上离凯旋门不远处观看法国50周年国庆庆典，我还参观了举世闻名的巴黎圣母院，我在巴黎街头，几次与戴维先生从雅安带来的珙桐相遇。在我原来的印象中，法国人喜欢玩火，喜欢耍枪弄炮。但是这一次，我看到了一个友好、浪漫的法国。关于第二个问题，如果今天去雅安，戴维先生会有全新发现。大熊猫已经成为我们的家庭成员，保护大熊猫、保护生态环境，已经成为雅安人无需提醒的自觉。"

最后一个问题来自梁晓华。他的问题是："梦想已经实现，您现在最想做的事情是什么？"

不光梁晓华，整个巴约讷都听到了罗维孝的回答："我要兑现给老婆和儿子的承诺，活着回家！"

罗维孝西行散记（之三）

2014/7/1 5:52

法兰西，"CHINA罗"来也！历经100多天10000多公里骑行后，今天抵达法国斯特拉斯堡。本来是令人振奋和高兴的事，但到达斯特拉斯堡入住酒店却处处碰壁，我只好打电话向中国领事馆求助，在领事馆的协助下，问题迎刃而解。

2014/7/3 0:09

2日一早，骑车拜访中国驻斯特拉斯堡总领馆。让我想不到的是总领事张国斌推掉了原有的工作安排，召集所有总领馆人员开了一个座谈会，并牵头与侨界和留学生代表在"大上海"中餐馆欢迎我的到来。

2014/7/3 0:27

在外独自奔波已100多天的我，好久没见到过这么多中国面孔并听到如此亲切悦耳的中国话了，真的是异常高兴。在张国斌总领事和众人的挽留下我决定留下休整一天。

2014/7/3 9:54

前天新华社驻斯特拉斯堡首席记者卢苏燕对我进行了电话采访,昨天又赶来为我送行并采访、拍照。由于采访,加上有110多公里路程,昨晚到达米卢斯已是当地时间9点过。这里与国内有6个多小时时差。

2014/7/4 12:54

我已过了贝桑松。我今天要骑到索恩河畔沙隆,这里离戴维的故乡埃斯佩莱特还有800多公里。进入法国境内,沿途都有当地华侨关照,阿尔萨斯华人联谊会副会长边杉树先生远程担当翻译,他的女儿为我重新设计了适合单车骑行的路线。这样一来,路上就顺畅多了!

2014/7/6 1:25

我已从沙隆骑行到迪关,明天从迪关到里昂。有侨领边杉树和《光明日报》驻巴黎记者梁晓华远程翻译,骑行路上,我更有底气。

2014/7/7 0:23

今天又走错了路,朝着与里昂相反的方向骑行了近百公里。明天还得想办法返回正确路线。一个来回两天时间就白搭进去了。

中国·雅安·宝兴

2014/7/7 23:44

冒雨骑行70多公里到达维希，体能已到极限。找到邮局，在骑行旗等物件上加盖邮戳后，我已没了力气。这段时间是欧洲的雨季，几乎每天都在雨中骑行。能见度差，再加上路上车流量大车速快，我的注意力高度集中，绷紧了每根神经。

2014/7/8 1:04

进入申根国家后，签证时效上我不担心了，但鉴于东道主已做相关活动安排，我必须抓紧时间往前赶路。信守承诺才能取信于人！

2014/7/8 14:03

为不打乱法方既定安排，梁晓华先生根据我现在的身体状况建议我乘火车到戴维故乡附近，再骑行到目的地。梁先生偕夫人昨晚赶到维希陪我前往。

2014/7/10 3:12

我已平安到达比利牛斯省省会城市巴约讷。戴维故乡埃斯佩莱特前市长戴海杜先生与我在巴约讷会面，并告知了我相关活动安排。明天戴海杜会亲自骑车带路，将我迎进埃斯佩莱特，参加该市为我举办的相关活动。

2014/7/10 22:42

安全抵达戴维故里。法国电视三台在巴约讷对我进行采访，并跟踪拍摄至埃斯佩莱特。当地最具影响力的平面媒体《西南日报》也对我进行了采访。法国电视三台对我的采访报道将在全法播放。

2014/7/11 23:06

今天上午前往巴约讷市政府，参加了该市专门为我举行的欢迎仪式并接受了法国巴斯克地区电视台等媒体的采访。巴约讷各界人士向我赠送了礼品，市政府还专门向我赠送了绣有市徽图案的红纱巾，政府主管外事活动的官员亲自为我佩戴红纱巾，并在我的骑行旗等物件上加盖上了巴约讷市政府印章。我现在乘坐火车前往巴黎参加相关活动。

2014/7/14 22:21

今天是法国国庆日，能在巴黎赶上法国国庆日，也算是一种巧合。在巴黎这两天，梁晓华先生开车陪我参观游览了巴黎圣母院、卢浮宫、埃菲尔铁塔等著名景点。根据法方安排，接下来将参加法国国家自然历史博物馆为我专门举行的相关活动。

2014/7/16 2:00

我出席了法国国家自然历史博物馆举行的路线图旗帜捐赠仪式。在戴维当年制作的大熊猫模式标本前，我把一面盖有沿途近百枚各国邮戳的旗子捐赠给了法国国家自然历史博物馆。博物馆特地为我在相关物件上加盖印章，为我此行画上了圆满的句号！

中国·雅安·宝兴

2014/7/16 2:20

有强大的祖国作为后盾与支撑,有沿途所经国家中国使领馆的支持与当地华侨、华人的帮助,我这个不懂外语的中国老头,才能从中国骑行到法国,把一个中国人的骑行梦圆在了法兰西,把自强的中国印记,永远地留在了大西洋边上!

2014/7/16 2:50

《光明日报》7月13日在国际新闻头条,以"壮哉,罗维孝!"为题报道了我骑车抵达戴维故乡时的情景。这既是对新闻事件的报道,也是对我此行增进中法民间文化交流的肯定。在这里我想斗胆而骄傲地将《光明日报》这篇报道的标题改为《壮哉,中国!!》!

2014/7/16 12:09

巴黎飞上海的航班号为MU554,上海飞成都的航班号为MU294。到达成都双流机场的时间为17日下午2点10分。

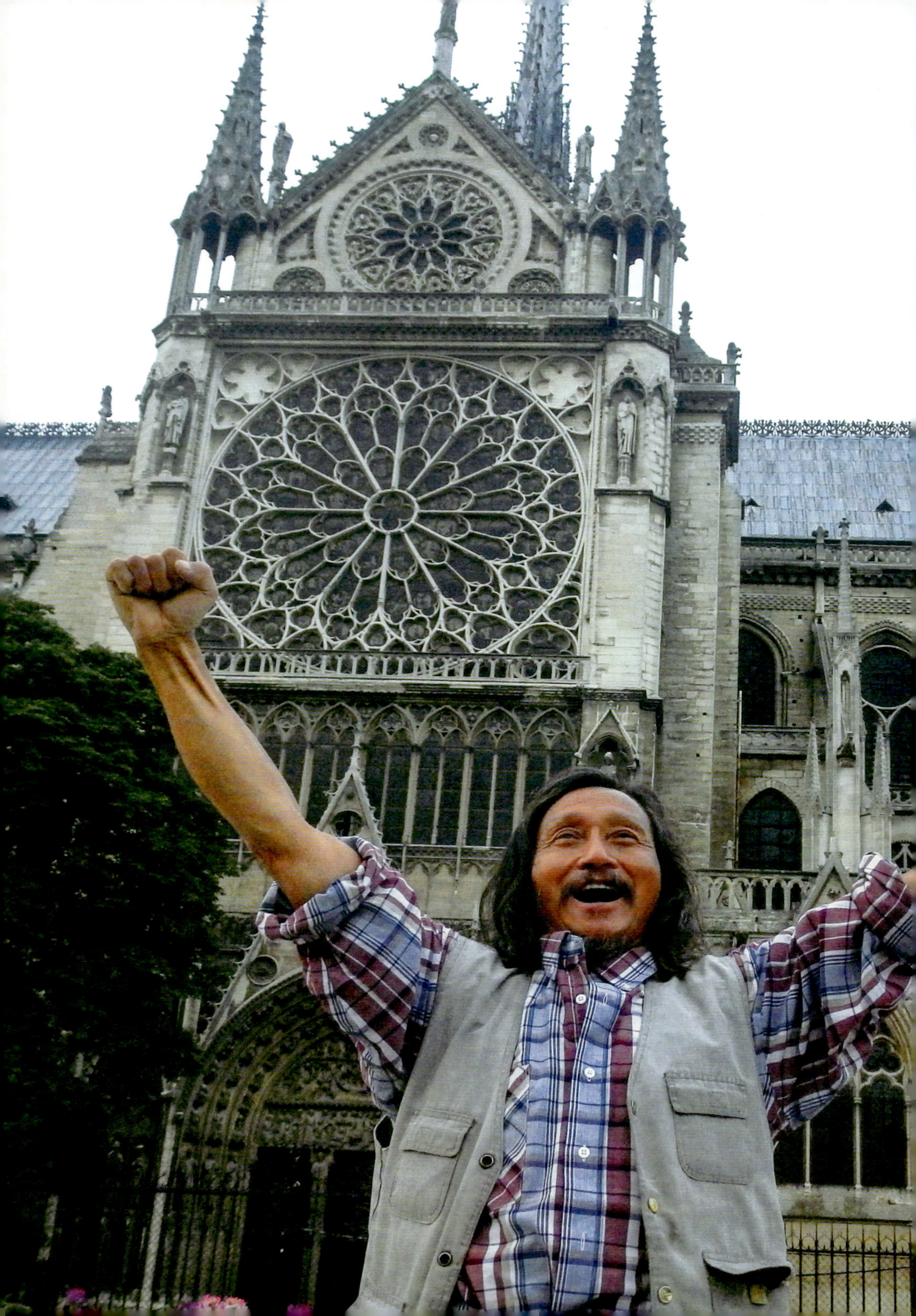

尾声

归来仍是少年

「一个人只会随波逐流，就永远不可能成为自己、成就自己。」

鲜有人轻易放弃对成功的追寻，但对志得意满后的去向保持思索，这个能力并非人人都有。这也就是为什么很多人走向自己的对立面，正是由人生的高处出发，以及为什么"初心"二字笔画清简，无数人终其一生，却越写越不成样子。

除了胡子长点、胆子大点，罗维孝认为自己和别人没有什么不同。预防"成就感"引起并发症，他发明了一个新词送给自己：保持"陈旧感"。对此，他作如此定义——昨日不可重来，躺在鲜花上睡觉，生命只能被腐朽的花瓣沤成烂泥。

回家没几天，罗维孝关掉了手机。这个时候，他的故事还是法国不少人家餐桌上的话题，国内报刊对"铁血骑士"的报道也是热度不减。"螺蛳"找不到他，执意请他代言产品的企业找不到他，老战友老同学找不到他。罗维孝"消失"了，他以这样的方式切断了与丝路单骑三万里的联系，也是以这样的方式，重新回到了西征路上——只不过，这条路，不是借助脚，而是借助手和大脑。他要写下属于自己的《西游记》，像徐霞客那样，像马可·波罗那样，在身体抵达之后，用文字完成对脚下道路的绘写。

必定是一场更苦更累的跋涉。只念过3年书，不会用电脑，不会上网，记忆和知识有大量盲区……这些困难，作为行者的罗维孝可以克服，作为作者的罗维孝面对时，却多少有一点"在低处"的汗颜。罗维孝偏要跳起摸高，不允许自己笔下溢出水分。高标准带来高难度，为了核实一个细节、一个数据，为了准确描述途经城市的历史文化，要么打电话核实，要么向人请教，要么到图书馆查询。一年多时间里，睁开眼他就在写，晚上躺到床上，他还在思考接下来该怎么写。字句落到书信纸上、打印纸上还是旧报纸的空白地带，他并不在意，自记忆和情感深处涌出的鱼贝，再是常鳞凡介他也当宝珍惜。他纵容身体里的情感放开手脚，哪怕把自己撕扯得失声大哭；他感激身体之外生长着一只隐形的手，常常在深夜将他摇醒，让他将梦里浮起的句子捞到台灯下晾干。

"再回首，再出发"的心迹和状态，罗维孝在《行无国界：罗维孝丝路骑行》一书中娓娓道来：

……

从法国骑行归来后，面对鲜花掌声，面对媒体的热捧、网民的热议点赞和接踵而至的荣誉，我选择了以平静来面对，"任性"地关停了手机，谢绝一切不相关的社会应酬和朋友间的聚会。虽然为此"得罪"了不少人，还招致了一些无端指责和冷嘲热讽，却抵挡和排除了纷繁复杂的人为干扰。我在抓紧恢复体能的同时，把自己"软禁"在了家中，把"放野"了的心收回、腾空，以便潜心整理此次骑行路上的笔记。在此基础上，我逐一回看了在各国各地拍摄的几千张图片，反复收听了录音笔录存的内容，认真翻阅了远征旅途中发回、收到的400多条短信……

这一件件实物唤醒并串联起了我在漫长骑行过程中的点滴回忆和联动思索，我也据此梳理出了写作构架——以大熊猫文化贯穿整个骑行圆梦过程，以精神意志力作为支柱和支撑去感念悟道。然而，对我来说，要把已经远去了的记忆转换成书绝不容易，而是如同"炼狱"般的痛苦。当"坐家"，不比我在西行路上当行者吃的苦、受的累、遭受的磨难少。知易行难，在这一年多的时间里我可以说是全身心地"爬格子"，脑子里装的、心里想的全是怎样去整理、呈现此次跨国骑行中遇到的人和事。为了在书稿中还原当时的场景，我不厌其烦地翻找笔记、短信、音讯，查看相关照片等资料。

　　此次横跨亚欧大陆的远征，我累计骑行约15000公里，耗时115天。这一路上，我带着对遥远法国的憧憬与对梦想的渴望执着前行，其间充满了好奇与探究，既有一路上感受到的惊艳、惊喜，也时常伴随着未知的悬疑和不确定的变数，随时面对着惊恐、惊诧与惊险。如在甘肃瓜州自行车爆胎无法加气修补，在新疆境内屡遭"山口风"肆意"修理"，在果子沟摔倒，在哈境内迷失"科帕"，在阿斯塔纳险失"坐骑"，在哈俄边境地带遭遇歹徒，在俄M5号公路上因体力不支冲出公路，在波兰被交警"软扣"，在德国摔下车去……省略号略掉的大量的事，我不可能逐一描述，只能筛选出某些有代表性且精彩而又有教益的章节。

　　灵魂华旅让我有幸骑游丝绸古道，西骑列国开拓了我的视野。带有传奇色彩的穿越，让我一步步进入西方世界；家国情怀、人文情结，让我感知体味到了多元交织的社会图景与情感世界。"世界上最美好的体验，就是未知的神秘。"应该说我去体验一路上诸多未知的同时，也在体验着未知的风险和未知的自我。

　　生命对一个人来说，只是一次人生的旅行，我以生命的自由状态去体悟生命中最让人愉悦的感受。我只是一个再平常不过的退休工人。作为平常人，我以平常之心把路上骑行时最直观的感觉、感受和感动用"写真"的方式记叙下来。我将自己鲜活生动的心灵感受融于书页之中，整部书稿，流淌着我的真诚、朴实、善良、坚韧……我带着对大自然的敬畏和一颗赤诚的心去解读自己。此次跨越疆界的追寻，既在挑战自己，也在超越自我，更诠释了我全然释放生命力量的渴望！

中国·雅安·宝兴

写作期间，可用"废寝忘食"来形容自己。俗话说"日有所思夜有所梦"，我时常睡到半夜惊醒，不由自主地从床上爬起来动笔写作。为此，夫人因多次受到惊扰和影响对我"发火"。她在电话里向儿子诉说我的不是："你老爸简直就是一个'疯子'！他不睡觉还瞎折腾人，经常半夜三更爬起来写他的书，我说他他不听，还振振有词说是创作的'灵感'来了，要不赶紧写恐怕就记不起来了。依我看他不是'灵感'来了，而是疯了。他在外让人担心牵挂，回来了还整得人难以安宁！"夫人有怨言我能理解，但是，一个人只会随波逐流，就永远不可能成为自己、成就自己。试想我如果没有像她所说的"疯癫"状态，断不可能全情投入忘我的写作状态，也不会有创作的激情，更不会有勇征法兰西的魄力和勇气！

……

书稿改了8遍，罗维孝仍然不肯放手。也不知是哪一天，他发现那些鱼贝都在远远躲着他，原来清清朗朗的身形，变得忽忽闪闪。2016年8月3日晚10点，见他眼珠子都快掉到书稿上了，李兆先说，这样下去，书出来你也看不见。李兆先拖罗维孝去附近一家眼镜店验光，细心的老板说，你的视网膜出血了，最好去医院看一看。一秒钟没耽搁，夫人"押"着他去市医院挂了急诊。第二天，听从医生建议，夫人又陪他去成都就诊。

视力严重受损，罗维孝为一本书付出了惨痛代价。如今（实际上从校对书稿清样始）罗维孝和他无比钟爱的书报之间无时不隔着一个超大号的放大镜，这让老伴把他每天出门游泳或是骑车都当成了历险。而最令李兆先操心的还是罗维孝无休无止的"折腾"和不知天高地厚的"野心"——

筹建个人骑行游历博物馆。

自从爱上骑行运动，罗维孝就爱上了这种不冒烟的交通工具。他对自行车的好感最先来自它默默拯救了自己的身体，而衍生出筹建博物馆的冲动，则是在与"姓潘的"结对西行之后。作为中国国宝，大熊猫令全世界为之着迷，归根到底，是因为这个物种以鲜明夺目的形象为绿色和生态代言。它是一个奖励，也是一种警醒。人类历史已经演进到了由工业文明向生态文明转换的十字路口，这是一场需要刀刃向内的革命，也是一个需要细节与微末营构的高地。零排放无污染的自行车无疑是若干细节与微末中极具象征意义的一类，而长途骑行对人的意志力的考验与锻造，则与生态文明这场革命不可或缺的定力与韧劲在精神上高度契合。恰恰雅安又是骑游川藏出发地，川藏线历来被称为中国人的景观大道，在骑行界的地位无可替代。在正确的时间正确的地点做一件正确的事，他的动力来源简约而不简单。

2021年5月25日，经历了漫长的奔波、等待后，罗维孝拿到了四川省文物局颁发的博物馆备案确认书。7天后，筹备工作早已做在了前面的全国第一家自行车骑行游历博物馆开门迎客。看着访客进进出出，罗维孝像打了胜仗的将军，眉眼间尽是得意。

"CHINA罗"拥趸甚众，在开办个人博物馆这件事上，喝倒彩的人却也不少。家人、亲戚、朋友，一开始都唱反调。多年以前，罗维孝和妻子在离家不远处买了两个"家带店"的门面，楼上楼下，合起来300多平方米。博物馆不能露天举办，罗维孝动起了"门面"的脑筋。儿子倒是无所谓，"你的财产你做主"。李兆先却想不通："买鸡的钱还清没三天，你神经短路，不让母鸡下蛋。你东游西逛也就罢了，人一回来，搞得鸡飞狗跳，不回来倒要好些！"双方亲戚，连同罗维孝的铁杆朋友，也都觉得罗

尾声 ｜ 归来仍是少年

中国·雅安·宝兴

维孝如此这般不可理喻。一个朋友甚至指着罗维孝的鼻头，骂他"自私鬼"："'门面'本是摇钱树，改做博物馆，树被连根拔起，留下一个坑，装修、布展、运营，这坑填不平。你骑车是流汗，你建博物馆，家里人心头，也许是在流血！"

罗维孝也觉得理亏，不过那是最开始。后来，慢慢地，他说服了自己，说服了亲朋好友里的大多数：人到世上走一遭，不是为钱而来的，不是为物而来的，是为了看见、感知这个世界而来的，是为了满足内心对美好、精彩、浪漫的期待而来的，是为梦想而来的。如果梦想是一条大河的对岸，你所拥有的钱和物，唯一的价值，是变成架桥造船的材料，帮助你到达彼岸。至于儿子、孙子、孙子的儿子、无穷匮的子孙，你留给他们的最大的财富，不是现成的桥和船，而是眺望远方的眼界，架桥造船的勇气与智慧，不达目的不罢休的精神气质。这个道理，古人一句话，已经说得透彻："授之鱼，不如授之渔"……

2024年3月18日，罗维孝骑行游历博物馆，亲人、朋友、粉丝济济一堂，纪念罗维孝丝路单骑法兰西10周年。回望三万里长路上的日日夜夜，罗维孝的心湖之上，又一次波涛翻滚。涌得最高的浪头，由高富华的一个提问激起："4年来，博物馆接待访客10万人次，而你也已经75岁。下一步，你是见好就收，还是另有规划？"

原本坐着的罗维孝，慢腾腾站了起来。罗维孝是沉默良久之后才开的口："一息尚存，继续折腾……"

说这话时，罗维孝表情平静，眼里闪着泪光。

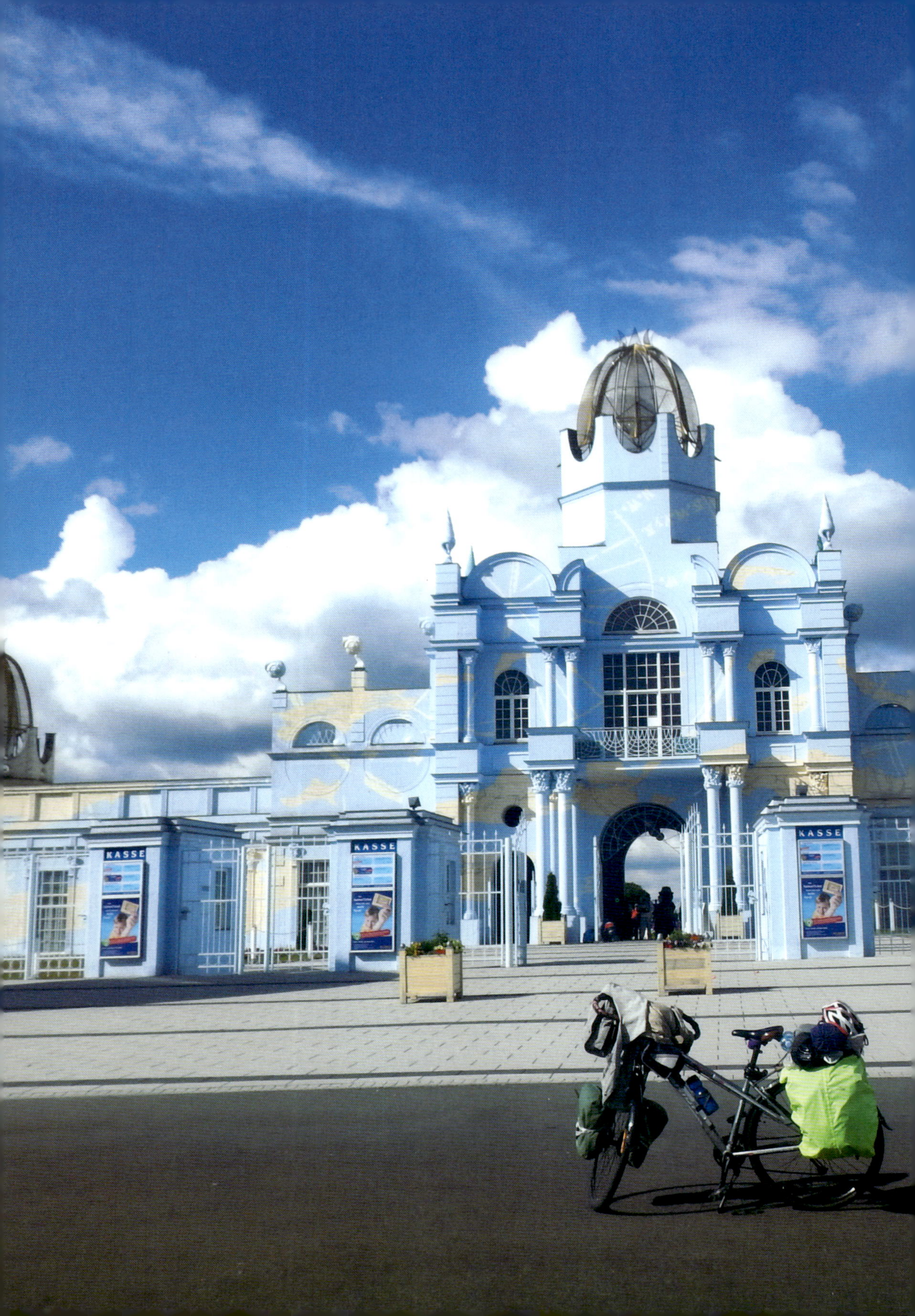
KASSE
KASSE
KASSE

后记

也无风雨也无晴

罗维孝像一个路标,指引了一条不甘平庸勇逐梦想的路。

这个世界上有许多的不应该，被别人误解是一种，被自己抛弃是一种，被别人误解的同时被自己抛弃又是一种。也许正因如此，老子才在《道德经》里写下"胜人者有力，自胜者强"的句子；又也许正因如此，时间才暴露出外强中干的一面，山岳为之崩坍河流因之改道，面对这九个汉字打出的组合拳，却只有甘拜下风，莫奈其何。

——讲述罗维孝的故事，我其实也是想感谢故事本身给予我的启悟。

如果我们对成功的定义不那么功利，而是习惯于把发自内心的喝彩献给释放梦想的生命，献给挑战不可能的勇气，献给遗世独立的灵魂，则我们眼里的世界要灿烂得多开阔得多可爱得多，我们也会在更加灿烂开阔可爱的生命里，吸收更多养分，让自己更爱这个世界，让自己活得更加饱满，更加珍视人之为人的机会与可能。

——讲述罗维孝的故事，这是我想要表达的更进一层的意思。

回到罗维孝的故事上来，罗维孝到底为什么出发？为名为利，选项活生生亮晃晃摆在面前，罗维孝画钩的手稍有迟疑都说不过去——假、神经、二百五、不可理喻……这些词儿都有人准备好了——其实也不用准备，这差不多已是常识，常识不需要刻意准备。罗维孝不出所料地身手敏捷，只是出乎意料地违背了常识，违逆了众意。

走这一程，是他的一个梦，是他必须做的一件事，是自己要追求的快乐与活法，是不能弃置的目的本身。启动这道程序，他没有加载任何软件，不仅没有加载，而且对找上门来的金钱与虚名——坚定拦截。这大概是他作为一个"不合时宜者"的特质，也是他之所以值得被书写的理由。正如山上一群猕猴争相摘吃奇异果，芸芸众猴中却有一只不为舌尖上的诱惑来，不为悦己者来，不为闯进摄像机、成为新晋网红而来，它翻山越岭的全部动力，不过因为这里是不能错过的诗和远方，别无其他。这位猴哥就与众不同了，它的眉目神态，值得起驻足凝视。

也许，猴哥和它的同类最先都是不顾路途迢遥来看风景的，可是为何，到了最后，看风景的只有寂寂然一只，煞风景的却是黑压压一片？牵强附会的理由，很容易找来一堆。然而，遮羞布不管何种材质，长短宽窄总是有限，遮不住行止粗鄙，掩盖不了灵魂移位、欲望嚣张。忘了本心，失了初衷，乱了方寸，猴也好，人也罢，即便内心"强大"到足以将外界观感忽略不计，相信有朝一日，"混沌初开如梦醒"，终是难逃来自自身的灵魂诘问、精神责罚。

还是回到罗维孝的故事。讲述这个故事，至为强大的驱动力，源自罗维孝对于欲望的抵抗、对于本心的固守，源于他合己而不合流的坚强定力。熙来攘往的人海中，罗维孝像一个路标，指引了一条不甘平庸勇逐梦想的路。这条路是苦的险的荒凉的荆棘丛生的，那是因为有人要用苦的险的荒凉的荆棘丛生的眼光看它，在懂得欣赏、体味、享受者的眼中，却又是甜美的热烈的余味无穷的，就像苏轼那首《定风波》：莫听穿林打叶声，何妨吟啸且徐行。竹杖芒鞋轻胜马，谁怕？一蓑烟雨任平生。料峭春风吹酒醒，微冷，山头斜照却相迎。回首向来萧瑟处，归去，也无风雨也无晴。

以"竹杖芒鞋轻胜马"的心态出发，回首来处，罗维孝也就有了"也无风雨也无晴"的淡定。对于迷茫者、迷失者、迷途不知返者，这也许算得上一味良药。于此观照，我之于他的故事的讲述，也便是借一个平凡人不平凡的经历，分享了一种活法、一种价值观念、一服济人之方。至于药效如何，诚非我能妄论，但其起衰救弊之功略有彰显，实在是寸衷所在。

以上都是贴着罗维孝的个性与梦想，由着一个旁观者的感悟与愿望在说。后记的最后，我得说两段"远"一点、"大"一点的话。

罗维孝分到了时代的红利，国家强大，给了他人生出彩以宝贵机会。

颠倒过来，这句话同样说得过去。国家的力量来自人民的奋斗，国力强劲，国运昌盛，来源于人民有信仰，有追求，有不服输的精神，有敢闯敢拼的勇气。"泰山不让土壤，故能成其大；河海不择细流，故能就其深"，时代的伟大，国家的强大，正是由无数罗维孝这样的"土壤""细流"汇聚而成的。

罗维孝的经历不可复制，但他身上绽放的光芒，照亮了一个具有普适价值的道理：一个人即使生来卑微，也可以心怀远大。他可以是顺流而下的一滴水，也可以是浪花里的孤勇者，挺立潮头唱大风。

扫码出发

跟着CHINA罗
万里走单骑

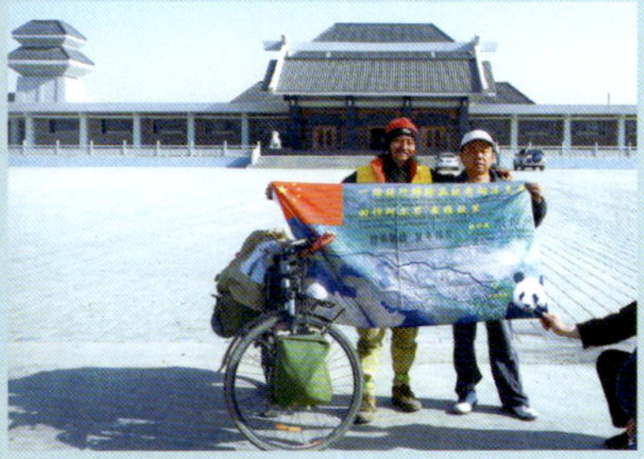

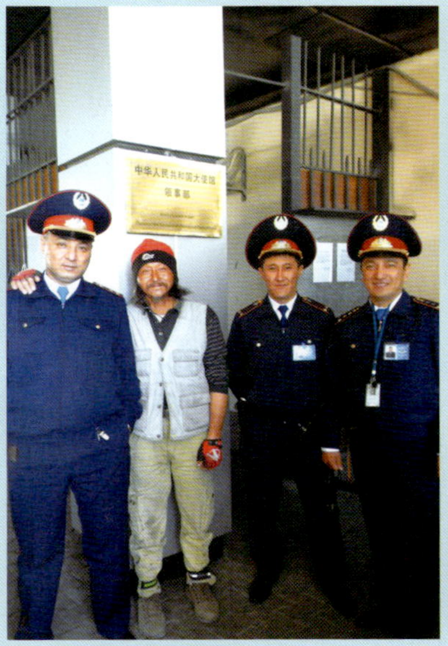

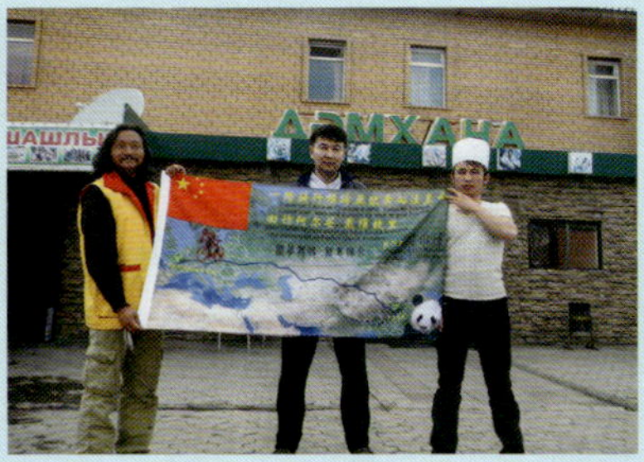

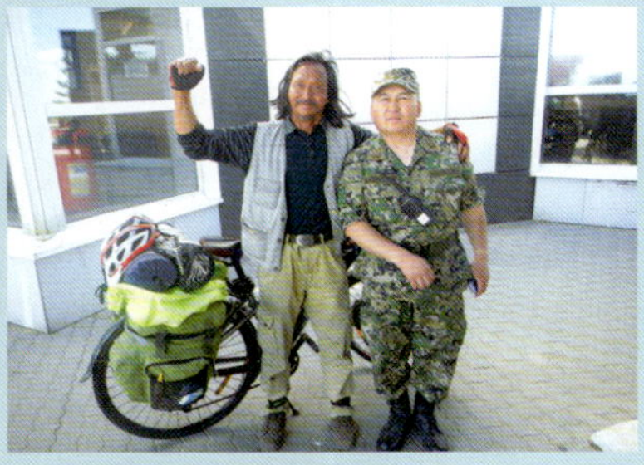

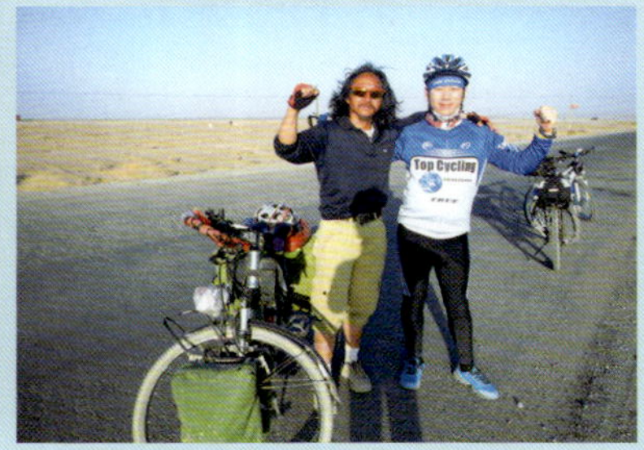
Top Cycling

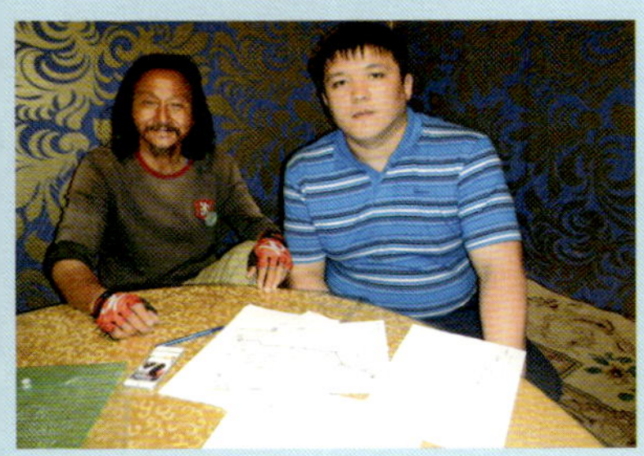

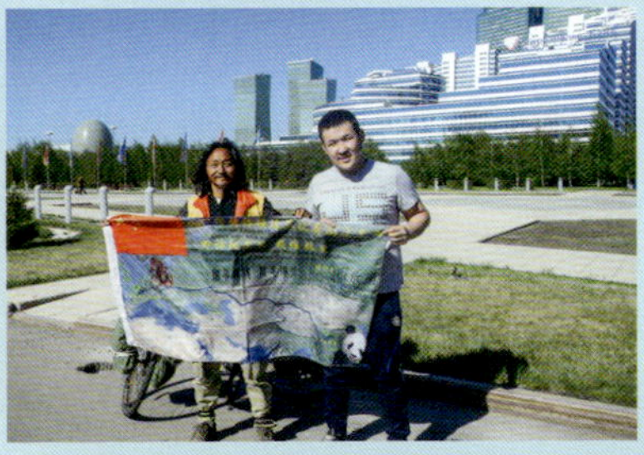

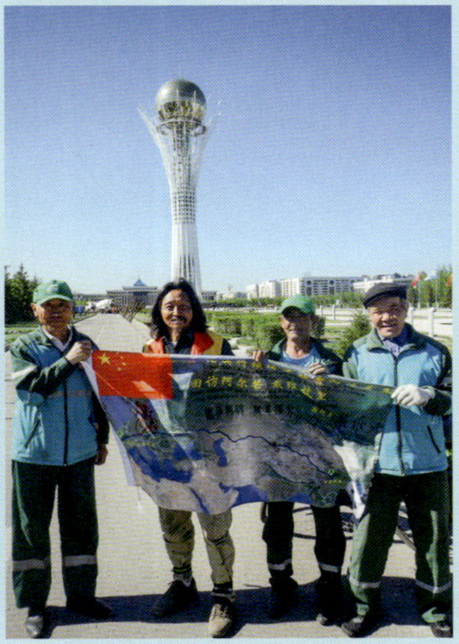

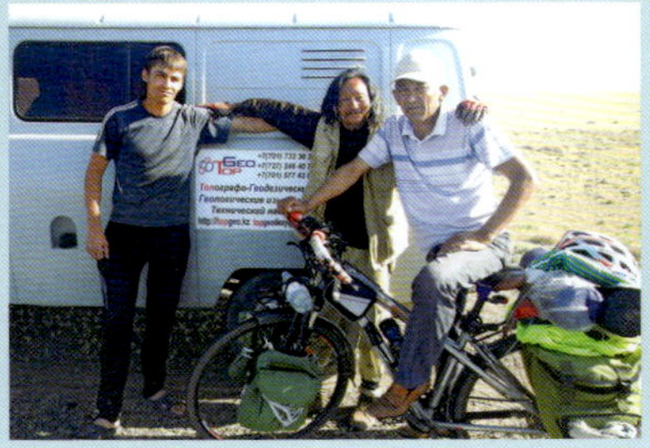

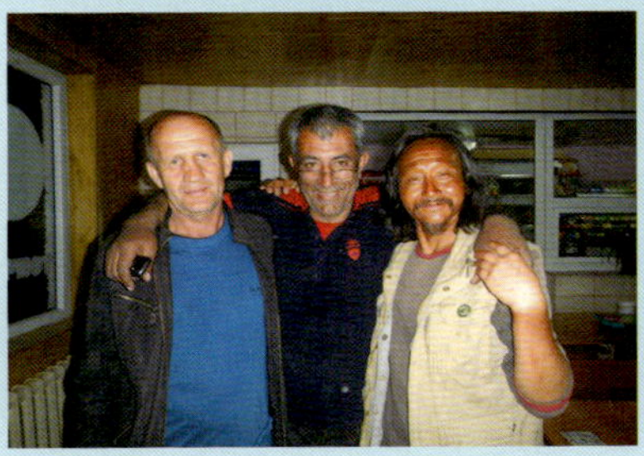

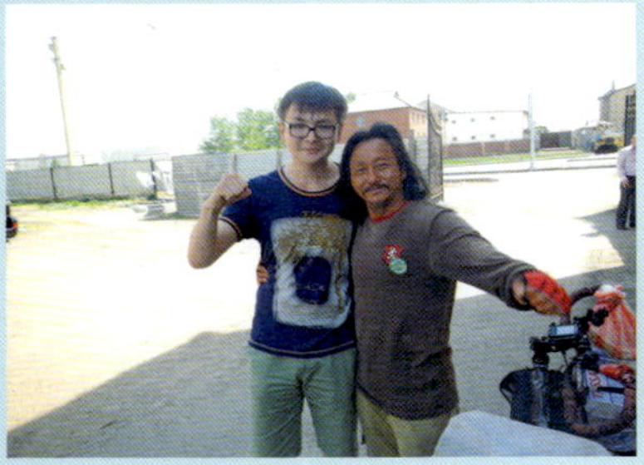

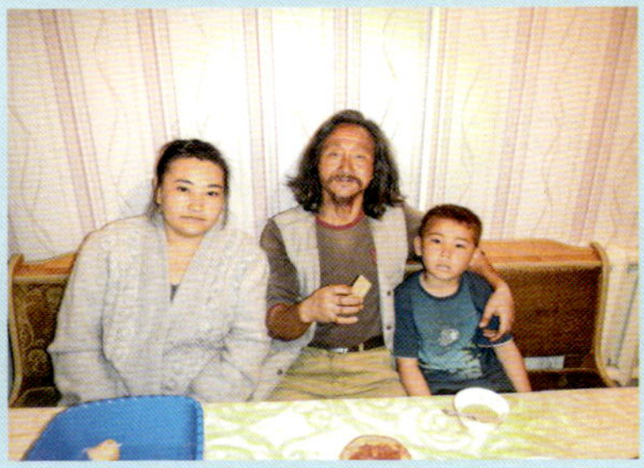

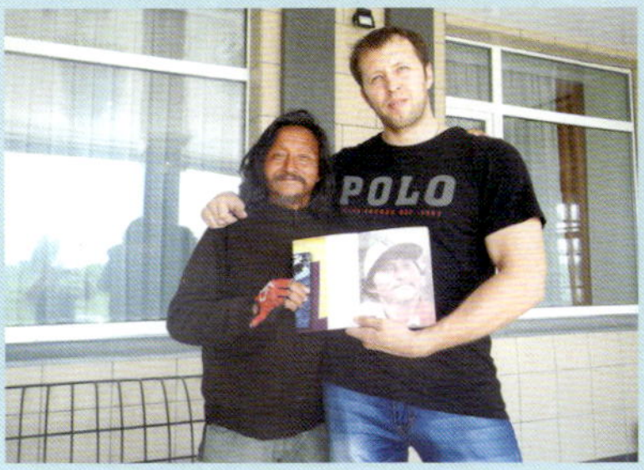
POLO

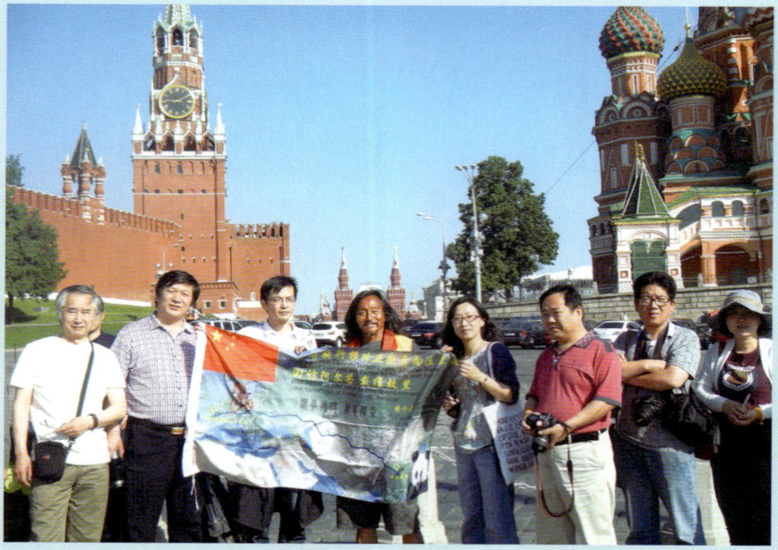
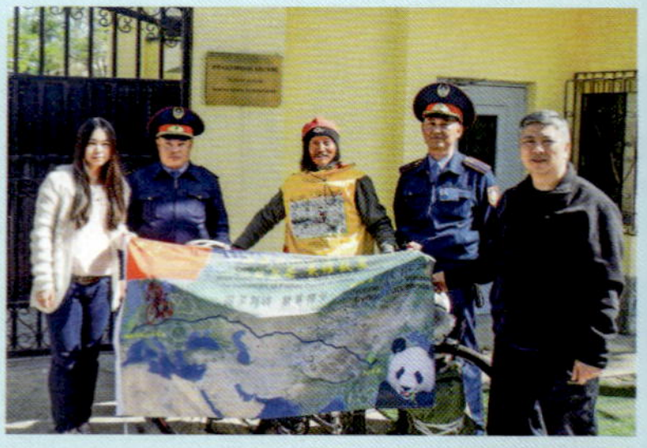
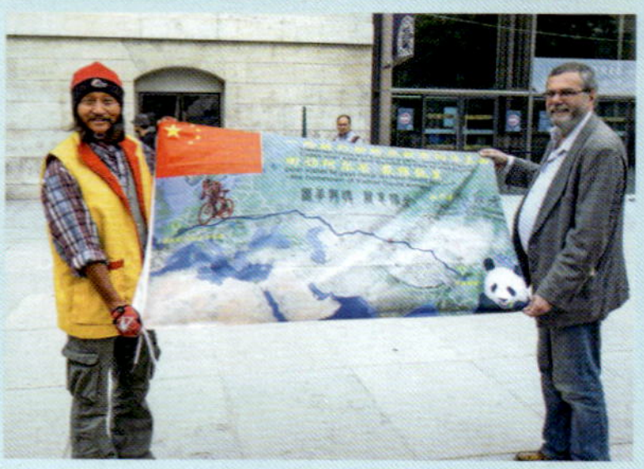
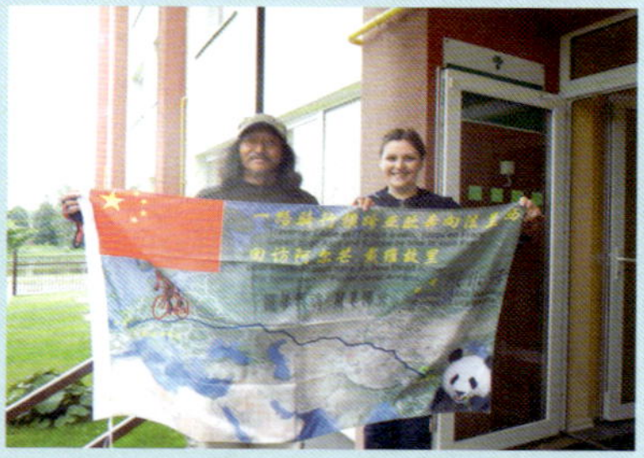
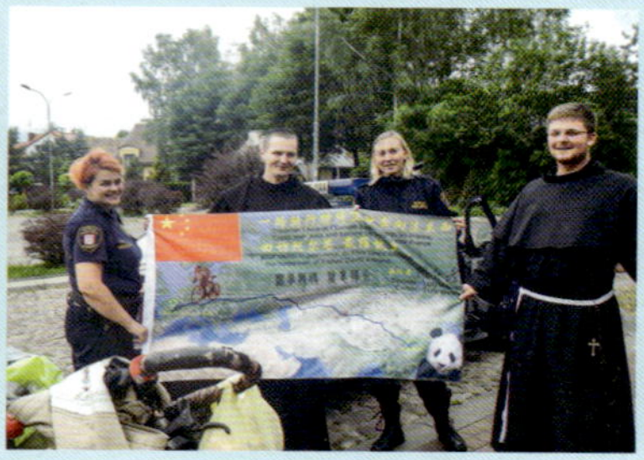
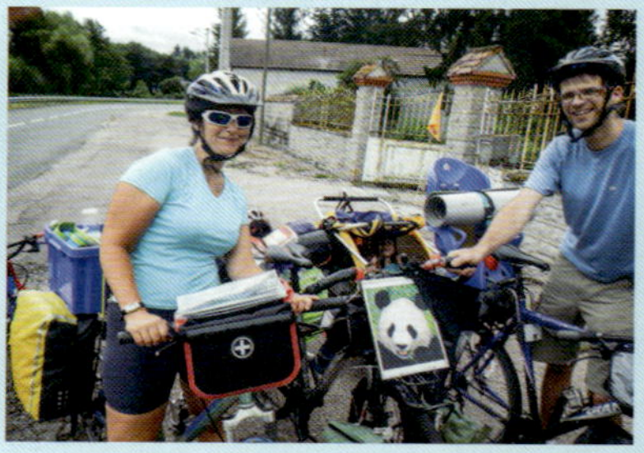
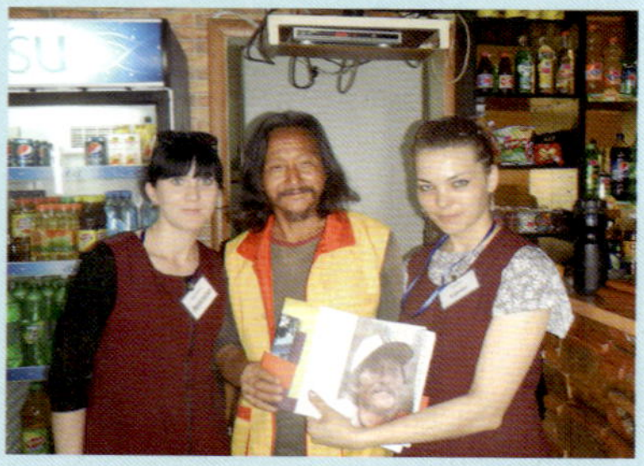
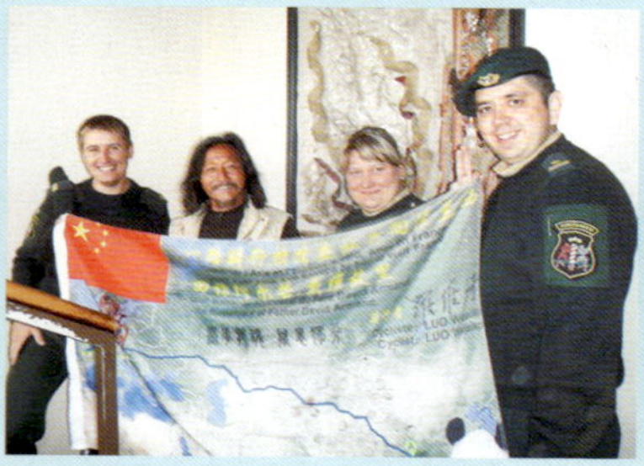
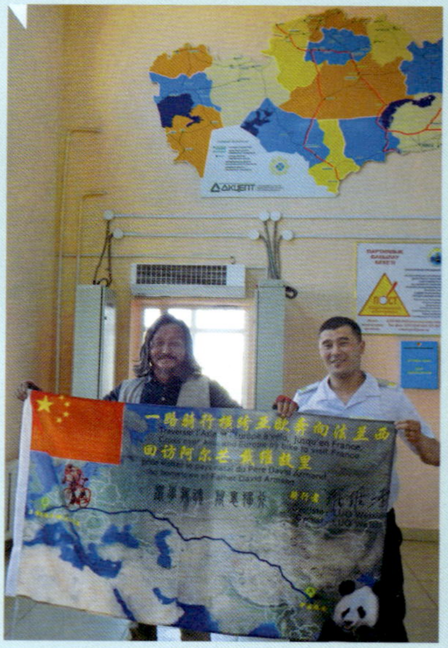
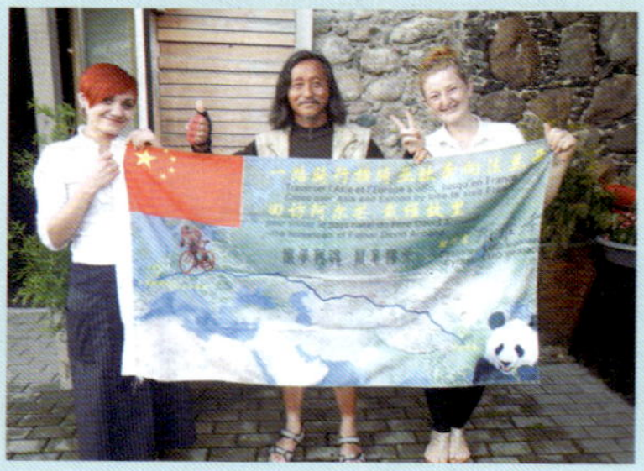
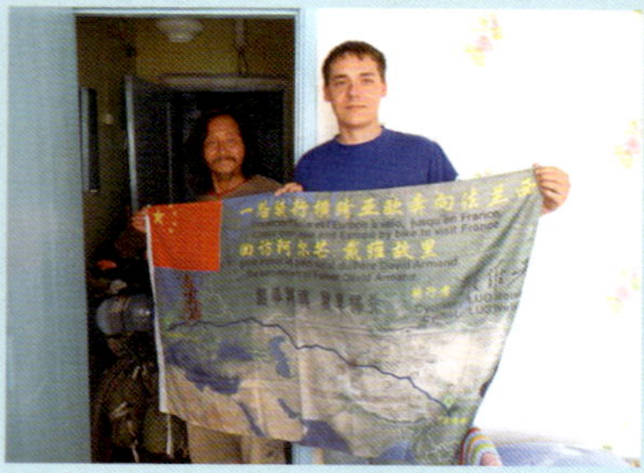

国之交在于民相亲

图书在版编目（CIP）数据

我从熊猫老家来："CHINA罗"丝路单骑法兰西 / 陈果著. -- 成都：四川人民出版社，2024.11
ISBN 978-7-220-13658-0

Ⅰ.①我… Ⅱ.①陈… Ⅲ.①报告文学—中国—当代 Ⅳ.①I267.4

中国国家版本馆CIP数据核字（2024）第076108号

WO CONG XIONGMAO LAOJIA LAI: "CHINA LUO" SILU DANQI FALANXI

我从熊猫老家来："CHINA罗"丝路单骑法兰西

陈果 著

出 版 人	黄立新
策划组稿	蔡林君　石　龙
责任编辑	秦　莉　蔡林君　母芹碧
装帧设计	李其飞
责任校对	申婷婷
责任印制	周　奇
图片作者	罗维孝　梁晓华　刘南康
	谢应辉　高华康　郝立艺
出版发行	四川人民出版社（成都市三色路238号）
网　　址	http://www.scpph.com
E-mail	scrmcbs@sina.com
新浪微博	@四川人民出版社
微信公众号	四川人民出版社
发行部业务电话	（028）86361653　86361656
防盗版举报电话	（028）86361661
照　　排	四川胜翔数码印务设计有限公司
印　　刷	成都市东辰印艺科技有限公司
成品尺寸	170mm×240mm
印　　张	18.25
字　　数	234千
版　　次	2024年11月第1版
印　　次	2024年11月第1次印刷
书　　号	ISBN 978-7-220-13658-0
定　　价	88.00元

■版权所有·侵权必究

本书若出现印装质量问题，请与我社发行部联系调换
电话：（028）86361656